KB261775

토마스 하아디 연구

안진수(安鎭洙)

문학박사(영문학). 현재 단국대학교 인문과학대학 학장 및 단국대학교 인문과학대학 어문학부 영어전공 교수(영소설 및 영미문학비평 담당). 미국 Washington대학 해외 파견 교수. 영국 Thomas Hardy학회 회원. 대표 논저로 저서 『현대 영미소설 비평의 특성』, 역서 『테스』, 논문 「Thomas Hardy′s Naturalism in It′s Humanistic Implication」(박사논문) 외 다수가 있다.

청동거울 학술총서 ❽

토마스 하아디 연구

2003년 8월 22일 1판 1쇄 인쇄 / 2003년 8월 27일 1판 1쇄 발행

지은이 안진수 / 펴낸이 임은주
펴낸곳 도서출판 청동거울 / 출판등록 1998년 5월 14일 제13-532호
주소 (137-070) 서울 서초구 서초동 1360-28 익산빌딩 203호 / 전화 02)584-9886~7
팩스 02)584-9882 / 전자우편 cheong21@freechal.com

편집장 조태림 / 편집 조은정 하은애 / 북디자인 김세희 / 영업관리 정재훈

값 12,000원

ISBN 89-5749-004-3

* 이 연구는 2000학년도 단국대학교 대학연구비 지원으로 연구되었음.

토마스 하아디(Thomas Hardy)

Thomas Hardy의 Birth Place(Cottage).

Augustus Edwin John(1878~1961)이 그린 〈*Thomas Hardy*〉, 캔버스에 유채, 613×511mm, FITZWILLIAM MUSEUM, CAMBRIDGE.

Thomas Hardy가 직접 지은
Max Gate.

Thomas Hardy의 Monument.

Thomas Hardy의 Statue.

Augustus Edwin John(1878~
1961)이 그린 〈*Thomas Hardy*〉, 종이에
목탄, 360×255mm, FITZWILLIAM
MUSEUM, CAMBRIDGE.

Dorset의 Dorchester 근처 Higher Bokhampton, Stinsford Church 뜰에 있는 Thomas Hardy의 묘 앞에서의 필자.

Thomas Hardy가 직접 지은 Max Gate 앞에서의 필자.

청동거울 학술총서 ❽

토마스 하아디 연구
A STUDY OF THOMAS HARDY

안진수 지음

청동거울

책머리에

　토마스 하아디는 인생을 3m, 즉 불행(misery), 재난(mishap), 불운(misadventure)이 가득한 것으로 인식했다. 삶의 수많은 문제들에 대해서 해결의 실마리를 제공하는 대신에 세상을 살아가는 무기력한 인간의 처지를 그의 문학적 영역에 진솔하게 그려 보이려고 끊임없이 노력했다. 그래서 하아디는 흔히 비관주의자, 염세주의자, 운명론자, 결정론자로 알려져 있다.

　실제로 그의 많은 작품의 주제가 비극적인 사랑 이야기이고, 그 결말은 불행하고 작품의 분위기가 우울한 것은 사실이다. 그러나 만일 하아디가 단순한 비관론적 운명론자라면 그처럼 오랫동안 줄기찬 창작 활동을 하기는커녕 인생사에 전적으로 무관심하거나 허무주의적으로 체념, 방관했을 것이다. 따라서 이러한 작가적 특성 이외에 독자를 감동시키는 따뜻한 인간적인 매력이 있을 것이라는 가정이 본 연구의 기본적인 착안점이다.

　하아디는 위와 같이 자신의 특성을 한정하거나 명명하는 것을 거부하고 "개선의 길이 있다면 최악을 직시하는 것이다(… if way to the Better there be, it exacts a full look at the Worst, …)"라는 신념에서 자신이 개선론자(meliorist)로 불리워지길 주장했다.

　물론 "죽음 이외에는 출구가 없다" "개인이란 운명의 손아귀에서 무력하다" "개인은 운명의 대행자에 불과하다" "하늘 밑에 웃을 거란 없다. 웃음이 있다면 그것은 오해에서 비롯된 것이다" "제신의 총수는 테스에 대한 비극적인 희롱을 끝냈다" 등의 표현에서도 볼 수 있듯이 하아디의 비극적인 특성을 인정하지 않을 수 없지만, 유우스테이셔의 주검에서 경건하고 위엄 있는 아름다움의 극치를 찾고, 딸 엘리자베드에게서 문전박대를 당하는 헨처드의 처참한 모습에서 인간의 숭엄함을 발견하고, 형장의 이슬로 사라지는 테스에게서 형언할 수 없는 연민을 느끼고, 크리스트민스터 대학의 축제에서 들려 오는 환호성을 들으며 죽어 가는 쥬우드의 황폐한 모습에서 상실하지 않은 이상을 감지하는 하아디의 인도주의적인 측면을 우리는 볼 수 있다.

하아디는 그의 작품을 통해서 인생에 깊이, 그리고 뜨겁게 참여하여 공감하고, 절망 속에서 괴로워하면서 인생의 진실과 고뇌와 절망에서 구제책을 찾아내려고 노력하였다. 하아디는 인간의 아픈 상처를 적나라하게 제시하면서도 그것을 온정어린 눈으로 살피고, 따뜻한 손길로 어루만진다. 그와 같은 인생에 대한 적극적인 태도는 그 자체가 비극을 통한 인간의 구원 혹은 그 초극에의 관심이며, 하아디의 비관주의는 인간의 진실을 탐구하기 위한 적극적인 인간애에서 비롯된 창작욕이며 기법이라고 말할 수 있다. 바로 여기에 하아디의 비관주의와 인도주의의 이중적인 비전이 있으며, 그의 사후 75년이라는 세월이 흐른 지금도 그의 삶과 사상, 작품 세계를 연구하는 수많은 학도가 있는 이유일 것이다.

본서는 모두 6장으로 구성된다. 제1장 「서론」에서는 하아디의 현재적 의미를 추구하였고, 제2장 「생애와 사상」에서는 하아디의 전기인 『생애』에 나타난 하아디의 사회적인 위치, 작가적 특성, 문학 세계의 본질 등을 고찰하였다. 제3장 「하아디의 소설에 투영된 상상적 자연관」에서는 자연의 범주, 주제와의 관계, 자연과 문명의 대립, 비가시적인 자연의 의미 등을 규명하였다. 제4장 「비평계의 하아디의 평가」에서는 초기의 소설이 갖는 특성과 하아디가 소설과 시 분야에서 취급되어 온 사정을 살펴보았다. 제5장 「소설」에서는 하아디의 문학을 논할 때 우리가 빈번하게 사용하는 '비극'이라는 용어를 '풍자'라는 말로 대치하였다. 제6장 「비평적 분석의 다양성」에서는 그의 4대 걸작을 비교 문학적 입장, 포스트모던적 조망, 모더니즘적 성찰이라는 의도에서 분석하였다.

어설픈 자료를 난삽하게 나열한 것에 불과하고, 상업성이 전혀 없는 이 책을 선뜻 출판해 주신 청동거울 사장님을 비롯한 모든 분들께 심심한 사의를 표한다. 특히 이 책이 나오도록 여러 면에서 도움을 주신 김수복 교수님과 청동거울 식구들께 다시 한 번 감사를 드린다. 도움을 주신 모든 분들에 대한 보답으로서 지금은 미흡해도 이 책의 내용을 끊임없이 수정, 보완해서 훌륭한 학술 연구서가 되도록 하겠다는 것을 약속드린다.

2003. 8. 안서 호반에서

郷坡

차례

토마스 하아디 연구

A Study of Thomas Hardy

제1장

서론 : 하아디는 우리의 동시대인인가?

지금부터 정확하게 107년 전 1896년에 하아디(Thomas Hardy, 1840~1928)는 소설 쓰기를 포기하고 1860년대에 다소 명분이 불분명하게 감추어 두었던 시인으로서의 경력을 다시 시작하였다. 1895년 후반에 하아디의 마지막 소설 『모호한 자 쥬우드』(*Jude the Obscure*)가 출판되었다. 1897년에 『사랑하는 사람』(*The Well-Beloved*)이 단행본의 형태로 출판되었지만 하아디가 이 소설을 쓴 것은 몇 년 전이었기 때문에 『모호한 자 쥬우드』가 그의 마지막 소설인 셈이다. 하지만 이 소설은 4년 전 1891년에 『더어버빌가의 테스』(*Tess of the d'Urbervilles*)가 출판되었을 때보다도 더 많은 독자들의 분노를 야기시켰다. 맹목적이고 도덕적 악의(malice)라고 생각했지만 그것에 상처를 입고 하아디는 많은 사람들의 눈에는 그때가 소설 창작의 전성기에 있었다고 보였을지라도 과감하게 소설 창작을 그만두었다. 그의 생애 중 마지막 33년 동안 하아디는 서사시극 『군주들』(*The Dynasts*, 1903, 1906, 1908) 이외에 8권의 시집 총 960편의 시를 출판했다. 이 중에서 첫번째 시집인 『웨쎅스 시집』

(*Wessex Poems*)이 1898년에, 마지막 시집 『겨울의 소리』(*Winter Words*)가 그가 죽은(1928) 후에 출판되었다. 간략하게나마 이러한 사실들을 열거하는 것은 그것들이 하아디의 특성과 규모(scale)를 가늠하게 하기 때문이다. 또한 그의 작품의 논의를 항상 방해하는 난해성의 본질이 어디 있는가를 말해 주기도 하기 때문이다.

하아디는 1840년 도오셋(Dorset)주 도오체스터(Dochester)읍 근처 하이어 복햄프턴(Higher Bockhampton)에서 석공의 아들로 출생해서 1928년 영국문학의 위대한 평민(Grand Old Man)으로 타계했다. 그는 크리미아 전쟁(1854~56)이 시작되기 14년 전에 출생해서 디킨즈(Charles Dickens, 1812~70)와 테니슨(Alfred Tennyson, 1809~92)이 최고의 경지에 있었던 팔머스턴(Palmerston), 디즈렐리(Disraeli), 글래드스턴(Gladstone), 개리볼디(Garibaldi), 그리고 비스마르크(Bismarck, 1815~98)의 세계에서 초년 시절을 보냈다. 그의 사망은 세계 제1차 대전(1914~18)이 종전된 10년 후이고, 그의 만년에는 엘리옷(T. S. Eliot, 1888~1965), 조이스(James Joyce, 1882~1941), 울프(Virginia Woolf, 1882~1941)가 그의 문학적인 동시대인이었고, 맥도날드(Ramsay MacDonald), 스탈린(Staline), 히틀러(Hitler), 그리고 무쏘리니(Mussolini)의 세계에서 살았다. 그의 초년 시절과 철로 확장의 위대한 시기가 일치된 하아디는 자동차를 타고 이리저리 이동하면서 노년을 보냈다. 즉, 초년 시절에는 기차가 유일한 교통수단이었고, 노년에는 이동에 편리한 자동차의 시대가 온 것이다. 가족들과 함께 도오셋 구역 교회(Dorset Parish Church)에서 바이올린을 연주했던 소년은 빅벤(Big Ben)이 새해에 울리는 것을 라디오로 들었던 노인으로 성장했다. 톨푸들 머어터(Tolpuddle Martyrs)들이 노동조합지부를 결성했다고 유배형을 받은 후 6년 후에 출생해서 하아디는 1926년 총파업(General Strike) 때까지 살았다. 대커리(William Makepeace Thackeray, 1811~63)의 『허영의 시장』(*Vanity Fair*, 1847~8)을

1863년에 그의 누이에게 추천했고, 그의 소설 『광란의 무리를 떠나서』 (*Far from the Madding Crowd*, 1874)가 처음에는 엘리옷(George Eliot, 1819 ~80)이 쓴 것으로 생각되었던 소설가 하아디는 그가 원하기만 했었다 면 『율리시즈』(*Ulysses*, 1922)와 『등대로』(*To the Lighthouse*, 1927)를 추천 할 수도 있었을 것이다. 아놀드(Matthew Arnold, 1822~88)의 생애가 끝 나 가면서 그의 시인으로서의 경력이 시작되었고, 스윈버언(Charles Swinburne, 1837~1909)과 브라우닝(Robert Browning, 1812~89)과는 아 주 가까운 곳에서 살았던 시인 하아디는 파운드(Ezra Pound, 1885~ 1972)로부터 『휴 셀윈 모바리』(*Hugh Selwyn Mauberley*, 1920)의 증정본 을 받을 수 있었고, 『황무지』(*The Waste Land*, 1922)가 나왔던 같은 해에 그의 여섯 번째 시집을 출판했다.

이 모든 것이 암시하는 것은 첫째, 하아디가 소박하고 탁월한 작가라 는 점이고, 동시에 수십 년 동안 그의 일관되고 방대한 다작은 그가 그 의 고향 웨쎅스로부터 친밀하게 향토사를 기록하는 시골의 순박한 작 가라는 개념과는 모순된다는 점이다. 둘째로, 하아디는 자신을 근본적 으로 시인이라고 간주했다 해도 그가 두 가지 경력을 가졌다는 것을 지적할 수 있다. 그의 소설가로서의 경력은 19세기 마지막 40년과 거 의 정확하게 일치했다. 한편 시인으로서의 경력은 20세기 초 30년과 완전히 겹친다. 그렇다면 하아디는 빅토리아 시대의 소설가이며 현대 시인인가? 아니면 기묘한 역설이지만 그 반대, 즉 빅토리아 시대 시인 이며 현대 소설가인가? 그는 원래 소설가인가, 시인인가? 그러나 이런 식으로 하아디에 관한 문제를 제기한 비평은 결코 확실한 대답을 내놓 고 있지 않다. 따라서 그러한 질문은 하아디를 이해하는 데 별 도움이 되지 않는다고 볼 수 있다.

위와 같이 하아디를 역사화하는, 즉 역사적으로 하아디의 위치를 결 정하려는 양자택일의 방법은 그의 작품에 관한 또 다른 중요한 사실을 주목하려는 것이다. 2003년 지금 현재도 하아디의 작품들은 다양한 형식으로 우리와 함께 있다. 하아디의 소설들은 최근에도 수없이 출판되고 있으며, 완전한 종합 시선집은 물론 다수의 시집(몇 편씩을 모은)들도 팔리고 있다. 테넌트(Emma Tennant)에 의한 『테스』(*Tess*)라는 제목의 수정판이 1994년에 나온 바 있고, 도오셋 관광청은 하아디를 항상 홍보의 중심에 두고 있다. 영어권은 물론 비영어권에서도 하아디를 읽고 가르치고, 그리고 연구한다. 더욱 의미 깊은 것은 『일요판』(*Independent on Sunday*)이 1995년은 오스틴(Jane Austen, 1775~1817)의 해(개작 또는 번안)이고, 1996년은 웨쎅스의 소설가이며 시인인 하아디의 해가 될 것이라고 예언한 바도 있었다. 조운스(Catherine Zeta Jones), 오웬(Clive Owen), 플라우라이트(Joan Plowright)를 주연으로 하는 300만 파운드를 들인 BBC 2(영국방송협회)가 제작한 『귀향』(*The Return of the Native*, 1878)의 각색물이 있었고, 어떤 한 BBC는 이크리스턴(Christopher Ecclestone), 윈스렛(Kate Winslet)을 주연으로 하는 『모호한 자 쥬우드』의 영화 제작에 공동 출자했다. 젊은 배우들 로우취(Linus Roach), 스웰(Rufus Swell)이 주연하는 『숲 속의 사람들』(*The Woodlanders*, 1887)에 400만 파운드나 들인 제작자도 있었다(부분적으로는 예술협의회를 통해서 The National Lottery의 재정 지원을 받음). 게다가 1996년 초에 『광란의 무리를 떠나서』(*Far from the Madding crowd*, 1874~5)를 주제로 한 새로운 발레가 버밍엄 왕립발레(Birmingham Royal Ballet)의 씨즌(Midland Bank Season)에서 개막되었다. 오늘날의 연구 상황에서도 『일요판』이 하아디의 소설들을 런던의 한때 유행하는 관심거리라기보다는 웨쎅스의 시골에 묻혀 사는 한 남자의 심오한 열정으로 제시하는 반면에, 역시 그들에게서 근본적으로 현대적인 관심들(자신을 향상시키기 위해서 교육을 받으면서 운명, 강력한 여성 주인공들에 의해서 방해받는 젊은이들)을 발견하는 것으로 영화 제작자들을 인용하고 있는 것을 주시해 볼 가치가 있다. 아마도 『관찰자』(*Observer*)가 1928년에 스틴스포드 교회 (Stinsford Church)에 매장되는 것을 기다리다가 하아디의 심장을 먹었던 것으로 추측되었던 장의사의 고양이 이야기(지금은 전설이 된)에 대해 서 한 페이지 전부를 기사화했다는 것은 시대의 한 상징이기도 하다. 의미 있게도 이 기사가 그 잡지의 뉴스란에도 실렸다.

이 모든 것이 제기하는 문제는 하아디가 빅토리안인가, 현대인인가 의 문제가 아니라 어떤 면에서 그가 우리와 동시대의 인물인가라는 점 이다. 즉, 그는 우리에게 무엇을 의미하는가이다. 당신의 신분과 어떤 입장에서 그를 보고 있는가에 따라 이 문제에 대한 대답은 극적으로 다양해질 수 있다. 한 극단에(**At one extreme**)는, 시골 출신의 남녀 주인 공들에 의해서 상연되는 지금은 사라져 가는 시골 생활의, 웨쎅스의, 성격과 환경의 시대를 초월한 보편적인 드라마의, 사랑과 죽음의, 자 연과 시간의 시인이자 기록자로서의 지금의 전통적인 하아디, 즉 영국 의 민족적 유산의 구세주요, 자기 스스로 그 유산의 구성 요소로서의 하아디가 있을 수 있다. 또 다른 극단에는, 그 자체가 심각하게 불안정 하고 안정을 해치는 계급, 성, 언어의 성차별, 그리고 형식적인 구조의 어려운 문제들을 우리들에게 명료하게 표현해 주는 급진적으로 전복 적인 텍스트의 파괴적인 작가 혹은 부주의한 제작자 하아디가 있을 것 이다. 그렇다면 하아디는 의미와 가치에 대한 동시대의 논쟁에서 투 쟁하고 승리하여 차지해야 할 지세(**terrain**)가 된다. 2000년대가 시작 된 지금 하아디가 우리에게 의미하는 것은 무엇이고, 어떻게 왜 그가 그렇게 의도되는가를 탐구하려는 것이 본서의 기본적인 목적이 될 것 이다.

제2장
생애와 사상

1. 생애 : 『생애』(*The Life of Thomas Hardy*, 1840~1928)**의 저자는 플로렌스 에밀리인가?**

필자는 하아디가 탁월한 작가라는 것을 이미 언급하였다. 그래도 이 점에 대한 설명이 조금은 더 필요할 것 같다. 그것은 오랫동안 그가 그처럼 많은 작품들을 썼기 때문이 아니라 그 설명이 그의 전문성에 대한 단순한 색인이 될지라도 그것은 하아디의 사회적인 위치, 그의 작품에 대한 자리매김, 그의 작가적 특성, 그리고 그의 문학 세계의 본질이 무엇인가에 대한 설명이 될 것이기 때문이다. 이 점과 관련된 두 가지 점을 좀더 고찰해 보자.

하아디는 원래 그의 수필 「도오셋주의 노동자」("Dorsetshire Labourer", 1883)와 『더어버빌가의 테스』에서 농촌 생활의 변화를 깊이 공감하면서 다음과 같이 썼던 것을 보면 자신도 시골 경제의 중간 계층(intermediate class)에 속했었을지도 모른다.

그러나 농촌 생활에서 점점 뚜렷하게 드러나는 모든 변화들이 단지 불안정한 농업 형태의 탓만은 아니었다. 이주에 의한 농촌 인구 감소 역시 그 한 원인이었다. 과거의 마을은 농업 노동자들과 이들보다는 확실히 지체가 높고 유쾌한 생활을 즐기고, 좀더 학식이 있는 계급—테스의 아버지와 어머니가 속한 계급—과 더불어 목수, 대장장이, 구두장이, 행상인, 그리고 농업 노동자들에 속하지 않는 뜨내기 일꾼 등이 서로 뒤섞인 채 이루어졌다. 그리고 테스의 아버지와 같은 종신 임대권 소유자나 토지 등기부 소지자, 때로는 소규모 자작농이기 때문에 목적과 행동에 안정성이 있는 계층도 이에 포함되었다. 그러나 장기간의 점유 기간이 끝나면 다시 같은 사람에게 임대되는 일은 드물었고, 그 주인이 고용인들을 위해 꼭 필요한 경우가 아니면 그 농가를 헐어 버리는 것이 일반적이었다. 농장주들의 땅에 직접 고용되어 일하지 않는 사람들은 경원시되었고, 이렇게 해서 일부의 사람들이 쫓겨 나가면 다른 직업을 가진 사람들이 먹고 살 수 없게 되어 그들마저 떠나지 않으면 안되었다. 과거에 농촌 생활의 뼈대를 이루었고, 농촌 전통의 수호자이던 사람들은 이제 큰 도회지에서 생활 근거를 찾아야만 했다. 통계학자들이 농촌 인구의 도시 지향성이라고 우스꽝스럽게 규정한 이 과정은 사실은 기계의 힘에 의해 물이 억지로 산꼭대기로 끌려 올라가는 경우와 다름없다.

(··· an interesting and better-informed class ··· including the carpenter, the smith, the shoemaker, the huckster, together with nondescript workers other than farm-labourers; a set of people who owed a certain stability of aim and conduct to the fact of their being life-holders like Tess's father, or copyholders, or, occasionally, small free-holders ··· These families, who had formed the backbone of the village life in the past ··· were the depositories of the village traditions.)(*Tess*, 292)

그러나 하아디를 여전히 그러한 계층에 머물러 있었고, 1870년대 이후에도 계속 시골 사람이었다고 본다면 그것은 아주 잘못된 것이다. 1880년대 초에 도오체스터 교외에 맥스 게이트(Max Gate)라는 집을 짓고 그의 여생 동안 거기서 살았던 것은 사실이지만 하아디는 1860년대와 1870년대에 런던에서 자기 형성 기간을 보냈다(맥스 게이트에서 매년 여름과 봄에 런던을 방문한 것은 물론). 적어도 소설가로서 그의 경력은 빅토리아 후기 런던 문학 시장의 거친 환경에서 이루어졌고 형성되었다. 그래서 사회적인 용어를 빌려 말하자면 그는 농촌의 소지주로서라기보다도 런던의 문필가로서 보여지는 것이 더욱 명료하다고 말할수 있다. 그럼에도 불구하고 문학적인 성공과 재정적인 보수가 허용되었을 때 그는 도오셋에 손수 집을 짓고 많은 시간을 거기서 살았다. 분명히 중요한 것은 다른 많은 엘리트 계층의 작가나 지식인처럼 윌리엄스(Raymond Williams)의 말을 빌리면 변방 지대(Border Country)에서 살았다. 뿌리 뽑힌 출세주의자(déraciné, arriviste)는 그의 원래의 계층에도 속하지 못하고, 그의 전문적인 성공이 부여한 사회적 환경에도 속하지 못한다. 모든 면에서 하아디의 소설에 새겨진 것은 바로 이 계급사회의 틈새에 있는 위치라고 필자는 주장한다. 따라서 이것은 시대성있는 드라마라기보다 현대 독자들에 의해서 다시 읽혀질 가능성을 부여한다.

그의 두 번째 아내 에밀리 하아디(Florence Emily Hardy, 1879~1937)가 『토마스 하아디의 생애』(*The Life of Thomas Hardy*, 1840~1928)를 그의 사후에 두 권의 책 『토마스 하아디의 초년 시절, 1840~1891』(*The Early Life of Thomas Hardy*, 1840~1891, 1928)과 『토마스 하아디의 만년, 1892~1928』(*The Later Years of Thomas Hardy*, 1892~1928, 1930)으로 출판했지만 사실상 그 전기는 1920년대에 하아디 자신이 구상했던 것으로 생각된다. 그는 낮에는 경험했던 것을 전기의 초고로 쓰고, 저녁에

는 그것들을 에밀리로 하여금 타이핑하도록 했다. 그리고 나서 전기의 바탕이 되었던 초고를 없애 버렸다. 그 결과 그 전기는 에밀리에 의해서 사후 출판된 것으로 어물쩍 지나갔다. 그러므로 이러한 사실을 알고 보면, 'F. E. H.'라고 서명된 '초년 시절'의 서문('Prefatory Note' to 'The Early Life')은 수용하기 어렵다. 그것은 이렇게 시작한다. "오랫동안 하아디의 감정은 그의 생애가 씌어지는 것을 상관하지 않았다. 종종 그는 회고록을 쓰도록 요청받았지만 칭찬받을 만한 것이 없다고 늘 말하곤 했다(Mr. Hardy's feeling for a long time was that he would not care to have his life written at all. And though often asked to record his recollections he would say that he 'had not sufficient admiration for himself' to do so.)(*Life*, vii)."

어떤 사람이 당신을 인용하는 것과 특히 당신이 자신의 전기를 쓸 때 자신을 인용하는 것과는 전혀 다르다(Now it is one thing to have someone else quote you as saying this, and quite another to be quoting yourself, especially when you are writing your own biography!). 하아디의 경험에 대한 '많은 잘못되고 터무니없는 진술'이 그의 필적을 강요했고, 'F. E. H.'가 그것이 필요한 경우에 그것들을 인쇄하는 데 사용할 수 있는 '제목'과 '회상'들을 기록했다는 것을 주목하면서 서문은 계속된다. 소설가로 활동할 때 그가 포켓북에 적어 두었던 날짜가 적혀 있는 관찰들은 아주 도움이 되었다. 물론 그러한 기록들은 인쇄를 의도한 것은 아니었다. 그리고 하아디 자신의 회고담들은 그것들이 회고될 수 있을 때마다 사용되었거나 혹은 구두(viva voce)로 표현될 때 기록되었다. 이럴 때 어려운 점은 정확성을 확보하는 것이다(On this point great trouble has been taken to secure exactness.)(*Life*, vii).

하아디의 소설이나 시집의 서문에 나타나 있는 그의 문체와 성향에 익숙한 사람이라면 누구나 그것들이 하아디 자신의 것이라는 것을 쉽게 인식할 것이다. '인용된 의견들은 오로지 우연한 생각들이고, 생각해 보기 위해서 임시로 기록된 것이지 항구적인 결론은 아니다. 이론의 일시적인 성향에 대한 그의 빈번한 언급에 의해서 상기된 사실(*Life*, vii)', 혹은 그의 시골의 경험에 대한 우연한 사건들은 사소한 것으로 고려될 수도 있다. 그러나 그들은 지금은 완전히 사라진 구 서영국의 생활(old West-of-England life) 풍습을 구체화한다는 점에서 포함되었다(*Life*, viii). 이 삼인칭 전기의 허구는 하아디의 사후 'F. E. H.'의 몇몇 기록의 내포에 의해서 결국은 합성된다. 아주 철저하고 매우 면밀한 장치(device)들이 환상을 유지하도록 전개된다 : 다시 말하면 하아디가 명백하게 알았었던 것들에 대한 '저자'의 무지의 용인으로부터, 그의 노트(기록)가 절대로 출판을 의도한 것이 아니라는 끊임없는 조언을 통해서, 한 인간으로서 자신에 대한 관심이 전혀 없다는 것을 하아디가 빈번하게 말하는 신기하고 아이러닉한 반복과, 그리고 그의 회상록을 쓰는 것을 철저하게 거부하는 것까지(*Life*, 323) 그의 아내의 이름으로 출판을 위해서 그것들을 현재 쓰는 자에 의해서 이것은 전개된다. 하아디의 자서전은 공적인 생활(Official Life)의 개념에 전적으로 새로운 차원을 부여한다.

의미 있는 몇 가지 점들이 『생애』에 의해서 규명되어질 수 있다. 첫째로 1권으로 된(총 454페이지) 것 중의 35페이지쯤에 하아디의 도오셋에서의 비교적 하층 출신 생활이 완벽하게 끝나고 그는 런던에 있다(이들 처음 페이지들의 많은 것들이 과거의 하아디 가문의 귀족적 유산을 가리킨다). 그의 명백하게 별난 소설들 중의 하나인 『에셀버어터의 손』(*The Hand of Ethelberta*, 1876)은 일종의 치환된 자서전(실생활)이다. 즉, 그 소설에서 하층 출신의 젊은 여주인공이 소설가다. 이러한 사실에 의해서 그녀는 상류 사회에 진입한다. 그러나 계속해서 자신의 진정한 사회적 배경을 숨기고 억압해야만 한다. 아마도 여기서 현저한 아이러니를 첨가한다(그런데 'Hand'는 하아디 어머니의 처녀적 이름이고, 소설의 끝에서 에셀버어터는 '서사시'를 쓰는 일에 종사한다. 하아디도 소설 쓰는 일을 중단하고 시에 전념하게 된다는 것을 상기할 필요가 있다). 둘째로 사회적 야망이나 유행하는 것들에 대한 하아디의 많은 부인에도 불구하고 『생애』의 많은 부분이 하아디가 만년에 신경썼던 사회적 사건들에 대한 상세하고 지루한 진술과 그가 사귀었던 위대하고 훌륭한 사람들의 인명들로 가득하다. 셋째로, 그 작품의 호기심이 많고 폭로적인 하부 텍스트는 하아디가 여인들과 그들의 성욕에 사로잡혀 있었다는 것을 보여주고 있다. 한편으로 『생애』에는 1870년대 콘월(Cornwall)에서 초기의 아주 낭만적인 그의 첫아내 에마(Emma)와의 구혼에 대한 의미 심장한 설명 이외에 그의 두 번의 결혼에 대해서는 아무런 언급이 없다 (장인은 자기의 딸과 결혼하기에 하아디가 부적합하다고 생각했다). 또 한편으로 『생애』는 계속해서 관찰 결과를 기록한다. 기차, 버스 그리고 사회적인 행사에서 얼핏 눈에 띄었던 아름다운 젊은 여인들(매춘부를 포함해서)에 대한 노골적인 말, 즉 기찻간의 클레오파트라(Cleopatra), 〔…중략…〕 목소리로 봐서 성격이 좋은 호색적인 여인, 그리고 두껍고 촉촉한 입술(*Life*, 229) ; 혹은 그와 반대로 그리고 자기 본성을 드러내는, 잘생긴 소녀 : 잔인하게 작은 입 : 결혼하기에는 두렵고 흥미 있는 여인들의 계층 출신이다(*Life*, 212). 특히 『생애』는 종종 경멸조로 하아디가 지금 어깨를 부비며 살아가는 사회 여인들의 열정적인 아름다움을 주목한다 : T부인과 그녀의 큰 눈들 〔…중략…〕 그러나 이 여인들! 배추잎으로 뚤뚤 말아 버리면 어디에 그들의 미가 있는가?(*Life*, 224) 그러나 초년기에 사산이 되어 버린(stillborn) 열중했던 것들(infatuation)을 언급하는 중에도 그것이 어떤 것이었던간에 『생애』는 그의 사촌 스파크스(Tryphena Sparks), 즉 '피나의 생각들(Thoughts of Phena)'이라는 시의 유명한 '잃어버린 귀중품(lost Prize)'에 대한 언급도 없고, 만년의 '잃어버린 귀중품들' ―아름답고 귀족적인 여인들, 헤니커 부인(Mrs Florence

Henniker)과 그로브 부인(Lady Agnes Grove)과의 짝사랑 관계에 대한 언급도 없다. 알기 어려운 여성의 성욕과 자신의 성적 소심(sexual timidity)에 대한 하아디의 스코포필릭(scopophilic : 실제적인 성행위 대신에 성적으로 자극적인 장면을 보려는 욕망) 매혹을 그는 소망했지만 자신을 연인으로서는 거부했던 부인들 때문에 느꼈던 계층 배제에 의해서 더욱 강화되었던 것으로 보인다. 그 모든 것들이 음탕한 성욕과 계층 불안의 잠재적인 혼합주(cocktail)를 암시한다. 이 모형(matrix)에서 우리는 하아디의 또 다른 상상력이 풍부한 작품들이 구성되고 형성되어 있다는 것을 아는 것도 무리가 아니다. 넷째로, 『생애』는 하아디는 항상 '진정한' 시인이지만 재정적으로 자립하려고 단순히 '소설 거래'를 시작했다는 것을 강조하려고 애쓰고 있다. 실로 모든 곳에서 비꼬인 이 자서전의 가장 그릇된 양상은 자신의 소설 창작 경력에 대하여 계속적으로 천박하게 다루고 있다는 것이다. 심오한 소설을 저술하는 데 30년 동안 집중적인 노력이 있었음에도 불구하고 하아디는 그의 소설 창작을 단순한 '하찮은 잔일'로 부르면서 그는 예술로서 그것에 대하여 관심을 갖지 않는다고 여러 번 강조한다(*Life*, 179) ; 그리고 소설가로서의 대중의 명성에 대해서는 관심이 없다고 주장한다(*Life*, 57) ; 그는 진정한 첫사랑(시)을 위해서 소설을 포기했다고 말한다 : 시와 다른 순수문학의 형태(*Life*, 63) : 본능적이고 사심 없는 사랑(*Life*, 305), 그래서 자신의 경멸적인 말로 연속물(*Life*, 100)에 탁월한 재능을 갖고 있는 것으로 생각하고 소설을 만들었지만 그는 이제 삼류 문인으로서가 아니라 진정한 시인, 즉 문학의 귀족으로서 자신을 내세우려고 한다.

다시 말하면 『생애』는 하아디를 그가 보여지고 싶어하는 대로 보여주려고 한다. 즉, 순수문학인이요 가장 좋은 사회의(특히 여성의) 계급 없는 동등한 사람으로서 보여지려고 한다. 실로 그것은 사회적으로 성적으로 불안정한 하층민 엘리트 계급의 놀라운 환상이다. 그리고 모든 페이지가 아이러니하게도 그것에 눈짓을 보낸다. 그러나 『생애』에 대해서 지적해야 할 것이 하나 있다. '전기'는 하아디의 창작에 대한 극단적인 자의식의 증거가 된다. 다시 말하면 너무 강한 강박관념 때문에 그 자체의 폭로에 대해서는 종종 맹목적인 자의식의 산물인 창작에 대한 증거가 된다. 비유를 바꾸면 그것은 그의 텍스트에 대한 하아디의 조절 장악력이 너무 텅 빈 주먹(white-knuckled)이어서 텍스트는 항상 그의 통제에서 쉽게 벗어나서 억압하려고 계획되었던 압력, 갈등, 그리고 긴장을 노출한다. 그래서 『생애』는 우리가 하아디의 작품에서 그의 계급 삽입과 연관된 성적인 불안정, 그리고 그의 극단적인 작가성에 부여해야만 하는 의미에 관심을 끈다—왜냐하면 사실상 그는 말 그대로 자신의 삶을 쓴다. 사실 이러한 언급은 매우 잘 쓰여진, 그의 모든 텍스트들에 적용될 것이다.

2. 사상

1) 결정론(Determinism)과 운명론(Fatalism)

결정론의 원리가 흔히 운명론의 주장과 혼동되어 왔다. 그러나 두 논리는 그들의 본질 면에서 전적으로 다르다. 그린(William Chase Greene)은 "인간은 완전히 외부적인 운명(destiny)의 통제하에 있다"는 견해를 결정론의 핵심이라고 생각했다.[1] 원인 없이는 아무것도 결정론에서는 발생하지 않기 때문에 "모든 것은 결정되어 있고, 기껏해야 우리는 운명의 대행자에 불과하다고 이어서 말했다."[2] 또한 프랭크(Jerome Frank)

---

1) William Chase Greene, Moira : *Fate, Good, and Evil in Greek Thought*(Cambridge : Harvard University Press, 1944), p.8.

도 결정론을 다음과 같이 정의하였다.

…… 모든 발생은 전적으로 결정되었다는 가설 ; 우주 속에서 전에 발생했던 것들과 도처에서 지금 발생하고 있는 것과의 사이에는 끊어지지 않은 일련의 인과율의 연결 고리가 있다.

(… the hypothesis that every occurrence is wholly determined ; that there exists an unbroken chain of iron causation between the earliest happenings in the universe and what is going on this minute everywhere …)[3]

이러한 정의에서 그는 "화해할 수 없는 운명론의 불씨(the seeds of an implacable fatalism)"[4]를 발견했다. 하아디의 운명론을 분석하면서 엘리옷(A. P. Elliott)은 결정론을 운명론의 "과학적 필적물(scientific parallel)"[5]이라고 주장하고, 하아디의 정신이 둘 사이를 오락가락한다고 생각했다.[6] 미국의 저명한 비평가 비치(Joseph Warren Beach) 역시 결정론을 "운명론의 과학적 상대(scientific counterpart)"로서 분류했다. 그러나 그는 "자연법(natural law)을 추구하려는 근면성에 의해서 운명에 더 많은 새로운 빛을 던졌다고 부언했다(… it threw more light on destiny by virtue of its diligence in the searching out of natural law …)."[7] 그런데 엘리옷은 "결정론은 운명론이 표현하는 데 만족하는 조건을 설명하려고 하는 데 불과하다"[8]고 생각했다. 하아디의 결정론적 철학을 더 논하기 전에 운명

---

2) Greene, p.347.
3) Jerome Frank, *Fate and Freedom*(New York : Simon and Schuster, 1945), p.87.
4) Frank, p.87.
5) A. P. Elliott, *Fatalism in the Works of Thomas Hardy*(Philadelphia : University of Pennsylvania Dissertation, 1935), p.31.
6) Elliott, p.32.
7) Joseph Warren Beach, *The Technique of Thomas Hardy*(Chicago : University of Chicago Press, 1922), p.228.

론과 결정론의 두 용어의 차이점을 규명하는 것이 바람직하다고 생각
된다.

우선 운명론은 어디에서나 모든 행위를 통제하는 우주 밖의 힘(po-
wer), 혹은 세력(force)을 전제로 삼는다.

> …… 인간이 만들었을지도 모르는 어떤 신보다도 우월하고 인간의 의지
> 와는 절대적으로 관계 없이 모든 영원한 것으로부터 존재하는 거대한 비인
> 격적이고 원시적인 힘 ……
>
> (… a great impersonal, primitive force, existing from all eternity, absolutely
> independent of human wills, superior even to any god whom humanity may
> have invented …)[9]

그린이 지적한 바와 같이 전지전능한 힘, 어떤 세력, 운명에 대한 이
개념은 "자유에 대한 여지를 남겨 놓지 않는다(no room for any
freedom)."[10] 다시 말하면 "모든 사건은 운명론하에서는 예정되어 있기
때문에 개인이란 운명의 손아귀에서 무기력하다는 결론이 나온다(all
… events are predestined under fatalism, it follows that individuals are helpless in
the grip of fate …)."[11] 이것은 운명이 어떤 계획에 맞도록 모든 발생을
가능하게 하는 목적론적 세계관이다. 그러므로 거대한 비인격적인 힘
인 운명은 이러한 계획을 꾸미는 데 분명한 의도를 가지고 있다. 물론
이 의도는 인간에게는 분명하지가 않다. 사실상 그것은 인간에게 분명

---

8) Elliot, p.31.
9) W. L. Courtney,*"Fate and the Tragic Sense"*, *Transactions of the Royal Society of Literature*, 2nd
   Series, Vol. 28, 217. Quoted Elliott, 31.
10) Greene, p.350.
11) Greene, p.91.

할 수가 없다. 왜냐하면 사건(thing)이 왜 다름 아닌 하나의 방식으로 발생하는가에 대해서 천명(decree) 이상의 이유가 없기 때문이다. 그러므로 운명론 아래서는 하나의 사건, 하나의 행위와 그것의 뒤를 잇는 것과의 사이에 필연적인 관계는 없다.

반면에 결정론은 임의적인 외부의 통제력을 완전히 부인하고 대신에 모든 사건들 사이의 우연한 관계를 고집한다. "사건들은 그것들의 바로 앞에 있었던 것들의 사정과 결정적으로 관계가 있다"[12]고 주장한다. "그것은 불변의 연쇄와 관계적 특징을 지니고 있다(a description of invariant sequences and relations …)."[13] 프랭크처럼 결정론적 입장을 가진 어떤 엄격한 비평가는 객관적으로 논쟁을 제의한다.

> …… 엄격한 인과율이 인간의 개성이 발전해 나가는 매순간마다 작용한다. 그의 목적, 그의 동기, 그의 의지력을 냉혹하게 형성해 가면서 ……

> (… rigid causation … operate(s) at every second in the development of … man′s personality, shaping inexorably his objectives, his motives, his volition. …)[14]

그래서 이 엄격한 인과율은 세상 밖이 아니라 우리가 살고 있는 세상 안에 엄연히 존재한다.

번갈아 가면서 비슷하게 결정되어 온 전의 행동들이나 사건들에 의해서 완벽하게 결정되지 않은 어떤 인간의 성격을 불가피하게 초래한 요인들의

---

12) Henry Sidgwick, *The Methods of Ethics*(London : Macmillan, 1913), p.62.
13) Herbert J. Muller, *Science and Criticism*(New Haven : Yale University Press, 1943), p.85.
14) Frank, p.321.

역사 속에서는 어떤 행위도 결코 발생하지 않았고, 사건도 발생하지 않았다.

(Never ··· did an act take place or an event occur in the history of the factors which inevitably produced any man′s character which was not completely determined by previous acts and events each of which, in turn, had been similarly determined.)[15]

시드그위크(Henry Sidgwick)가 말한바와 같이 "사건들은 인식할 수 있게 결정될 뿐만 아니라 서로 다른 종류의 사건들의 다른 결정 형태도 근본적으로 동일하고 상호의존적이다(Not only are events cognizably determined, but also ··· the different modes of determination of different kinds of events are fundamentally identical and mutually dependent. ···)."[16]

트웨인(Mark Twain)은 이 응집력 있는 통일성을 『수상한 자』(*The Mysterious Stranger*)에서 다음과 같이 예증하였다.

너희들 소년들이 게임을 한다 : 네가 한 줄의 벽돌을 몇 인치 떨어지게 똑바로 세운다. 그리고 나서 너는 하나의 벽돌을 밀친다. 그것은 자기 옆의 벽돌을 넘어뜨린다. 그 옆의 벽돌은 다음의 것을, 또 다음의 것은 모든 줄의 벽돌이 넘어질 때까지 계속한다. 그래서 어떤 아이의 처음의 행동은 최초의 벽돌을 넘어뜨리고 나머지는 예외 없이 뒤따른다. 아무것도 첫번째 사건이 그것을 결정한 뒤에는 생명의 질서를 바꿀 수 없다. 각 행위는 충실하게 또 하나의 행위를 낳고, 그 행위는 또 다른 행위를 낳고, 그렇게 계속한다.

---

15) Frank, p.322.
16) Sidgwick, p.63.

(Among you boys you have a game : you stand a row of bricks on end a few inches apart ; you push a brick, it knocks its neighbor over, the neighbor knocks over the next brick-and so on till all the row is prostrate ⋯ So a child′s first act knocks over the initial bricks, and the rest ⋯ follows in inexorably ⋯ nothing can change the order of its life after the first event has determined it ⋯ each act unfailingly begets an act, that act begets another, and so on to the end. ⋯)[17]

결정론은 너무도 논리적이고 과학적인 체계이기 때문에 그것에 의해서 사람이 출발점을 확인하고 충분한 예견을 할 수 있다면 바로 그 시점에서 그는 이후에 뒤이을 모든 것을 인식할 수가 있다. 그러나 인간은 반드시 인식에 국한되어 있어서 그러한 예견은 불가능하다. 인간은 가장 가까운 결정 요인을 항상 볼 수 있는 것은 아니다. 졸라(Emile Zola)는 그것을 "존재의 자연적이고 물질적인 조건 또는 현상의 표명(the physical and material condition of the existence or manifestation of the phenomenon)"[18]이라고 불렀다. 졸라가 말한바와 같이 "일련의 사실들은 현상의 결정론의 요건이 요구하는 것"이라는 것을 인간은 알 수 없다(He cannot see that a "succession of facts", is "such as the requirements of the determinism of the phenomena ⋯ caslls for.").[19] "가장 가까운 요인"을 관찰하지 못한 결과로서 인간은 자신이 "자유의지"를 가지고 있다고 생각한다. 그러나 그것은 환상일 뿐이다.

…… 결정의 순간에 인간은 그의 결정을 필수적으로 만드는 과거와 현재의 사실을 모르기 때문에 그의 선택은 단순히 그에게 참된 것으로 보인다 ;

---

17) Mark Twain, *The Mysterious Stranger*(New York : Harper′s, 1922), pp.81~82.
18) Emile Zola, *The Experimental Novel*(New York : The Cassell Publishing Co., 1893), p.3.
19) Zola, p.8.

둘 중의 하나를 선택해야 하는 투쟁은 그가 결심하고 있는 중에는 그의 내부로 계속해서 나아가고 있었을지도 모른다. 그러나 그 투쟁의 하나의 그리고 유일한 결과가 있다.

(… his choice merely seems real to him because, at the instant of decision, he is ignorant of the past and present facts which render his decision compulsory ; a battle for selection of one of the alternatives may have gone on inside him while he was "making up his mind," but … there was one and only one possible outcome of that battle.)[20]

그래서 그 결과는 이전 요인의 결정론에 의해서 고정되고 필수적인 것으로서 설정된 것이었다. 즉, 인간은 필요한 과거 사건들이 그 행위를 불가피하게 만들어 놓은 조건에서만 할 수 있다고 믿는 것만을 할 수 있다. 인간은 상황의 필연성에 의해서 강요받기 때문에 그것을 할 수 있을 뿐만 아니라 역시 해야만 하는 것이다. 그래서 결심은, 시드그위크가 말한 것처럼, 자극의 힘과 우리들의 이전에 결정된 당시의 기질과 성격의 상태에 의해서 결정된다(… the strength of the stimulus and the state of our previously determined temperament and character at the time. …).[21] 자유의지의 문제에 관하여 쇼펜하우어는 균형을 잃고 넘어지려고 하는 수직 막대기(perpendicular beam)의 예를 든다. 그것은 왼쪽이나 오른쪽으로 넘어질 수 있다고 그는 말한다.

그러나 이것은 단순히 주관적인 의미를 가지고 있을 뿐이다. 실은 그것은 "우리에게 알려진 시간과 관계되는 한에 있어서"를 의미한다. 객관적으로

---

20) Frank, pp.321~322.
21) Sidgwick, p.63.

36

보면 낙하 방향은 균형이 깨지자마자 필연적으로 결정되었다.

(This can has merely a subjective significance, and really means "as far as the date known to us are concerned." Objectively, the direction of the fall is necessarily determined as soon as the equilibrium is lost.)[22]

그렇다면 이것을 인간의 선택의 자유에 적응시켜 보면,

…… 인간 자신의 의지의 결정은 바라보는 사람, 즉 자신의 지성에 따라 결정되지 않는다. 그러므로 앎의 주체에 대해 단순히 상대적이고 주관적일 뿐이다. 다른 한편으로 본질적이고 객관적으로 그것에 부여된 모든 선택에 있어서 그것의 결정은 단호하고 필수적이다.

(… the decision of one's own will is undetermined only to the beholder, one's own intellect, and thus merely relatively and subjectively for the subject of knowing. In itself and objectively, on the other hand, in every choice presented to it, its decision is at once determined and necessary.)[23]

그러므로 자유의지는 운명론적 철학에서와 마찬가지로 결정론적 철학에서도 배제된다. 그러나 차이점은 결정론적 철학에서 사건들은 어떤 외부적인 힘에 의해서 결정되지 않고 대신에 세상 자체 안에 있는 원인의 산물이라는 것이다. 그러나 결정론에는 그것의 실재는 아니고 운명론에서만큼 한정적이기는 해도 늘 자유의지가 나타난다.

---

22) Irwin Edman(ed), *The Philosophy of Schopenhauer*(New York : The Modern Library, 1928), p.232.
23) Edman, p.232.

지금까지의 논의를 요약해 보면, 결정론은 다른 면에서는 그렇지 않지만 한 가지 면에서는 운명론과 의견이 일치한다. 이유는 다르지만 어느 쪽에서도 자유의지가 없다는 점이다. 버나드(Claude Bernard)가 지적하고 있듯이 "운명론은 어떤 현상의 외양은 그것의 조건의 필요한 부분이다……"라고 가정한 반면에 결정론은 현상의 외양은 그것의 타고난(inherent) 조건 때문에 필요하다는 정반대의 견해에 의존한다.[24] 운명론은 이러한 타고난 조건을 무시하고 세상에 목적론적인 의도를 강요하는 자의적인 외부의 힘을 따른다. 결정론은 의식적인 의도를 가진 이러한 외적인 힘을 부인하면서 대신에 추측되는 첫번째 것에서 불가피한 사건의 결과가 있는 일련의 인과율로 대체한다. 그것에 따르는 음모는 무계획적이고 비가시적이면서 세상에 있는 모든 것에 내재한다. 인간은 타고난 조건, 즉 유전과 환경 때문에 결정론 아래에 있는 지금 그대로의 존재다. 시드그위크가 소위 환경의 "자극"이라고 부르는 것에 의해서 인간에게 작용하는 압력과 더불어 이 두 개의 형성 요소가 결합한 결과로서 인간은 행위를 한다(He does what he does as a combined result of these two shaping elements …). 결과적으로 인간이 그것의 일부로서 존재하고 있는 전 우주는 끝없는 형성(becoming)의 영원한 운동과 부단한 유전(flux)의 상태에 있다. 그러므로 결정론적 인생관은 운명론적 인생관는 달리 완전한 무계획의 계획에 대한 해석의 가능한 예외가 있기는 해도 필연코 세상에서 발생하는 것에 대한 모든 계획 또는 목적을 거부한다(A deterministic all plan or purpose to happenings in the world, with the possible exception of the interpretation of a plan of complete planlessness.).

---

24) Quoted by Zola, pp.29~30.

2) 내재의지(the Immanent Will)

우주를 무의식적으로 지배하는 근본적(fundamental)이고 본원적(ultimate)인 힘을 말한다.[25] 하아디는 우주의 주도자(prime mover)에 대한 추상적인 개념으로서 이 난해한(unwieldy) 용어를 지어냈다. '내재의지'는 그의 서사시극 『군주론』(*The Dynasts*), 시, 소설에서는 '내재(Immanence)', '내재자(the Immanent)', '내재의향(the Immanent Intent)', '내재 행위자(the Immanent Doer)', '내재 형상자(the Immanent Shaper)', '내재 불개입(the Immanent Unrecking)', '불멸의 제왕(the President of the Immortals)', '근원적인 에너지(the Fundamental Energy)', '역사의 수레바퀴를 움직이는 근원적인 존재(the Prime Mover of the Gear)', '의지의 거미줄(the Will-Web)' 등으로 다양하게 불린다. '내재의지'는 모든 인간들과 지배자와 하인들의 생명을 다같이 지배하는 맹목적이고 거역할 수 없는(irresistible) 일원론적인(monistic) 힘이다.[26]

이 우주적인 '의지'는 쇼펜하우어(Schopenhauer)로부터 가져온 개념이다.[27] 이것은 모든 물체를 창조하고 지배하는 어떤 거대한 힘이지만 동시에 이것은 그 자체가 모든 창조물 속에 맹목적으로 파고들어가는, 인간의 힘으로 제어하기 힘겨운 어떤 우주적인 힘이다. 다시 말하면 '의지'는 우리들이 이해하고 있는 모든 현상 뒤에 존재하는 보다 근원적인 인간 경험의 현실이다. 그런데 이것은 끊임없이 갈등하고 고통을 겪으며 살려고 하는 '어떤 비이성적인 의지'이기 때문에 '의지'가 살아 있다는 것은 단순히 존재해서 남으려는 어떤 충동적인 힘이다. 그렇기

---

25) Saburo Minakawa and Michio Yoshikawa(eds), *A Thomas Hardy Dictionary*(Tokyo : Thomas Hardy Society of Japan, 1984), p.295.
26) Alan Hurst, *Hardy : An Illustrated Dictionary*(London : Kaye & Word, 1980), p.83.
27) Helen Garwood, *Thomas Hardy : An Illustration of the Philosophy of Schopenhauer*(Winston, 1911), p.11.

때문에 '의지'가 활동하는 풍경은 항상 황량하다. 왜냐하면 이것이 그 자체를 유지하려고 몸부림칠 때는 고통을 겪는 상태에 있고, 그것이 싸울 대상이 없을 때는 권태 속에 빠진다. 그래서 고통과 권태는 인간 그 사이에서 시계의 진자처럼 좌우로 왔다 갔다 해야 하는 두 개의 양극이다.

그런데 이러한 '의지'가 그의 작중인물에 나타나는 형태와 연관지어 보기 위해 하아디가 창작 생활을 할 때 읽은 것으로 밝혀진 폰 하트만(Von Hartman)에 대해서 다소 언급할 필요가 있겠다.[28] 사실 하아디의 사상이 단순히 쇼펜하우어의 비관주의적인 철학에만 힘입은 것으로 알려져 있지만 그는 철학가가 아닌 작가이기 때문에 19세기 말엽 당시의 여러 가지 사상들을 소화했다고 볼 수 있다. 그는 한때 그의 책이 다윈(Darwin), 헉슬리(Huxley), 스펜서(Spencer), 꽁트(Conte), 흄(Hume), 밀(Mill), 그리고 쇼펜하우어보다 더 많이 읽은 다른 사상가들의 견해가 조화를 이루고 있는 것을 나타내 주고 있다고 말했다.[29]

쇼펜하우어의 철학을 논의한 후 그것을 어느 정도 발전시킨 폰 하트만은 쇼펜하우어처럼 우주의 모든 힘과 물체는 단일실체, 즉 '의지'의 현상이라고 가정했다. 그러나 그는 '의지'를 단일실체라고 했지만 '의지'를 어떤 심리적인 힘 또는 무의식 혹은 무의식적인 마음으로 생각했다. 그에 의하면 이러한 무의식이 움직이는 활동은 무분별하게 아무런 생각 없이 어떤 목적을 수행하기 위한 우주의 운동 과정에서의 창조적이고 충동적인 힘—예를 들면 중력과 본능, 그리고 진화 등에 나타난다. 하트만은 어떤 직관적인 무의식의 지혜가 지니고 있는 내재적이고 무의식적인 목적은 계속적인 창조와 보존의 형태에 의해서 자연

---

28) J. O. Bailey, *Thomas Hardy and The Cosmic Mind*(Chapel Hill : The University of North Carolina Press, 1906), pp.10~40.
29) Carl Jefferson Weber, *Hardy of Wessex : His Life and Literary Career*(New York : Columbia University Press, 1940), p.203.

적인 대상과 개체에 나타난다고 말하고, 출생은 무의식이 활동하는 가
장 크고 뚜렷한 현장이라고 말했다.[30] 이러한 문맥에서 보면 하아디는
이러한 사상을 그의 작품에 많이 반영시킨 것이 아닌가 생각된다.

그렇다면 이러한 사상을 갖게 된 시대적 분위기를 일견할 필요가 있
다. 빅토리아(Victoria) 시대가 끝날 무렵 과학의 진보에 따라 종래의 전
통적인 도덕관은 무너지고 문학도 점점 어두운 색채를 띠게 되었다.
하아디가 "하나님은 하늘에 계시지 않고 : 세상은 모두 잘못투성이야
!(God is not in his heaven : all's wrong with the world)"[31]라고 외치면서 기독
교 신앙의 위안을 거부하고 19세기의 물질주의적인 낙관주의에 반기
를 들고 나섰다. 이러한 것은 하아디가 젊었을 때 그리스 비극들을 탐
독한 것과 직·간접으로 당시에 일어난 진보된 과학사상과 접촉한 영
향이었다. 19세기 말엽의 과학사상은 인간의 우주에서의 위치에 새로
운 인식을 가져오게 되었다. 신도 인간 생활에 영향력을 주는 전능한
존재라는 중세기적 사고방식이 사라지기 시작하고, 나아가서는 신의
존재까지도 의심하기 시작하였다. 바로 이때 다윈의 『종의 기원』
(*Origin of Species*)은 당시 사람들에게 많은 충격을 주었다. 다윈의 이론
은 그 시대의 사고에 혁명을 가져왔고, 종래의 기독교의 절대적인 권
위에 적지 않은 위협을 주었다. 기독교 신(Christian God)으로 천지창조
와 인간의 역사를 설명하던 정통파 신학이 무너지자 모든 지식인은 기
독교 신을 대신할 만한 존재를 상정하고 우주와 인간을 설명해 보려고
했던 것이다. 『종의 기원』에 전개된 진화론의 근간을 이루는 것은 자연
도태, 적자생존설이며 그것은 돌연변이에 의하여 일어난다. 이 우연히
일어난 변화 때문에 어떤 자는 환경에 적합하여 번창하게 되고, 어떤

---

30) Eduard Von *Hartmann, Philosophy of the Unconscious*, tr. W. C. Coupland(London : Paul, 1884),
   Vol. II., p.11.
31) Thomas Hardy, *Tess of the d'Urvervilles,* ed. Scott Elledge(New York, London : W. W. Norton,
   1975), p.213.

자는 부적합하여 자손을 거치는 동안 도태된다.

　이 자연에 의해 일어난 변이에 따라 생물의 소멸과 번영이 자동적으로 결정된다고 하는 이론은 하아디가 가지고 있던 생각, 즉 무엇인가 우주를 지배하는 자에 의하여 개인의 노력이나 선행에 관계 없이 행과 불행이 결정된다고 하는 개념에 새로운 과학적 근거를 주었던 것이다. 또한 밀(Mill)의 역작들을 탐독했던 하아디는 '보편적 의지(Universal Will)'가 '조물주(Primal Cause)'라고 하는 개념을 『종교론』(*Essay on Religion*)에서 읽었다.

　밀은 이 책에서 다음과 같이 말한다.

　물질적인 자연은 어떤 의지에 의해서 생산되었음에 틀림없다. 왜냐하면 오로지 의지만이 현상의 생산을 시작하게 하는 힘을 가진 것으로 우리들에게 알려져 있으니까. 〔…중략…〕 아무것도 의식적으로 정신을 낳을 수 없다. 그러나 정신은 언어의 의미 속에 포함되어 있을 때 자명하다 ; 그러나 무의식적인 생산은 있을 수가 없다는 것이 가정되어서는 안 된다.

(The assertion is that physical nature must have been produced by a will because nothing but will is known to us having the power of originating the production of phenomena, ⋯ That nothing can consciously produce Mind but Mind is self-evident, being involved in the meaning of the words ; but that there cannot be unconscious production must not be assumed.)[32]

　무의식적인 진행 과정에 의해서 의식적인 정신이 생성된다는 이론은 하아디의 『군주론』의 핵심을 이루기도 하고, 이러한 무의식적인 진행

---

32) William R. Rutland, *Thomas Hardy : A Study of His Writings and Their Background*(Oxford : Basil Blackwell and Mott Ltd., 1936), p.69.

과정은 '내재의지'와 직결된다. 앞에서도 언급한바와 같이 '내재의지'의 개념은 원래 쇼펜하우어와 폰 하트만의 이론 체계에서 기인했었다. 쇼펜하우어는 그의 저서 『의지와 사상으로서의 세계』(*The World As Will and Idea*)에서 '의지'의 실체를 설명하면서 '의지'와 인간과의 관계를 다음과 같이 보고 있다.

개인, 즉 사람은 물질 그 자체로서 의지가 아니라 의지의 현상이고, 이미 그렇게 결정되었다. 그래서 현상의 형식, 즉 충분한 이유의 원리 아래 있다는 사실이 간과되었다.

(The fact is overlooked that the individual, the person, is not will as anything-in-itself, but is a phenomenon of will, is already determined as such, and has come under the form of the phenomenal, the principle of sufficient reason.)[33]

인간의 상위에 있는, 즉 인간을 지배하는 '의지'라고 강조한다. '의지' 자체는 무의식이기 때문에 '의지'가 나타내 주는 현상에 대해서는 현상 자체로 받아들이는 것 이외에 다른 설명을 할 수가 없다. 따라서 쇼펜하우어는 '의지'를 다음과 같이 정의를 내렸다.

사실상 모든 의도와 모든 한계로부터의 자유는 의지의 본질에 속한다. 그래서 그것은 끝없는 투쟁이요 [⋯중략⋯] 영원한 되어짐, 즉 끝없는 변화야말로 의지의 내적인 특성을 설명해 준다.

(In fact, freedom from all aim, from all limits, belongs to the nature of the

---

33) W. R. Rutland, p.94.

will, which is an endless striving ··· Eternal becoming, an endless flux, characterizes the revelation of the inner nature of the will.)[34]

하아디는 우주의 공간과 시간까지도 '내재의지'의 법칙 아래에 존재한다고 생각한다.

결국 하아디에게 있어서 '내재의지'는 모든 물체를 창조하고 움직이는 힘이며 '의지'는 어떤 심리적인 힘, 또는 무의식 혹은 무의식적인 마음으로 생각했다. 그에 의하면 이러한 무의식이 움직이는 활동은 무분별하게 아무런 생각 없이 어떤 목적을 수행하기 위한 우주의 운동 과정에 있어서의 창조적이고 충동적인 힘, 예를 들면 중력과 본능, 그리고 진화 등에 나타난다.

폰 하트만은 어떤 직관적인 무의식의 지혜가 지니고 있는 내재적이고 무의식적인 목적은 계속적인 창조와 보존의 형태에 의해서 자연적인 대상(natural object)과 개체에 나타난다고 말하고, 출생은 무의식이 활동하는 가장 크고 뚜렷한 현상이라고 말했다. 이렇게 무의식적인 힘이 작용한 자연적인 대상으로 하아디는 그의 작품의 주인공들을 출생시켰다고 할 수 있다. 쇼펜하우어의 철학대로 하아디는 이 무의식적인 힘을 인간의 정서와 이성에는 냉담하고 무자비한 '내재의지'로서 나타냈다.

---

34) W. R. Rutland, p.95.

제3장

하아디의 소설에 투영된 상상적 자연관

하아디의 대부분의 소설에는 예외 없이 '자연'의 모습이 나타나고 있다. 또 그것은 단순한 배경으로서만이 아니라 상당히 중요한 의미와 역할을 가지고 있다. 따라서 하아디를 논하는 경우 이 '자연'을 무시해서는 안 된다.

일반적으로 말해서 '자연'을 묘사하는 데에는 두 가지 방법이 있다. 그 하나는 '자연'을 눈에다 비추듯이 묘사하는 방법이고, 또 하나의 방법은 상상력에 의하여 마음에 비추는 비가시적(invisible)이고 영적인 (spiritual) 성격 또는 힘을 '자연'에서 얻어내어 묘사하는 것이다. 따라서 전자의 경우는 누가 묘사해도 그다지 큰 차이는 없다. 소위 객관적 '자연'이 묘사되어질 것이고, 후자의 경우에는 묘사하는 사람에 따라 천차만별(infinite variety)의 주관적 '자연'이 될 것이다.

하아디의 '자연'은 후자의 주관적 '자연' 묘사이다. 그와 동시대의 워즈워스(William Wordsworth, 1770~1850)의 경우도 비슷하다. 그러나 묘사된 '자연' 그것은 양자가 모두 '자연'이 인간을 지배하는 힘의 근

원이라고 간주하고 있는 점에서는 공통점이 있으나,[1] 본질적인 면에서
는 상당한 차이가 있다.

하아디의 '자연'에 대한 일반적 개관은 바버(D. F. Barber)가 "토마스
하아디에게 있어서 자연은 잔인하고 비열하게 어둡고 위협적이다(For
Thomas Hardy, nature is brutal, lowering dark and menacing)"[2]라고 하는 말과
같이 비정, 잔혹, 암흑, 냉혹 등등의 섬뜩한 말이 그의 '자연'의 대명사
로 되어 있다. 더욱이 그의 '자연'에 대한 실제 비평의 일반적인 것에
서는 '자연'이 아마 인간의 내부의 것이라기보다 오히려 인간의 외부
에 있고, 인간을 파멸로 이끄는 물질적인(physical) 존재라고 생각하기
쉬울 것이다.[3]

따라서 필자는 이러한 일반 비평을 근본적으로 재검토하면서 하아디
가 의도하는 '자연'이란 어떤 것이고, 그 '자연'이 어떤 형태로 그의 작
품과 사상에 연결되어 있는가를 고찰하려 한다.

1. 범주

하우(Irving Howe)가 지적하고 있는바와 같이 하아디의 '자연'은 일정

---

1) Irving Howe, *Thomas Hardy*(London : Weidenfeld and Nicolson, 1968), p.23. 저자는 Wordworth
와 Hardy와의 자연의 유사성을 다음과 같이 지적하고 있다 : There is a strong Wordsworthian
quality in Hardy's conviction—perhaps one should say, Hardy's passionate intuition—that the
natural world is the source of and repository of all energes that control human existence.
Wordsworth의 자연과의 다른 비교론으로서는 A. McDowall, *Thomas Hardy*(London : Feber &
Faber, 1931), pp.146~61. 등이 있다.
2) D. F. Baber(ed.), J. Stevens Cox, *Concerning Thomas Hardy*(London : Charles Skilton, 1968), p.xi.
3) 대표적 비평가의 한 사람은 A. p. Elliott이다. 그의 저서 *Fatalism in the Works of Thomas Hardy*
(New York : Russel & Russel, 1966, p.82)에서 다음과 같이 Hardy의 자연을 논하고 있다.
For him Nature is usually brooding, not rejoicing ; weeping, not smiling. His conception of it is
grotesque in its vastness. It is alive with mocking shadows. Its very breath is loaded with hate. It lies
in wait in ancient places where Hardy's heroes and heroines frequently meet-in Stonehenge, in the
old amphitheatre of Casterbridge, or near the "Ancient Earthwork."

한 기준에 기초를 둔 것이 아니라 비논리적인(untheoretic) 것이다.[4] 따라서 그의 '자연'은 변화가 많고, 넓은 범주의 의미를 가지고 있다. 거기에다 하아디는 자주 대문자 'Nature'를 사용하고 있기 때문에 독자는 한층 혼란스럽고 그것의 의미를 오해하게 된다. 그의 '자연'을 크게 구분해 보면, '파괴적 성격을 가진 것'과 '창조적·건설적 성격을 가진 것'과의 두 가지 성격으로 분류할 수 있다. 여기서는 우선 '자연(nature)'이라는 단어에 한정해서 그의 소설에 사용되고 있는 '자연'의 의미를 검토해 볼까 한다.

1) 창조적·건설적 성격을 가진 '자연'

(1) 창조주로서의 '자연'

이 종류의 자연은 자주 그의 작품에서 사용되고 있는 것이다. "여성적인 특질을 가진 자연의 공평한 산물(a fair product of nature in the feminine kind)"[5], "신선하고 순결한 자연의 딸(a fresh and virginal daughter of Nature)"[6] 등의 표현에 나타나 있다.

(2) 인간에게 자비를 부여하는 것으로서의 '자연'

그의 소설이 대부분 '자연'과 밀접한 관계를 가진 농민을 배경으로 하고 있으므로 '자연'에서의 비애는 당연히 예측할 수 있는 것이지만,

---

4) Irving Howe, *Thomas Hardy*, p.21.
   Hardy's observation of nature is expert in detail, the reward of a constant and untheoretic exposure ; it is often especially powerful for the way he spontaneously transmits to the external world qualities we usually take to be confined to the human.
5) T. Hardy, *Far from the Madding Crowd*(London : Macmillan, 1874), p.5. 이하 Hardy의 작품의 인용은 모두 Macmillan의 pocket edition에 의한다. 단, *The Return of the Native, The Mayor of Casterbridge, Tess of the d'Urbervilles, Jude the Obscure*는 Norton Critical Edition판을 사용한다.
6) T. Hardy, *Tess of the d'Urbervilles*(1891), ed. Scott Elledge(New York : W. W. Norton, 1991), p.95.이하 'Tess, p~.'라고 표시할 것임.

그렇게 현저하지는 않다. "…… 이 조용한 과정의 지속은 자연의 특별한 변덕에 좌우된 철두철미한 기간이다(… the continuance of this quiet process is throughout its length at the mercy of one particular whim of Nature ;)."[7]

『탑 위의 두 사람』에서는 다음과 같이 표현한다.

> …… 결국 그것은 성의 조건들이 일으키는 쓰라린 당황 속에서 그녀의 딸의 양심의 명예를 보존하려는 오로지 자연의 선의의 시도다.

> (… it was, after all, but Nature's well-meaning attempt to preserve the honour of her daughter's conscience in the trying quandary to which the conditions of sex had given rise.).[8]

(3) 인간을 재앙으로부터 구원하는 경고자, 지도자로서의 '자연'

이것은 넓은 의미로서는 (2)의 의미에 포함되는 '자연'이다.

『광란의 무리를 떠나서』(*Far from the Madding Crowd*, 1874)에서 오우크(Gabriel Oak)가 집의 현관에서 넘어졌다가 다시 일어나자 더욱더 집 안으로 쑥 들어가 있어서 놀랐다는 천후이변의 전조를 느끼는 것은 그 좋은 예이다. "궂은 날씨에 그가 대비해야만 한다고 그에게 암시하는 자연의 이차적인 방법이다(It was Nature's second way of hinting to him that he was to prepare for foul weather.)."[9]

(4) 인간 및 생물 전반에 내재하는 활력, 혹은 회복력으로서의 '자연'

느린 자연이 조금씩 조금씩 불행을 흡수하는 동안 그녀는 단숨에 그

---

7) T. Hardy, *Desperate Remedies*(London : Macmillan, 1924), p.203.
8) T. Hardy, *Two on a Tower*(London : Macmillan, 1923), p.165.
9) *Farm from the Madding Crowd*, p.285.

48

것의 고녀를 삼키고 다시 밝아졌다(Whilst a slow nature was imbibing a misfortune little by little, she had swallowed the whole agony of it at a draught and was brightening again.).[10]

(5) 인공적인 것과 상반되고 태어나면서의 상태를 의미하는 '자연'

인공적인 것을 거짓(false)이라고 보고, '자연'을 진리(truth)라고 보는 것이 하아디에게 있어서 뿌리 깊게 나타나 있다. "유행이 거짓인 것처럼 자연은 진실이다(She is as true to nature as fashion is false, …)."[11]

2) 인간을 파멸로 이끄는 파괴적 성격을 가진 '자연'

(1) 파괴자로서의 '자연'

이 의미에서의 '자연'이 하아디의 대표적인 것이라고 생각할 수 있다. 『한 쌍의 푸른 눈동자』(*A Pair of Blue Eyes*, 1873)에서 기사(knight)가 '이름 없는 절벽(the cliff without a name)'을 전재로 해서 느끼는 '자연'은 그를 죽음으로 빠뜨리려고 하는 악마적 '자연'의 모습이다. "그는 오로지 그를 끝장내고 그녀를 방해하려고 하는 자연의 배반적인 시도를 준엄하게 바라볼 뿐이었다(He could only look sternly at Nature's treacherous attempt to put an end to him, and strive to thwart her.)."[12] 또 『탑 위의 두 사람』의 스위신(Swithin)은 '자연'에 파괴적인 힘을 내고 있다. "스스로 조용히 만족하고 인간미가 없게 스위신은 자연의 파괴적인 역할을 침착하게 바라보았다(Himself now calmed and satisfied, Swithin, as is the wont of humanity, took serener views of Nature's crushing mechanics without, …)."[13]

---

10) T. Hardy, *A Pair of Blue Eyes* (London : Macmillan, 1918), p.160.
11) T. Hardy, *The Hand of Ethelberta* (London : Macmillan, 1923), p.60.
12) *A Pair of Blue Eyes*, p.252.

(2) 인간에 대해서 전혀 무관심한 존재로서의 '자연'

『숲 속의 사람들』의 멜버리(Melbury)의 딸 그레이스(Grace)에 대한 이상하기까지 한 깊은 애정은 비극적 결말을 예측하게 하는 것이었으나, '자연'은 전혀 무관심, 무간섭한다. "그러한 감정을 바라보면서 자연은 그녀의 영역을 통제하지 않는다(Nature does not carry on her government with a view to such feelings.)."[14]

이상은 소설에 나타나 있는 '자연'을 그 의미상으로 분류한 것이지만, 이것 이외에 소위 '자연'이라는 말에는 표현되어 있지 않으나 하아디의 '자연'을 생각할 경우 당연히 '자연'의 범주에 넣어서 생각하지 않으면 안 되는 요소가 남아 있다.

3) '시간'

이 시간적 요소는 특히 『귀향』이나 『더어버빌가의 테스』에서 종종 사용되고, 중요한 의미를 지니고 있다. '시간'에는 과거, 현재, 미래라고 하는 '시간'이 인간의 마음의 무거운 짐으로서 망령과 같이 붙어 다니고, 인간을 괴롭히고, 비극의 길로 몰아넣는다. 또는 때와 사건과의 우연의 일치가 인간의 운명을 뒤집어 놓는다고 하는 파괴적 일면과 '시간'의 경과에 따라 인간의 괴로움을 없앤다는 건설적인 일면의 두 가지 면이 있다.

그 전자의 예로서는 테스(Tess)가 '내일'이라고 하는 '시간'의 공포를 클레어(Clare)에게 이야기하는 장면을 들 수 있다.

---

13) *Two on a Tower*, p.122.
14) T. Hardy, *The Woodlanders*(London : Macmillan, 1926), p.20.

그리고 수많은 내일들이 있는데, 맨앞의 것이 제일 크고 똑똑히 보이며 뒤
로 가면서 다른 것들은 점점 작아지는 것 같아요. 그렇지만 모두가 아주 매섭
고 잔인해서 '차, 간다! 날 조심해! 날 조심해!' 하고 말하는 것 같아요…….

(··· And you seem to see numbers of to-morrows just all in a line, the first of
them the biggest and clearest, the others getting smaller and smaller, as they
stand farther away ; but they all seem very fierce and cruel and as if they said,
"I'm coming! Beware of me! Beware of me!)[15]

후자의 예로서는 테스가 나쁜 과거로부터 탈피하는 길을 긴 세월이
라는 '시간'에 나타내고 있는 것을 들 수 있다.

적어도 오랜 세월이 흘러서 그 사실에 대한 그녀의 날카로운 의식이 말살
될 때까지는 그녀는 거기에서 안락하게 살 수가 없었다.

(At least she could not be comfortable there till long years obliterated her
keen consciousness of it.)[16]

『숲 속의 사람들』의 그레이스 멜버리는 횟즈피어즈(Fitzpiers)에게서
받은 마음의 상처를 낫게 해주는 것이 '시간'이라고 느낀다.

슬픈 모래들이 시간의 잔을 통해서 급히 달리고 있다. 그녀는 요즈음에
종종 그것을 느꼈다 ; 〔···중략···〕 어제의 사소한 불화, 반목 혹은 그것이
무엇이라고 불리워지건간에 깨끗이 아물어질 수 있다면 그것은 즉석에서

---

15) *Tess*, p.97.
16) *Ibid.*, p.78.

그녀에 의해서 행해져야 한다.

(The sad sands were running swiftly through Time's glass ; she had often felt it in these latter days ; ⋯ If the little breach, quarrel, or whatever it might be called, of yesterday, was to be healed up it must be done by her on the instant.)[17]

4) '본능'

이것은 인간의 희망, 의사에 관계 없이 생물 전체에 작용하는 '자연'의 힘이다. 하아디는 그 '본능'을 '즐기려는 욕망(the appetite for joy)',[18] '자기 향락에 대한 보이지 않는 본능(the invincible instinct towards self-delight)'[19] 또는 '쾌락을 즐기려는 타고난 의지(the inherent will to enjoy)'[20] 등으로 부르고 있다. 그것은 야생동물이 무엇인가 먹이를 찾아서 앞으로 앞으로 나아가는 것과 같이, 인간이 희망, 행복을 찾아서 고생하는 종류의 '본능'으로 성적 충동, 욕망을 의미하는 것이다.

만물에 스며들고 있는 '환희를 구하는 마음', 조수가 의지할 곳 없는 해초를 쥐어 흔들어 놓듯, 인류를 자기 목적을 향해 뒤흔들어 놓는 그 엄청난 힘은 사회의 규약에 대해 막연히 힘들여 연구를 하는 것쯤으로 어찌할 수 있는 것이 아니었다.

(The 'appetite for joy' which pervades all creation, that tremendous force

---

17) *The Woodlanders*, p.362.
18) *Tess*, p.149.
19) *Ibid.*, p.79.
20) *Ibid.*, pp.224~225.

which sways humanity to its purpose, as the tide sways the helpless weed, was

not to be controlled by vague lucubrations over the social rubric.)[21]

5) '유전'

이 요소는 테스에서 가장 강하게 나타나 있고, 테스의 비극의 한 원

인인 그녀의 의사와 상관없이 알렉(Alec)을 매혹시켜 버린 어머니로부

터 물려받은 조숙하고 풍만한 육체였다는 것을 생각할 수 있다. 물론

이 요소도 인간에게 불리한 면과 이로운 면의 양면을 지니고 있다.

테스에게 붙어 다니는 하나의 특성이 지금은 그녀에게 불리하게 작용하

고 있었고, 알렉 더어버빌의 눈길이 그녀의 몸 위에 붙박혀 있는 것도 바로

그 때문이었다. 그것은 테스의 풍요하고 현란한 몸매와 한창 무르익어 가는

육체였는데, 그러한 모습이 그녀를 실제 나이보다 훨씬 더 성숙한 여인으로

보이게 하는 것이었다. 그녀의 용모는 어머니에게서 물려받은 것이었다.

(She had an attribute which amounted to a disadvantage just now ; and it was

this that caused Alec d′Urberville′s eyes to rivet themselves upon her. It was a

luxuriance of aspect, a fullness of growth, which made her appear more of a

woman than she really was. She had inherited the feature from her mother

without the quality it denoted.)[22]

이와 같이 하아디의 소설에서 보이는 대문자 '자연(Nature)'은 의인화

된 것으로서, 주로 파괴자 혹은 창조자의 '기능'이나 '힘'을 의미하고

---

21) *Ibid.*, p.149.
22) *Ibid.*, p.30.

있다.

따라서 그의 '자연'은 경색(scene and colour) 등과 같은 물질적이고 가시적인 '자연'의 의미에만 한정되어 있는 경우는 극히 적고, 대부분의 경우 가시적인 '자연'에 어떤 종류의 도덕적 의미나 성격, 힘을 부여하고 있다. 소위 정신화되고(spiritualized) 비가시적인(invisible) '자연'인 것이다. 그런 의미에서 여기서 사용하는 '자연'도 2), 3)의 경우를 제외하고는 거의 정신화된 '자연'의 의미로 사용되고 있다.

또한 하아디 소설의 초기(1871~78), 중기(1880~88), 후기(1891~95)를 통해서 '자연'의 의미의 변화를 더듬어 보면, 초기 작품인 『한 쌍의 푸른 눈동자』나 『귀향』에는 의인화되고 상징화된, 소위 인간의 외부에 있는 '자연'의 힘을 나타내고, 중기 작품에서는 초기와 달리 『캐스터 브리지 읍장』의 헨처드(Henchard)나 『숲 속의 사람들』의 자일즈(Giles)에 나타나 있는 것과 같이 오히려 인간의 내면에 있는 좋은 의미 또는 나쁜 의미를 지닌 인간을 지배하는 힘으로서 나타나 있다. 후기 작품에서는 '자연'의 의미가 더욱 복잡하고, 인간의 내면에 한층 깊이 들어가서 인간을 지배하는 '본능'이라든가 '유전'의 힘으로 나타난다.

2. 주제와의 관계

하아디가 아무리 비정한 의미를 '자연'에 부여했다 하더라도 그 '자연'이 각각의 작품 속에서 어떠한 의도로 이용되고, 어떻게 작품의 주제와 관련을 가지고 있는가를 검토해 보아야 한다.

우선 파괴적 성격을 가진 '자연'을 중심으로 살펴보기로 한다. 분명히 하아디의 소설에서는 '자연'에 대해 공포에 떨고 비난의 말을 던지는 인간들의 모습이 자주 묘사되고 있다. 예를 들어 그의 전형적인 자

연 묘사라고 생각되는 『귀향』의 이그돈 황야(Egdon Heath)는 지금도 남
아 있어서, 인간을 여러 갈래로 찢는 듯한 느낌이 들 정도로 거칠고 무
서운 인상을 주는 것이다.

이제야 사방에는 귀 기울인 조심스러움이 넘쳐 흘렀다. 다른 삼라만상이
잠들려 할 때 황야는 천천히 깨어나면서 귀를 기울이기 때문이다. 밤마다
이 거대한 모습은 무엇인가를 기다리고 있는 것 같았다. 그러나 이렇듯 오
랜 세월을 그렇게나 무수한 고비를 겪고도 이렇게 태연히 기다리기에 최후
의 위기―마지막 파멸의 순간만을 기다리고 있다고 생각할 수밖에 없었다.

(The place became full of a watchful intentness now ; for when other things
sank brooding to sleep the heath appeared slowly to awake and listen. Every
night its Titanic form seemed to await something ; but it had waited thus,
unmoved, during so many centuries, through the crises of so many things, that it
could only be imagined to await one last crisis — the final overthrow.)[23]

이와 같은 이그돈 황야를 '저승'[24]으로서 꺼려하고 있던 유우스테이
셔(Eustacia)가 다른 세계로의 탈출을 시도한 밤은 마치 '자연'의 노여움
을 나타내는 듯한 별 하나 보이지 않는 암흑과 굵은 비를 동반한 폭풍
우의 밤이었다.

그날 밤은 세계의 기록에 남아 있는 참담한 야경, 역사나 전설에 나오는
일체의 공포와 암흑, 가령 이집트의 최후의 전염병(구약에 나오는 앗시리아

---

23) T. Hardy, *The Return of the Native*(1878), ed. James Gindin(New York : W. W. Norton, 1969),
    p.3. 이하 '*RN*, p.~.'로 표기할 것임.
24) *Ibid.*, p.54

의 세나케리브 왕이 대패하여 수없는 전사자를 낸 것을 가리킴), 겟세마네의
고민(그리스도가 12사도의 하나인 유다에게 배반당한 곳이 올리브 산록의 겟
세마네였음) 같은 것이 본능적으로 길손의 머리에 떠오르게 하는 밤이었다.

(It was a night which led the traveller′s thoughts instinctively to dwell on
nocturnal scenes of disaster in the chronicles of the world, on all that is terrible
and dark in history and legend the last plague of Egypt, the destruction of
Sennacherib′s host, the agony in Gethsemane.)[25]

확실히 '자연'의 노여움이 연출한 것처럼 보이는 암흑과 폭풍우 속
에서 유우스테이셔는 소용돌이치는 탁류에 몸을 던지면서 '자연'이 갖
는 비정함과 거대한 힘에 대한 최후의 말은 이그돈 황야조차도 떨쳐
버릴 정도의 굉장한 절규였다.

'내가 훌륭한 여자가 되려고 얼마나 애를 썼고, 또 운명은 얼마나 내게 냉
혹했는가! 〔… 중략…〕 내가 이런 운명을 받을 까닭은 없어! 그녀는 격렬한
반항심에서 소리를 질렀다. "오오, 이런 사나운 세상에 나를 내던진 건 얼마
나 잔인한 짓인가! 나는 좀더 많은 일을 할 수 있었는데 내 힘으로서는 도
저히 다룰 수 없는 환경 때문에 손상을 입고 꺾이고 짓밟혀 왔어! 오오, 하
늘에 대해서 아무 해도 안 끼친 나를 하늘이 이렇게까지 혹독한 형벌을 준
다는 건 정말 너무 가혹하지 않은가!'

('How I have tried and tried to be a splendid woman, and how destiny has
been against me! ⋯ I do not deserve my lot!' she cried in a frenzy of bitter

---

25) *Ibid.*, p.275.

revolt. 'O, the cruelty of putting me into this ill-conceived world! I was capable of much ; but have been injured and blighted and crushed by things beyond my control! O, how hard it is of Heaven to devise such tortures for me, who have done no harm to Heaven at all!')[26]

이처럼 인간을 비극으로 전락시키는 비정한 '자연'에 대한 절규는 그의 많은 작품에서 메아리치고 있다. 그것은 "내가 패배했어!(I am beaten, beaten!)"[27]라고 외치는 수우(Sue)의 비통한 소리이고, 자기의 야망이 '자연'의 힘에 의해서 무참하게 깨어져 "목말라—물—수우—여보—물 한 모금—줘—제발(Throat—water—Sue—darling—drop of water —please, O please!)"[28]이라고 외치면서 죽어 가는 쥬우드(Jude)의 소리이고, 끊임없이 계속해서 불행을 겪는 테스의 눈물도 말라 버린 비통한 소리이며, 스스로의 죄라고는 하나 시장(Mayor)의 자리에서 고독한 노동자로 전락한 헨처드의 "누군가의 손(Somebody's hand)"[29]의 떨리는 소리이다.

이와 같이 하아디가 묘사하는 '자연'은 생명을 부여받은 거인, 괴물과 같은 인상을 주고, 인간들의 외부에 존재하면서 그들을 파멸로 인도하는 존재인 것이다.

그러나 그것은 하아디가 연주하는 멋진 전주이고, 인간의 내적 갈등을 암시하고 예지시키는 반주라고도 말할 수 있다. 그 까닭은 그의 소설에서는 '자연'의 비가시적인 힘을 간파할 수 있는 사람과 간파할 수 없는 사람이 공존하고 있다는 사실을 간과해서는 안 되기 때문이다.

---

26) *Ibid.*, p.276.
27) T. Hardy, *Jude the Obscure*(1895), ed. Norman Page(New York : W. W. Norton, 1978), p.271. 이하 '*Jude*, p.~.'로 표시할 것임.
28) *Ibid.*, p.320.
29) T. Hardy, *The Mayor of Casterbridge*(1886), ed. James K. Robinson(New York : W. W. Norton, 1977), p.206.

즉, 그가 묘사하는 인물들의 모두가 '자연'의 공포, 비정함을 간파하고 있는 것이 아니고, 대부분의 농민들이나 소위 세파에 물든(sophisticated) 인간들은 가시적인 '자연'에 대해서조차도 전혀 무감각한 것이다.

1887년 1월 13일의 그의 일기 전반 부분에서는 인간을 분류하여 "느리고 무표정한 영혼이 없는 사람들(the mentally unquickened, mechanical, soulless)"과 "살아 있고, 맥박이 뛰고, 고통을 받는, 생명이 있는 사람들(the living, throbbing, suffering, vital)"의 두 종류로 나누고, 또 전자가 "기계, 진흙(machines, clay)"이고 후자는 "영혼, 창공(soul, ether)"이라고 이야기하고 있다. 후반 부분에서는 다음과 같이 말하고 있다.

사람들은 몽유병자들이다 — 물질은 보일 뿐 실재가 아니고 실재는 육안으로는 보이지 않는 것이라고 나는 하루 이틀 밤 전에 생각하고 있었다. 우리가 몽유병적인 환각 상태에 있기 때문에 우리가 실제로 보는 것을 실재라고 생각한다.

(I was thinking a night or two ago that people are somnambulists—that the material is not the real—only the visible, the real being invisible optically. That it is because we are in a somnambulistic hallucination that we think the real to be what we see as real.)[30]

그의 말이 나타내는 것과 같이 '자연'에 아무런 두려움, 증오를 가지지 않은 인간들은 '자연'의 비가시적인 모습, 참된 '자연'을 간파하지 못한 '기계(machines)'이고 '몽유병자들'인 것이다. 따라서 그들의 '자연'에 대한 절규는 '자연'의 힘에 억눌린 약자나 패배자의 우는 소리가

---

30) F. E. Hardy, *Early Life of Thomas Hardy*(London : Macmillan, 1928), p.243.

아니라, 인간의 가능성의 극한까지 '자연'과 싸우고 있거나 또는 용감히 싸운 "용사"[31]의 외침 소리였다고도 생각할 수 있을 것이다. 이러한 의미에서 하아디가 묘사하는 인간들의 '자연'에 대한 공포, 비난은 그들의 외부에 있는 '자연'이 아니고, 그들의 내부에 작용하는 '자연'에 대한 비난이며, 그들 자신의 정신적 갈등의 투영인 것이다. 그것은 테스가 알렉으로부터 욕을 당한 후 숲 속에서 그녀가 품고 있던 또 다른 '자연'에 대한 공포는 결국 그녀 자신의 내부에서 만들어진 것이고, 문제는 외부에 있는 것이 아니라 자기 자신의 내부에 있다고 깨닫고 있는 부분에서 여실히 나타나 있다.

그러나 인습의 나부랭이를 발판으로 삼아 그녀 자신이 제멋대로 만들어낸 이러한 환경—그녀에게 잔뜩 반감을 품은 환영과 음성들이 가득 차 있는—은 테스의 공상이 빚어낸 슬프고도 그릇된 창조물이었다.

(But this encompassment of her own characterization, based on shreds of convention, peopled by phantoms and voices antipathetic to her, was a sorry and mistaken creation of Tess's fancy a cloud of moral hobgoblins by which she was terrified without reason.)[32]

따라서 모렐(Roy Morrell)이 하아디의 인물들은 그들 자신에게 되돌아 갈 비난과 책임을 '자연'에 전가하고 있다고 지적하고[33] 있는 것은 확실히 탁견이라고 말할 수 있다. 그러나 여기에 인간의 내면의 문제에 대한 설명이 당연히 필요하게 된다.

---

31) *Tess*의 54장에서 그녀의 묘비명에 쓰여진 'How are the Mighty Fallen' (p.294)에서 인용한 것임.
32) *Ibid.*,p.67.

즉, 하아디가 묘사하는 인간들이 외부의 '자연'에 대한 비난과 공포의 시선을 보내는 것은 그들이 아직 정신적으로 불안정하고 미숙한 상태에 있으며, 그들의 내부에 불행의 원인이 있다는 사실을 간파하지 못하고 있기 때문이다.

테스가 다른 '자연'을 두려워하고 있던 때도 그녀가 숲 속에서 괴로운 정신적 갈등을 거쳐 한 사람의 여자로 성장하기 이전의 "단순한 처녀" 때인 것이다. 또한 헨처드가 "누군가의 손"에 의해서 이용당하고 있다고 느끼는 때도 그 자신의 내부에 있는 결함을 모르고 있을 때이다. 이 점에 대해서는 『귀향』을 통해서 좀더 구체적으로 고찰하겠다.

1) 『귀향』의 자연

(1) 이그돈 황야의 낮과 밤의 얼굴

이 작품의 모두에 등장하는 이그돈 황야는 '명과 암' '낮과 밤'이라고 하는 두 가지의 서로 상반되는 면을 지니고 있다. 그러나 이것은 단지 외적인 '자연'의 모습이 아니라, 이 작품의 주요 인물인 클림과 유우스테이셔의 내면적인 모습의 반영이며 투영인 것이다. 더욱이 그들의 내면적인 미숙함으로부터의 탈피를 재촉하고, 그들이 궁극적으로 도달하는 세계를 상징하는 것이다. 이러한 의미에서 이 작품은 클림과 유우스테이셔라는 두 인물의 상반되는 힘과 성격이 엮어 가는 이야기라고 생각할 수 있겠다. 이 두 인물은 모두 운명적으로 미숙함과 결함

---

33) Roy Morrell, *Thomas Hardy*(London : University of Malaya Press, 1965), p.40.
We may recall that Troy blamed Fate, and surrendered to it ; Henchard, in his weaker moments, does the same thing : he gambles on his luck, puts himself into Fate's hands, and then blames Fate instead of himself. *In The Return of the Native* Hardy refers, quite definitely though in different words, to the same 'President of the Immortals' when he says of Eustacia : ··· In blaming Eustacia thus, Hardy makes it clear that he does not himself believe in this 'colossal *Prince* of the world'; but that he regards this personage as merely the invention of those who wish to shift the blame from their own showlders, as Troy and Eustacia and Tess's mother do.

을 지니고 있었다.

파리에서 고향인 이그돈 황야로 돌아온 클림에게는 이그돈의 일면인 아름다움과 상냥함을 지닌 '낮의 얼굴'은 잘 알지만 다른 일면인 비정한 '밤의 얼굴'을 이해할 수 없었다. 그것의 일면인 이그돈에 대한 견해가 암시하는 바와 같이, 그는 사상에 의해 육체가 병들어 있었고,[34] 공상으로 내닫는 현실을 무시하는 내면적인 결함을 가지고 있었다. 그것은 유우스테이셔의 공상적이고 자기 중심적인 사랑에서도 볼 수 있다.

한편 유우스테이셔도 '밤의 여왕(Queen of Night)'[35]에 어울리게 이그돈의 '밤의 얼굴'은 알고 있었으나 그것의 일면인 '낮의 얼굴'은 몰랐다. 그것은 클림과 마찬가지로 그녀의 내면적 미숙함과 결함을 의미한다.

그녀에게는 "세상을 거꾸로 살아 나가고 싶은 본능"[36]이 있었다. 그것은 '즐기려는 욕망'의 본능이고, 감미로운 것과 자유스러운 것을 구하려고 하는 인간의 힘으로는 제어할 수 없는 '자연'의 힘이다. 맨 처음 장면에서 알 수 있듯이 그녀에게는 그녀의 내면에 작용하는 '본능'이라는 '자연'의 힘도, 또 그 힘의 한계도 아직은 알고 있지 못했다. 그러므로 '자연'이 지닌 '밤의 얼굴'의 표면적 비정함은 알고 있어도, 그 저변에 있는 참모습을 그녀는 여전히 보지 못했다.

(2) '망원경'과 '모래시계'의 상징성

그녀가 '자연'의 참모습에 전혀 무지했던 것은 그녀가 맨 처음 장면

---

34) *RN*, p.109.
   He already showed that thought is a disease of flesh and indirectly bore evidence that ideal physical beauty is incompatible with emotional development and a full recognition of the coil of things.
35) 이 소설의 제1편 7장의 제목이 "Queen of Night"로서 Eustacia의 특성을 설명해 준다. *Ibid.*, p.53.
36) *Ibid.*, p.57.

에서 항상 가지고 다니던 '망원경'과 '모래시계' [37]에 잘 상징되어 있다.

우선 '망원경'의 기능이 나타내는 바와 같이 그녀는 먼 것은 보아도 가까운 것은 보지 못했고, 사물의 표면은 보아도 그 내부는 보지 못했다. 즉, 그녀는 행복도 불행도 늘 다른 세계, 먼 세계에서 찾아온다고 생각하고 있었지, 그것이 모두 자기 자신의 내부에서 일어나고 있는 것임은 알지 못했다. 그래서 그녀는 기도할 때도 항상 "어딘가로부터 위대한 사랑을 나에게 보내 주오(Send me great love from somewhere.)" [38] 라고 했으며, 그녀가 구하는 사랑도 "미치도록 사랑하는 것(To love to madness)"이 아니라 "미치도록 사랑받는 것(To be loved to madness)" [39]이 다. 바꾸어 말하면 그것은 그녀가 이그돈 황야의 참모습을 간과하고, 또한 그녀 자신의 모습, 즉 그녀에게 작용하는 내면적인 '자연'까지도 간과하고 있었다는 것을 나타내는 것이다.

이 '망원경'과 마찬가지로 '모래시계'도 그녀가 시간이라는 '자연'의 힘을 전혀 몰랐음을 암시하고 있다. 이것은 그녀에게 있어서 '모래시계'는 단순히 서서히 흘러가는 시간이라는 것의 물질적인 묘사(representation) [40]여서 보고 즐기는 도구에 지나지 않았던 것이기 때문이다.

그녀의 '시간'에 대한 관심은 그녀가 시계를 가지고 있으면서도 '모래시계'를 사용하고 있는 것 [41]에 잘 나타나 있는 것과 같이 '미래'에 계속되는 '때'가 아니라 어디까지나 '현재'의 시간인 것이다. "아니요. 오로지 나는 현재를 넘어선 어떤 것도 생각하기 싫어요(No. Only I dread to

---

37) *Ibid.*, p.58.
　　For the rest, she suffered much from depression of spirits, and took slow walks to recover them, in which she carried her grandfather's telescope and her grandmother's hour-glass ….
38) *Ibid.*, p.56.
39) *Ibid.*, p.56.
40) *Ibid.*, p.58.

62

think of anything beyond the present. What is, we know …).″[42] 라고 유우스테
이셔는 말한다.

그녀가 '모래시계'를 사용하는 것은 항상 연인과 만날 때의 경우[43]이
지만, 그것은 그녀에 의해서 '미래'라고 하는 미지의 시간에 연속하는
'시간'의 흐름에서 '현재'의 시간을 떨쳐 버리는 것이 가능하기 때문이
다. 즉, 만남이라는 쾌락의 '시간'을 내일로 계속하고, 번거로운 '시간'
에서 해방되어 뜻대로 조금이라도 더 오래 즐기기 위한 것이다.

사랑이 덧없는 청춘에만 잠시 날개를 멈추고, 자기 것으로 만든 사랑마저
모래시계에서 모래가 새어 내려가는 것과 동시에 사라져 버리는 것이라고
그녀는 생각했다. 그녀는 너무나 운명이 가혹하다고 점점 더 절실히 느끼게
되었고, 그래서 궤도를 벗어난 행동을 저지르고 싶은 기분이 되어서 일 년
이건 한 주일이건 심지어 한 시간이라도 사랑을 얻을 수만 있다면 어디서든
지 빼앗아 오려고 했다.

(… she dimly fancied it arose that love alighted only on gliding youth—that

any love she might win would sink simultaneously with the sand in the glass.

She thought of it with an ever-growing consciousness of cruelty, which tended

to breed actions of reckless unconventionality, framed to snatch a year′s, a

week′s, even an hour′s passion from anywhere while it could be won.)[44]

---

41) *Ibid.*, p.44.
   She held the brand to the ground, blowing the red coal with her mouth at the same time ; till it
   faintly illuminated the sod, and revealed a small object, which turned out to be an hour-glass,
   though she wore a watch.
42) *Ibid.*, p.157.
43) *Ibid.*, p.158. '모래시계'를 Wildeve와의 밀회에도 사용하고 있다(p.44). 그러나 다음의 Clym과의
   경우에도 사용하고 있다.

다시 말해 그녀는 '시간'의 경과라고 하는 가시적인 '시간'은 이해하고 있으나 '오늘'과 '내일'과의 연속적인 '시간', 즉 '미래'의 그녀의 비극으로 계속되는 비가시적인 '시간'을 이해할 수 없었다. 그러므로 클림과 결혼한 후, 정부 와일디브(Wildeve)와의 밀회가 '미래'의 그녀의 비극으로 연결되는 것 등은 생각도 못 했다. 거기에 '시간'이라는 자연의 힘을 모르는 그녀의 내면적 미숙함이 잠재해 있다.

하아디의 세계에서는 인간의 외부에 나타난 소위 가시적인 '시간'의 경과가 직접 인간의 파멸의 발단이 되는 것이 아니라, 인간의 내부에 있어서 '시간'의 경과라고 하는 '자연'의 힘이 인식되고 있는가 없는가가 인간의 운명을 크게 바꾸고 있는 것이다.

테스가 알렉에 의한 불행 때문에 심한 고통을 경험한 후, 아무런 예고도 없이 시시각각 그녀를 죽음에의 길로 몰아넣는 '시간'을 깨닫고 있던 것이 그녀를 '단순한 소녀(simple girl)'에서 '복잡한 여자(complex woman)'[45]로 성장시키고 있는 것이다.

3. 문명의 대립

하아디의 '자연'의 창조적 성격을 생각하는 경우 빠뜨릴 수 없는 요소는 '문명'이다. 이 말은 그의 '자연'은 파괴적인 힘을 지닌 가해자이나, 동시에 '문명'이라는 인간이 만들어낸 힘의 피해자이고, '문명'의 파괴력으로부터 인간을 보호하고 '문명'의 지나침을 억제하며 수정하는 역할을 완수하고 있다는 것이다. 따라서 그의 작품에는 '자연'과

---

44) *Ibid.*, p.56.
45) *Tess*, p.77.
   Almost at a leap Tess thus changed from simple girl to complex woman.

‘문명’이 항상 서로 대립하는 것으로서 등장하고 있다.

『귀향』의 첫부분에 나타나 있는 파괴적 형상의 이그돈 황야가 ‘최후의 타도(the final overthrow)’[46]를 첨가하려고 호시탐탐 기회가 오기를 기다리고 있던 상대는 분명히 ‘문명’이란 이름의 적이다. “길들일 수 없는 이슈마엘적인 반역아인 현재의 이그돈은 언제나 그러했던 것이다. 문명은 그의 적이었다(The untameable, Ishmaelitish thing that Egdon now was it always had been. Civilization was its enemy ; …).”[47]

그러나 여기서 문제는 하아디가 한편으로는 인간의 힘이 미치지 않는 ‘자연’의 거대한 힘을 인정하면서, 다른 한편으로는 ‘문명’이라는 인간의 힘을 인정하고 있다는 것에 그의 자연관의 모순이 존재하고 있다.

확실히 하아디는 ‘자연’에 거대한 힘을 부여하고 있다. 그러나 결코 ‘자연’의 힘이 항상 완전하고, 만물의 완전한 지배자라고는 생각하지 않는다. 즉, 그는 ‘자연’의 불완전함과 미비를 인정하고 있다. 그렇기 때문에 그는 인간의 비극을 묘사하고 그 속에서 ‘자연’의 힘의 미비와 불완전함을 비난하고 있는 것이다.

1914년 2월의 그의 일기에서는 니이체(Friedrich Nietzche, 1844~1900)의 우주관을 평하고, 다음과 같이 말하고 있다.

그(니이체)는 인간의 오만불손함의 위대한 가치를 근본적으로 철저하게 가정한다. 그에게 우주는 조종을 통해서 기적을 행하기를 요구하는 완전무결한 기계다. 도구로 유익한 일을 한다는 것은 끝없는 조절과 절충을 요구한다는 것을 망각한다.

---

46) *RN*, p.3.
47) *Ibid.*, p.4.

(··· He(Nietzshe) assumed throughout the great worth intrinsically of human masterfullness. The universe is to him a perfect machine which only requires through handling to work wonders. He forgets that the universe is an imperfect machine, and that to do good with a ill-working instrument requires endless adjustments and compromises.)[48]

우주가 불완전하고, '끝없는 조절과 절충(endless adjustments and compromises)'을 필요로 하고 있는 것은 말할 것도 없이 인간의 힘에 의한 조절 및 절충의 필요를 의미하는 것이다.

더욱이 『귀향』에서는 다음과 같이 '자연법의 결함(the defects of natural laws)'을 인정하고 있다.

수 세기 동안 연면하게 이어 오는 환멸이 헬레니즘적인 인생관이라고 할까, 이름이야 뭐든 그런 것을 영원히 배제해 버렸다고 보는 것이 진실인 것도 같다. 그리스인들이 추측한 것을 우리는 잘 알고 있고, 그들의 아이스킬로스가 상상하던 것을 우리는 아이들까지도 느끼고 있다. 일반적인 행사시에 주연을 베풀고 떠들고 노는 옛 풍습도, 우리가 자연법칙의 결함을 발견하고, 그 작용으로 말미암아 인간이 빠지는 곤경을 볼 때 점점 불가능하게 된다.

(The truth seems to be that a long line of disillusive centuries has permanently displaced the Hellenic idea of life, or whatever it may be called. What the Greeks only suspected we know well ; what their Aeschylus imagined our nursery children feel. That old-fashioned revelling in the general situation grows

---

48) F. E. Hardy, *The later Years of Thomas Hardy*(London : Macmillan, 1930), p.160.

less and less possible as we uncover the defects of natural laws, and see the quandary that man is in by their operation.)[49]

그러나 '문명'은 '자연'의 미비한 조절을 종종 오해하고, '자연'의 장점까지도 파괴해 왔다. 그 때문에 하아디는 '문명'의 힘이 '자연'의 힘과는 다른 힘으로서 인간을 괴롭히고 있다는 것을 이따금씩 강조하고 경고한다. 그것은 쥬우드에게 수우를 "문명의 산물(a product of civilization)"[50]이라고 부르게 하는 것으로 '자연법(natural law)'과 '사회법(social law)'을 항상 대비시켜 그 모순을 지적하며 또한 '시골 생활(village life)'과 '도시 생활(town life)'과의 대비에서 후자의 비인간성을 비판하는 것 등으로 뒷받침되고 있다.

'문명'의 힘을 구체적으로 나타내는 가장 대표적인 것은 '돈'이다. 하아디의 소설에서는 '빅토리아 왕조의 황금의 위광'[51]이 종종 인간의 마음과 육체를 좀먹고, 인간을 파멸의 길로 몰아세우고 있다. 오직 '돈'을 위해서 교육을 받고, 출세를 희구하고, 연애를 하고, 결혼을 한다. 물품 판매에 사용되어야 하는 '돈'이 인간의 판매에 사용된다. 아라벨라(Arabella)는 '돈'을 위해 쥬우드와 결혼하고, 헨처드는 처자를 '5기니(five guineas)'에 팔아 버리며, 자일즈는 가난하기 때문에 그레이스와 결혼할 수가 없다. 테스의 비극의 시작도 '돈'을 얻기 위해서 본의 아니게 가족의 희생이 되지 않을 수 없었던 사실에서부터 야기된다.

마지막에 가서는 경제적인 역경으로부터 벗어나기 위하여 테스의 가족도 말롯(Marlott) 마을을 버리고 도피하지 않을 수 없게 된다. 하아디

---

49) *RN*, p.132.
50) *Jude*, p.111.
51) *Tess*, p.9. 제2장의 「그룹 축전」의 장면에서, 작자는 Tess가 게르만 귀족의 피를 잇고 있어도 '돈'이 없으면 누구도 그를 춤 상대로 선택하지 않는다고 야유하고 있다.
   Pedigree, ancestral skeltons, monumental record, the d'Urberville lineaments, did not held Tess in her life's battle as yet, even to the extent of attracting to her a dancing-partner over the heads of the commonest peasantry. So much for Norman blood unaided by Victorian lucre.

는 이 뿔뿔이 흩어진 마을을 기계의 힘에 의하여 강물을 언덕으로 끌
어올리는 것과 같은 것이라며 '문명'의 힘에 대해 야유를 섞어 평하고
있다.

　과거에 있어서 농촌 생활의 기둥을 이루었고, 마을 전통의 보관자들이었
던 이런 집안들은 큰 도심지에서 피난처를 구해야만 했다. 통계학자들이
'농촌 사람들의 대도시 이주 경향'이라고 우스갯말로 지적하고 있는 이 과
정은 실은 물이 기계의 힘을 얻어 언덕 위로 이끌려 올라가는 경향이나 매
한가지였다.

　　(These families, who had formed the backbone of the village life in the past,
who were the depositaries of the village traditions, had to seek refuge in the
large centres ; the process, humorously designated by statisticians as 'the
tendency of the rural population towards the large towns' , being really the
tendency of water to flow uphill when forced by machinery.)[52]

그러나 이것은 단순히 대도시로의 농촌 인구 이동만의 문제가 아니
라, '자연'에서의 이탈, 즉 인간 본래의 '자연'적 생활과의 이별을 의미
하는 동시에 도회지가 지니고 있는 비인간성에 젖어 들게 됨을 의미하
는 것이다. 그것은 『에셀버어터의 손』(The Hand of Ethelberta, 1876)의 에
셀버어터(Ethelberta) 일가가 보내는 런던 생활이 살기 위한 것이라고는
해도, 비극적이라기보다는 희극적인 것이었다는 점에도 나타나 있다.
에셀버어터가 사회적 체면을 지키기 위하여 양친, 형제들과의 관계를
숨기고, 사회적으로는 퍼세르윈(Petherwin) 부인과의 관계를 유지하는

---

52) *Tess*, pp.277~8.

것은 아마도 정상적인 인간 관계라고는 말할 수 없을 것이며, 그것은
부자연스럽고 허위에 찬 생활에 불과하다. 에셀버어터의 모친의 말이
부자연스러운 생활에서 생기는 공포를 여실히 나타내 주고 있다.

　네가 실패로 끝나고, 우리 모두가 바로 귀족사회에서 수상하고 부자연스
럽게 살고 있는 것으로 발각된다면 우리는 시골의 웃음거리가 될 것이다.
그것은 나를 죽이고, 우리 모두를 멸망시킬 거야—철저하게 우리를 멸망시
킬 거라고!

　(… If you break down, and we are all discovered living so queer and
unnatural, right in the heart of the aristocracy, we should be the laughing-stock
of the country : it would kill me, and ruin us all— utterly ruin us!)[53]

　유우스테이셔가 이그돈 황야로부터 '문명사회'로의 탈출을 시도한
밤에 그녀의 갈 길을 방해한 직접적인 장애물은 '자연'의 힘이 아니라
그녀가 동경하고 있던 '문명사회'의 '돈'의 힘이었다는 사실은 정말로
야속한 운명을 의미하고 있다.

　이때 갑자기 번개 같은 생각이 떠올랐다. 지금 그녀 수중에는 긴 여행을
할 만한 돈을 갖고 있지 않았다. 그날의 격동하는 감정 속에서 그녀의 비실
제적인 마음은 충분한 준비의 필요성 같은 것에 유념하지 못했다. 〔…중
략…〕 이런 시골 구석에서 꺼져 없어지는 데도 역시 돈이 필요한 것이다.

　(A sudden recollection had flashed on her this moment : she had not money

---

53) *The Hand of Ethelberta*, p.189.

enough for undertaking a long journey … Money : she had never felt its value
before. Even to efface herself from the country means were required.)[54]

그러나 이 순간이야말로 그녀의 인간적 가치를 결정해 준 순간이었
다고는 말할 수 없는 것인가, 왜냐하면 이때 그녀는 이그돈 황야에 머
물러 있을 것인가, 아니면 ‘자부심(pride)’을 버리면서까지 ‘돈’ 때문에
와일디브의 정부로서 도피 행각을 벌일 것인가[55] 하는 양자택일을 강
요당하고 있었기 때문이다. 바꾸어 말하면 ‘문명사회’로의 도피가 그
녀의 인간으로서의 ‘자부심’이라고 하는 그녀 본래의 ‘자연’스러운 모
습을 방기하는 것임을 그녀가 확실히 깨달은 것은 이 순간이었음에 틀
림없기 때문이다. 제3편 제1장의 제목인 「우리의 마음 우리가 잡아서
왕국이 된다」(“My Mind to Me a Kingdom is.”)가 암시하는 바와 같이 이
그돈 황야에서의 탈출은 그녀의 ‘마음의 왕국’에서의 탈출을 의미하고
있었다.

그 양자택일에 있어서 그녀의 투신자살이 설명하는 바와 같이, 그녀
는 말하자면 그녀의 이그돈 황야이고, 그녀의 ‘자연’인 전자를 선택한
것이다. 즉, 그녀는 이그돈 황야, 그녀의 ‘자연’인 세계에서 단 한 걸음
도 밖으로 나가지 않았던 것이다. 특히 그 경우에, 그녀가 나갈 수 없었
던 것이 아니라 나가지 않았던 것에 주목해야 할 것이다. 왜냐하면 앞
에서 설명한 것과 같이 그녀에게는 선택의 여지가 남아 있었던 것이기
때문이다. 이와 같은 인간의, 말하자면 마음의 ‘자연’을 침범해 가는
‘돈’이라는 ‘문명’의 힘과 함께 ‘문명’의 영향을 직접적으로 받는 ‘문

---

54) *RN*, p.275.
55) *Ibid.*, p.275.
To ask Wildeve for pecuniary aid without allowing him to accompany her was impossible to a
woman with shadow of pride left in her : to fly as his mistress—and she knew that he loved her—
was of the nature of humiliation.

명'의 근거지라고도 생각되는 도회지, 특히 그 도회지의 분위기 속에서
생활하는 사람들의 반자연적·비인간적인 사고 및 감정이 '자연'스러
운 농촌의 분위기를 침식하고 있는 것이다.

쥬우드가 동경한 도회지는 밤이 되면 "빛과 지식의 도시(the city of
light and lore)"[56]였으나, 아침이 되면 태양빛도 집집마다의 부엌에서 나
오는 연기 때문에 붉은색으로 변하고, 시골에서 흘러들어오는 신선한
공기는 연기 냄새가 나는 공기로 바뀌어 버린다. 말하자면 연기의 도시
인 것이다.

높고 거무스름한 연기 기둥들이 주변의 부엌 연통에서 지금 솟아올라 아
주 높이 올라갔을 때 수평으로 퍼져 나가서 태양을 구릿빛으로 바꿔 버리는
흐릿한 지붕을 형성한다. 그리고는 점점 밤에 시골에서 들어왔던 새로운 대
기의 상쾌함을 파괴하고, 그것에 일상적인 도시 냄새를 부여한다.

(Tall and swarthy columns of smoke were now soaring up from the kitchen
chimneys around, spreading horizontally when at a great height, and forming a
roof of haze which was turning the sun to a copper colour, and by degrees
spoiling the sweetness of the new atmosphere that had rolled in from the
country during the night, giving it the usual city smell.)[57]

도시는 그곳에 사는 사람의 얼굴을 창백하게 만들고 몸을 여위게 하
는 건강하지 못한 장소[58]이다. 또한 쾌락 없이는 하루도 지낼 수 없는

---

56) *Jude*, p.23.
57) *The Hand of Ethelberta*, p.268.

향락의 도시[59]이며, 소위 '가발(false hair)'[60], '가짜 보조개(false dimple)'[61]가 상징하는 것과 같이 태어나면서의 '자연'적인 진실된 모습은 감추고, 인공적인 허위의 것이 판을 치는 세상이다. 이 세계의 주인들은 '유행의 노예(fashion's slave)'[62]이고, 돈과 물질의 노예로 변하고 있다. 그들의 마음은 이와 같은 인공적인 물질적 허위 같은 것에 병들게 되어 진실한 것, 비가시적인 것을 보는 눈을 잃게 되는 것이다. 이와 같은 '문명'사회가 만들어내는 인간들은 횟즈피어즈이거나, 먼스튼(Manston), 트로이(Troy), 알렉, 수우, 아라벨라 등의 순진하지 못하고 냉소적인 비인간적이고 자기 중심적인 인간들이다.

하아디의 작품에서는 이와 같은 '문명사회'를 목표로 해서 단지 자기 자신의 영광과 물질적 번영을 위하여, 정신적으로도 물리적으로도 '자연'의 혜택을 받는 농촌에서 떠나가는 수우, 에셀버어터, 아라벨라 등의 인간들과, 반대로 '문명사회'를 피해서 '자연'으로 돌아오는 인간들이 있다. 뿐만 아니라 '자연'에서 태어나고 '자연' 속에서 자라나 '자연'을 자기의 세계로 하고 있는 인간들이 있다. 테스, 마아티 소우스, 자일즈, 디고리 벤 등이 그렇다.

이들 하아디의 자연인들의 공통점은 그들에게 가시적인 '자연'에 숨어 있는 비가시적인 모습을 보는 눈, 소리 없는 '자연'의 소리를 듣는 귀가 준비되어 있다는 것이다. 그리고 우주에 존재하는 것 모두에 대해

---

58) *Ibid.*, pp.251~2.
   'We will have a change soon,' she said, 'we will go out of town for a few days. It will do good in many ways. I am getting so alarmed about the health of children ; their faces are becoming so white and thin and pinched that an old acquaintance would hardly knew them ; and they were so plump when they came. Your looking as pale as a ghost, and I dare say I am too⋯.'

59) *Ibid.*, p.259. Seperated and distinct from overt existence under the sun, this life could hardly without its distinctive pleasures by thrills and titillations from games of hazzard, and the perpetual risk of sensational surprises.

60) *Jude*, p.50.

61) *Ibid.*, p.34.

62) *The Hand of Ethelberta*, p.153.

서 그것이 동물이건 식물이건 상당히 깊은 애정을 나타낸다는 점이다. 때문에 그들에게 있어서는 어떤 형태를 초월하여 '자연' 전체가 중심이고, 엄격한 지도자이며, 자상한 부모인 것이다. 『숲 속의 사람들』의 자일즈와 마아티와의 '자연'에의 애착, 동화는 그 전형적인 예라 하겠다.

그들은 상식만큼 그것의 섬세한 신비를 소유해 왔었다. 그들은 일상의 글쓰기로서 그것의 그림 문자를 쓸 수 있었다. 그들에게 저 울창한 가지 사이의 밤, 겨울, 바람, 그리고 폭풍의 소리와 광경(그것은 그레이스에게 신비스럽고 심지어 초자연적인 촉감을 갖는다)은 단순히 발생하는 현상이다. 그런데 그들은 그것들의 기원, 지속성, 그리고 법칙을 예견했다.

(They had been possessed of its finer mysteries as of commonplace knowledge ; had been able to read its hieroglyphs as ordinary writing ; to them the sight and sounds of night, winter, wind, storm, amid those dense boughs, which had to Grace atouch of the uncanny, and even of the supernatural, were simple occurrences, whose origin, continuance, and laws they foreknew.)[63]

『광란의 무리를 떠나서』의 오우크는 우주의 거대함에서 인생의 왜소함을, 또한 '자연'으로부터 인간의 위치를 배운다.[64] 그는 인간의 위치, 왜소함을 알고 있기 때문에 만물에 대한 동정과 동족 의식을 느끼게 되는 것이다.

---

63) *The Woodlanders*, p.415.
64) *Far from the Madding Crowd*, p.291.
　　Gabriel was almost blinded, and he could feel Bathesheba's warm arm tremble in his hand—a sensation novel and thrilling enough ; but love, life, everything human, seemed small and trifling in such close juxtaposition with an infuriated universe.

이와 같이 하아디가 그리는 창조적 성격을 가진 '자연'은 '문명사회'의 탁류에서 피해 가는 인간들의 피난처이고, 상처받은 마음을 치유하는 장소이며, 인생을 알고, 인간 자신을 아는 장소이기도 하다.

마음이 흡족한 여자는 시인이 되고, 슬픔이 있는 여자는 독실한 신자가 되고, 신앙 깊은 여자는 찬송가 작가가 되고, 심지어는 경망한 여자까지도 분별 있는 여자가 되게 할 이곳의 환경이 반항적인 여자를 음산하게 만들어 버렸던 것이다.

(An environment which would have made a contented woman a poet, a suffering woman a devotee, a pious woman a psalmist, even a giddywoman thoughtful, made a rebellious woman saturnine.)[65]

4. 비가시적인 자연의 의미

하아디의 관심은 '자연'과 이미 조화를 이루고 있는 사람보다는 오히려 항상 '자연'과 조화를 이루지 못하는 인간에게 있으며, 그 조화를 이루지 못하는 인간의 노력의 과정이 그의 최대의 관심사이고, 그의 소설적 주제가 되었다고 생각된다.

펜의 최고의 고양은 주로 삶과 조화를 이루지 못한 영혼들의 주제와 폭로이고, 반면에 한 정부의 자연스런 경향은 있는 그대로의 삶에 순종을 격려하는 것이다.

---

65) *RN*, p.57.

(The highest flights of the pen are mostly the excursions and revelations of souls unreconciled to life, while the natural tendency of a government would be to encourage acquiescence in life as it is …)[66]

그 점에 있어서는 앞에서 이야기한 워즈워스의 '자연'과는 대조적이라고 할 수 있겠다. 워즈워스가 '자연'을 신의(God's will)의 현현(appearance)으로 보고 인간과 조화를 이루는 '자연'을 묘사하고 있는 것에 반하여 하아디는 '자연'을 우주에 내재하는 거대한 힘으로 인정하고는 있어도 '전지전능한(omnipotent)', '완전무결한(perfect)' 것으로서가 아니라, '불완전(unperfect)'하고 '결함이 있는(defective)' 것으로서 받아들이고 있다. 즉, 워즈워스가 '자연'을 선한 것으로 인정하는 것에 반하여 하아디는 선과 악의 두 가지 면을 모두 인정하려 하고 있다. 게다가 그는 인간과 조화를 이루는 '자연'이 아니라 인간과 조화를 이루지 못하는 '자연'에 주된 관심을 갖는다. 거기에서 하아디와 워즈워스와의 근본적인 차이가 보인다.

이러한 사실은 『테스』 가운데서 워즈워스의 조춘(Early Spring)에 쓴 시[67]에서 '자연의 신성한 계획(Nature's holy plan)'을 인용하여 워즈워스를 비꼬는 말에서도 볼 수 있다.

요즈음 아름답고 서정시인으로 인정받고, 또한 그의 철학 역시 심오하고 신뢰할 만하다고 생각되고 있는 한 시인(워즈워스를 지칭함)은 어디에 근거를 두고 한 인간의 탄생을 '자연의 성스러운 계획'이라는 말을 했는지 회의를 일으키는 사람도 있을 것이다.

---

66) F. E. Hardy, *The Early Life of Thomas Hardy*, p.315.
67) cf. William Wordsworth, *The Complete Poetical Works of Wordsworth*(London : Macmillan, 1950), pp.83~4. 'Nature's holy plan'을 'Lines Written in Early Spring"의 제6절 2행에서의 인용.

(Some people would like to know whence the poet whose philosophy is in
these days deemed as profound and trustworthy as his song is breezy and pure,
gets his authority for speaking of 'Nature's holy plan.')[68]

이와 같이 워즈워스가 '자연'과 인간과의 조화적인 세계를 그린 것
에 반해서, "신을 50년간 계속 찾은"[69] 하아디는 '자연'과 인간과의 조
화를 일생 동안 계속해서 찾았다고 말할 수 있다. 이러한 의미에서 그
의 작품 모두가 그러한 조화를 찾아다닌 그의 발자취이며, 그 결과라고
생각할 수 있다.

특히, 후기 작품인 『테스』와 『쥬우드』는 조화를 찾는 그의 소설 세계
의 종착점이며 총결산이라고 보아야 할 것이다.

이들 후기의 두 작품, 특히 『귀향』에서 보이는 외적인 '자연'의 황폐
함과 위압적인 요소는 없고 오히려 인간의 내면적인 '자연'의 냉혹함
과 격심함에 작가의 눈이 향해 있다는 의미에서 이들 두 작품은 인간
의 내적·정신적 '자연'과의 조화를 추구한 작품으로 생각해야 할 것이
다. 두 작품의 주인공 테스와 쥬우드가 자연법과 사회의 법에 어떻게
조화를 이루어 나갈 것인가, 육체와 정신과의 균형을 어떻게 지탱해 나
갈 것인가라는 문제로 인하여 괴로워하고 상처받는다는 점에서 두 작
품의 공통점이 있다.

테스를 생각할 경우, 그녀를 한층 휘감는 외적인 것과의 갈등과 그녀
의 내면적인 갈등으로 나누어서 고찰해 볼 필요가 있다.

우선 그녀가 초기에 우연히 만난 인물은 알렉이지만, 그는 성(sex) 본
능의 화신이라고 말할 수 있을 정도로 추상화되고 상징화된 존재이다.

---

68) *Tess*, p.15.
69) F. E. Hardy, *The Early Life of Thomas Hardy*, p.293. 1890년 1월 5일의 일기에서 그는 다음과 같
이 이야기하고 있다. "January 5. I have been looking God 50 years, and I think that if he had
existed I should have discovered him ···."

다시 말해서 그를 둘러싸고 있는 환경이 말해 주듯이[70] 그는 인공적으로 만들어진 인간이고, 그의 성격 또한 물질적이고 고정화된 것으로서 거기에는 아무런 인간적인 감정도, 정신성도 보이지 않는 인물이다. 그러한 의미에서 알렉은 오로지 물욕과 쾌락을 지향하는 문명사회의 이상한 특성의 일면만을 상징하는 그로테스크한 '반인반수'이다.

다음 인물인 에인젤은 알렉과는 대조적으로, 그의 성장 환경인 도시, 대학 교육, 학위, 성직, 부자간의 신학에 대한 토론 등이 암시하고 있는 바와 같이 지성이나 정신성만으로 살아가는 인물의 전형인 것이다. 그의 경우도 역시 그 이름이 암시하듯이 문명사회의 이상한 특성의 다른 일면인 극단적인 지성과 정신성을 상징한다. 그도 역시 알렉과는 다른 의미에서의 그로테스크한 '반인반수'이다. 그런데 이 두 사람이 '허위' 혹은 '허구'의 세계로 나아가고 있는 점에서는 공통점이 있다.

알렉의 경우는 우선 가명(family name)이 단순히 세상을 살아 나가기 위해 만든 '더어버빌(d'Urberville)'이라는 '가짜 이름'[71]이다. 알렉의 모친이 귀여워하던 새의 이름이 얄궂게도 '거짓(bullfinch, bull=lies)'[72]이란 뜻이고, 알렉이 몇 번이나 '테스에게는 되풀이되지 않는다'라고 하는 약속은 항상 '거짓'이다. 또한 '스페이드의 여왕' 카(Car)와 서로 싸울 때 테스를 도와주기 시작한 그의 친절은 결코 진실한 것이 아니라 체이스(Chase) 숲에서 욕보인 것이 나타내는 것처럼 새빨간 '거짓'이었고, 그후에 '너에게는 다시는 나쁜 짓을 안 한다'라는 약속을 하지만 그것 또한 '거짓'이었다. 또 그의 기만성은 한층 발전해서 제6장 「개종자」 ("The Convert")에서는 그가 과거의 죄를 후회하고 있는 설교자로서 등

---

70) *Tess*, p.27. 테스가 처음으로 알렉의 집을 방문했을 때의 인상은 그 주변이 온통 금과 같았다. Everything on this snug property was bright, thriving, and well kept ; acres of glass houses stretched down the inclines to the copses at their feet. Everything looked like money — like the last coin issued from the Mint.

71) *Ibid.*, p.27.

72) *Ibid.*, p.45.

장하고 있다. 그러나 테스를 보자 갑자기 경건한 설교자의 허물을 벗고 바람둥이로 변신한다. 이와 같이 알렉은 끝이 없을 정도로 '거짓'으로 굳어진 인물이다.

한편, 클레어도 알렉의 '거짓'과는 질적으로 다르나, 그의 극단적인 공상과 지성이 만들어낸, 거의 현실을 떠난 '허구'와 '허위'의 세계에 살고 있다. 그것이 가장 분명하게 나타나 있는 장면은 테스의 과거에 대한 고백과 그후의 장면이다. 클레어가 런던에서 아무것도 모르는 여성과의 과거를 고백한 후 테스가 그녀의 고백에 대한 중대성을 암시할 때 그것을 가볍게 일축해 버리고, 막상 그녀의 고백이 끝나자 곧 돌변하여 그녀를 책망한다.[73] 또한 그는 테스의 가계가 '더어버빌(d' Urberville)'가라는 사실을 알고 "아무쪼록 나는 당신의 혈통을 즐거워한다(For your own sake I rejoice in your descent.)"[74]라고 기뻐했음에도 불구하고 테스의 고백을 들은 이후로는 "이제 나는 당신이 자연의 신생아, 즉 쇠약한 귀족의 때늦은 묘목(Here was I thinking you new-sprung child of nature : there were you, the belated seedling of an effete aristocracy!)"[75]이라고 하면서 그의 태도는 일변한다. 게다가 그의 테스에 대한 애정은 너무도 가공의 것이었고, 현실의 문제를 떠난 '허구' 세계의 산물이었다. 허나 클레어의 사랑은 확실히 결점이라고 지적받을 만큼 영적이었고, 비실제적일 만큼 공상적이었다(Yet Clare's love was doubtless ethereal to a fault, imaginative to impracticability.).[76]

'자연'과 '문명'이 서로 받아들일 수 없는 존재인 것과 같이, '문명사회'의 양 극단을 대표하는 이 두 사람과 "신선하고 순결한 자연의 딸(a fresh and virginal daughter of Nature)"[77]인 테스와는 본래부터 서로 상반되

---

73) *Ibid.*, pp.177~80.
74) *Ibid.*, p.148.
75) *Ibid.*, p.182.
76) *Ibid.*, pp.191~2.

는 요소를 지니고 있었다. 따라서 이 두 사람의 '허위' 혹은 '허구'를 간파하는 수단으로서는 그녀의 마음의 '진실'이라는 '척도' 이외에는 아무것도 없는 것이다. 그것이 그녀의 유일한 무기이고 수호자인 것이다.

그녀의 일생에 있어서 인생을 결정할 양자택일의 기회는 적어도 세 번은 있었다. 그것은 앞에서 설명한바 있듯이 유우스테이서와 같이 그녀의 마음의 '진실'을 지킬 것인가, 아니면 그것을 방기해서 '허위'로 할 것인가이다.

우선 첫번째로는, 테스가 알렉에 의하여 욕을 당한 후 그녀의 고향 말롯 마을로 돌아오는 도중 쫓아온 알렉이 그녀의 사랑을 확인하려고 한다. 그때 그녀가 마음의 '진실'을 방기하고 그를 사랑하고 있다고 '거짓'을 말했다면 당연히 알렉의 처의 자리가 주어졌을 것이다. 그러나 그녀에게는 그녀의 마음의 '진실'을 배반하는 것은 불가능했던 것이다.

"몇 번이나 말하지 않았어요? 정말이에요. 저는 당신을 진정으로 사랑한 적도 없었고, 결코 사랑할 수도 없을 것 같아요." 괴로운 심정으로 테스는 덧붙였다. "다른 어떤 경우보다도 아마 지금 거짓말을 하는 것이 제게는 무척 이롭겠지요. 그러나 그런 거짓말을 하지 않을 만큼의 자존심은 아직 남아 있어요. 제가 당신을 사랑한다면 그렇다고 말했을 거예요. 저는 당신을 사랑하고 있지 않아요."

('I have said so, often. It is true. I have never really and truly loved you, and I think I never can.' She added mournfully, 'Perhaps, of all things, a lie on this thing would do the most good to me now ; but I have honour enough left, little

<hr>

77) *Ibid.*, p.95.

as´ tis, not to tell that lie. I did love you I may have the best o´ causes for letting you know it. But I don´ t.´)[78]

두 번째는, 클레어에게 그녀가 과거를 고백하자 믿기지 않아서 "테스! 저녁의 일은 사실이 아니라고 말해 줘"[79]라고 강요하지만 그녀는 "사실이에요(It is true.)"라고 대답한다. 이 경우도 이 한 마디에 이제부터의 그녀의 운명의 모든 것이 걸려 있었던 것이다.

끝으로 세 번째 기회는 곧 알렉의 손에 떨어져 버렸다가 테스가 그녀를 마중 나온 클레어와 만나서 다시 양자택일을 강요받지만, 알렉을 살해함으로써 '거짓'의 세계에서 다시 그녀의 마음의 '진실'을 되찾는다.

이 수 차에 걸친 양자택일의 시련에서 그녀의 마음의 '진실'을 지켜 준 인내가 클레어를 '허위'의 세계에서 구출하고, 그와의 조화를 얻는다고 하는 크나큰 행복을 낳게 한다. 그녀가 그녀의 마음의 '진실'에 항상 충실했던 것은 단적으로 말하면 그녀의 마음의 '자연'에 충실했다는 것을 의미한다.

그러나 이와 같은 외부의 존재와의 갈등은 동시에 테스의 내부의 갈등이기도 하였다. 거기에 그녀의 내부에 작용하는 '자연'의 힘을 분석해 볼 필요가 있는 것이다.

그녀에게 작용하는 '자연'의 힘 가운데 제1의 것은 소위 '즐기려는 욕망(appetite for joy)'이라 하는 본능이고, 두 번째 것은 유전에 의한 힘, 즉 이교도 더어버빌(Pagan d´Urberville)의 피를 이은 부친의 정신력(그녀의 자부심, 혹은 위엄에 나타난 것),[80] 그리고 모친으로부터 물려받은 매

---

78) *Ibid.*, p.61.
79) *Ibid.*, p.186.
   'Tess! Say it is not true! No, it is not true!'
   'It is true´ ,
   'Every word?'
   'Every word!'

혹적인 몸과 부주의함이다. 이들 '자연'의 힘과 공존하고 있는 다른 힘
은 소위 '문명'의 힘이라고도 말할 수 있는 그녀의 지성(모친과 비교하
면 200년의 격차가 있을 정도의 새로운 교육을 받았다)[81]이다.

　우선, 그녀의 불행의 시작이었던 알렉에 의해 욕을 당한 큰 원인의
하나는 모친에게서 물려받은 부주의라고 하는 '자연'의 힘에 의한 것
이었다. 그것은 그녀가 카와 말썽을 일으키기 시작했을 때 멍청하게도
알렉의 말에 타고 말았던 것과, 또 그 도중에 졸음 때문에 길을 확인하
지 않았던 것, 그리고 체이스 숲에서 알렉을 믿고 잠들고 말았던 것 등
에 의하여 알 수 있다. 그녀가 알렉을 뿌리치고 집으로 돌아온 뒤, 모친
으로부터 알렉과의 결혼 이야기를 들었을 때 '만약 그때 그가 결혼을
강요했더라면, 세상을 생각해서 내가 어떻게 대답했을는지 모르겠다'
[82]라고 생각하지만, 그 정도의 부주의함이라고 하는 '자연'의 힘은 그
녀에게 강하게 작용하고 있었다.

　그러나 그 불행 이전의 그녀의 지성은 아직 그 부주의라고 하는 '자
연'의 힘을 예견하고, 방지하는 힘을 갖추지 못한 '아이'[83]의 상태였다.
그것은 그녀가 "남자라고 하는 것은 위험한 것이라고 왜 가르쳐 주지
않았던가?(… Why didn´t you tell me there was danger in men-folk? Why didn´

---

80) *Ibid.*, p.82.
　Tess really wished to walk uprightly, while her father did nothing of the kind ; but she resembled
　him in being content with immediate and small achievements, and in having no mind for laborious
　effort towards, such petty social advancement as could alone be effected by a family so heavily
　handicapped as the once powerful d´Urbervilles were now.

81) *Ibid.*, p.14.
　Between the mother, with her fast-perishing lumber of superstitions, folklore, dialect, and orally
　transmitted ballads, and the daughter, with her trained National teaching and standard knowledge
　under an infinitely Rivised Code there was a gap of two hundred years as ordinarily understood.
　When they were together the Jacobian and the Victorian ages were juxtaposed.

82) *Ibid.*, p.64.
　Get Alec d´Urberville in the mind to marry her! He marry her! On matrimony he had never once
　said a word. And what if he had? How a convulsive snatching at social salvation might have
　impelled her to answer him she could not say.

83) *Ibid.*, p.64.
　'How could I be expected to know? I was a child when I left this house four months ago …'

t you warn me?)"[84]라고 모친을 책망하는 말에서도 뒷받침되고 있다.

이 불행에서 자기 자신에게 작용하는 부주의라고 하는 '자연'의 힘의 존재와 그 결과(아이의 탄생과 죽음)를 알고 숲 속에서의 사색을 통하여 그녀의 마음의 상처를 치유하고, 그녀를 '아이'에서 '소녀'로, 또한 '복잡한 여자'로 성장시켜 가는 것은 주로 그녀의 지성의 힘이다. 그리고 새로운 인생에의 방향과 의욕을 그녀에게 주고 있는 것도 그녀의 지성의 큰 힘에 의한 것이었다. 따라서 이 불행으로 인해서 그녀는 '교양 교육(a liberal education)'[85]을 받은 것이고, '그녀의 정신적 수확(her mental harvest)'[86]을 얻은 것이다.

더욱이 클레어의 프로포즈에 대해서 그녀가 발버둥치고 괴로워한 것은 클레어의 사랑을 받아들여야 한다고 속삭이는 자기 쾌락 본능과, 뒤에 그녀의 과거를 알고 그가 슬프게 되어서는, 그리고 후회하게 되어서는 안 된다고 주장하는 지성의 이야기라고도 말할 수 있는 양심의 소리와의 싸움 때문이다.

마음속의 갈등은 너무나 가혹했다. 그녀의 마음은 너무도 그에게 쏠려 있었기 때문에—두 개의 불타오르는 심장이 하나의 가련한 양심과 대적하고 있는 셈이었다. 그녀는 온갖 노력을 다하여 자신의 결심을 지켜 나가려 애썼다. 그녀는 이미 굳은 결심을 하고서 톨버데이스 목장에 온 것이었다. 사랑하는 클레어가 그녀와 결혼하고 싶은 맹목적인 욕망 때문에 후일 쓰디쓴 회한의 고통을 가지지 않도록 해야 했다. 아예 무슨 일이 있더라도 그의 청혼을 받아들일 수 없었다. 또한 마음이 아직 한쪽으로는 기울지 않았을 때 양심이 결정한 바를 저버려서는 안 된다는 생각을 가지고 있었다.

---

84) *Ibid.*, p.64.
85) *Ibid*, p.77.
86) *Ibid.*, p.98.

(The struggle was so fearful ; her own heart was so strongly on the side of his
—two ardent hearts against one poor little conscience—that she tried to fortify
her resolution by every means in her power. She had come to Talbothays with a
made-up mine. On no account could she agree to a step which might afterwards
cause bitter rueing to her husband for his blindness in wedding her. And she
held that what her conscience had decided for her when her mind was unbiassed
ought not to be over ruled now.)[87]

확실히 그녀의 쾌락 본능을 누른 그녀의 지성에 의한 판단은 올바
른 것이었다. 어쩌면 만일 본능이라고 하는 '자연'의 힘이 명령하는
대로 그녀의 과거를 숨긴 채로 클레어와 함께 했다면, 가령 일시적으
로는 행복해도 반드시 과거의 과실이 그녀를 책망하고 괴롭힐 것이
고, 또 과실이 드러날 때에는 그녀의 결정적인 파멸이 될 것이기 때문
이다.

그것은 쥬우드의 본능이 움직이는 대로 쾌락에 빠지는 것이 '자연'
의 의도라고 생각해 온 수우가 쥬우드의 사내아이(Little Father Time)의
손에 두 아이를 잃어버렸을 때 외치는 그녀의 비통한 후회의 말에 여
실히 나타나 있다.

자연이 우리들에게 부여해 준 본능도 운명이 감히 방해해 왔던 본능은 향
락하는 것만이 의도요, 자연의 법칙이고, 존재 이유라고 말이에요. 그 얼마
나 무서운 소리를 했던 걸까요! 그리고 지금 자연을 그 말대로 고스란히 받
아들일 만큼 바보였다는 벌로서 운명이 우리들의 등을 찌르고 만 거예요.

---

87) *Ibid.*, p.138.

(I said it was Nature′s intention, Nature′s law and *raison d′etre* reason for existence that we should be joyful in what instincts she afforded us—instincts which civilization had taken upon itself to thwart. What dreadful things I said! And now Fate has given us this stab in the back for being such fools as to take Nature at her word.)[88]

이 작품에 있어서 작가는 종종 테스는 사회의 법은 깨뜨렸으나, 결코 '자연'의 법칙은 깨뜨릴 수 없었다[89]라고 이야기하고 있으나 이러한 작가의 말은 상당히 모순된다. 왜냐하면 테스는 쾌락 본능이라고 하는 '자연'의 힘이 명하는 대로 행동하지 않고, 그녀의 지성의 힘에 의해서 진로를 결정하고 있는 것이므로 당연히 '자연의 법칙'에 대한 불복종이라고 생각되기 때문이다.

이 모순에 대해서는 다시 앞서 말한 하아디의 "자연은 완전하지 않다"라는 말로 설명이 되는 것이다. 즉, 테스는 '부주의'라고 하는 '자연'의 힘의 미비함을 그녀의 지성에 의해서 깨닫고 '주의'로 변해 가며, 쾌락 본능의 한계라고 하는 미비점을 지성에 의해 인식하고 억제한다.

하아디가 말하는 '자연'은 지성에 의해서 그 미비점을 수정하거나 또는 타협에 의해서만이 풍요롭게 되고, 인간과의 조화가 가능하게 되는 것이다. 반대로 지성은 '자연'에 의해서 지나친 점은 시정하고, 보충하지 않으면 안 된다. 그러한 의미에서 테스가 그녀의 내부에 있는

---

88) *Jude*, p.268.
89) *Tess*, p.67.
 She had been made to break an accepted social law, but no law known to the environment in which she fancied herself such an anomaly.
 또 p.219에서는 다음과 같이 말하고 있다.
 She was ashamed of herself for her gloom of the night based on nothing more tangible than a sense of condemnation under an arbitrary law of society which had no foundation in Nature..

‘자연’과의 갈등에 의해서 수정하고, 타협해서 더욱 풍부하고 윤택한 ‘자연’과의 조화를 발견하는 것은 작가가 말하는 ‘자연의 법칙’에 복종을 의미한 것이고, 작가의 자연관을 훌륭하게 구체화한 것이라고 말할 수 있겠다.

이와 같은 일로 해서 가끔 논의의 대상이 되어 왔는데, 이 작품의 부제 「순진한 여인」(“a pure woman”)은 단순히 클레어에게 충실하고, 정신적으로 순결하다는 것을 의미하는 것이 아니고, 소위 ‘자연’에 대한 순결(a pure woman to Nature)을 의미하는 것이라고 생각해야 할 것이다.

이와 같은 하아디의 소설에 나타난 ‘자연’은 궁극적으로는 인간을 둘러싼 자연, 또는 자연 현상과 같은 소위 가시적인 자연을 의도한 것이 아니라 인간의 내부에 있는 비가시적인 ‘자연’을 의미한다. 따라서 그의 독특한 자연 묘사의 훌륭함은 인간의 내재적 ‘자연’의 훌륭한 투영이고 상징이라고 생각된다. 또한 그 내적인 ‘자연’의 힘이 절대적인 힘도 아닌 인간의 지성의 힘에 의해서 보충되고 수정되어야만 비로소 인간이 하등 동물의 세계에서 탈피하여 새로운 인간으로 성장할 수 있는 것이다. 만약 그렇지 않다고 하면 알렉, 맨스턴, 트로이 등의 반인반수들이 그의 소설의 주인공이 되지 않으면 모순이 되는 것이다.

하아디가 이와 같이 인간의 내면 깊이 날카로운 메스를 넣어 쾌락 본능, 유전이라고 하는 ‘자연’의 힘을 오려내어 그 힘과 한계를 나타낸 것은 그것이 아무리 비정하고 염세적인(pessimistic) 메스였다 할지라도, 인간의 병의 최악의 상태를 나타냄으로써 가장 좋은 치유법을 발견하고자 한 그의 깊은 인간애에 기초를 두고 있었음을 간과해서는 안 될 것이며, 또한 이와 같은 그의 자연관이 문명에 대한 날카로운 비판이고 경종이었다는 사실을 묵과해서도 안 될 것이다.

하아디의 소설과 시 자체의 난삽한 원문들이 우리 자신의 문화권에서 현대의 담화로서 어떤 의미로 읽혀지고 있는가에 대한 생각을 하기 전에 지금까지 하아디가 어떻게 읽혀 왔고, 그에 대한 비평은 어떤 양상으로 전개되어 왔는지를 간단히 살펴볼 필요가 있다. 어떤 작가의 작품도 그 자체로, 그리고 독자적으로 연구될 수는 없다. 그것은 비평적, 그리고 문화적 독서 관습, 판단, 그리고 그것에 대해 이미 행해진 평가에 의해서 결정적으로 형성되어진다. 진정한 의미에서 그러한 비평적 고려는 주로 우리에게 전해 내려온 정전적(canonic) 텍스트의 방향을 예시해 준다. 한 국가의 문화와 유산의 기여에 도움이 되는 하아디와 같은 작가의 경우에서 그의 독특한 특징들에 대한 이 같은 종류의 신화적 구성의 배후를 파악하기가 매우 어렵다. 소설가로서 하아디의 초기 성공은 『푸른 숲 나무 아래에서』(*Under the Greenwood Tree*, 1872)로 시작해서 『광란의 무리를 떠나서』로 더욱 확고해졌다. 이들 작품들을 통해서 하아디는 영국 서부 지방의 시골 생활에 대한 연대기 편찬자,

셰익스피어풍의 시골 사람을 만든 사람, 변천해 가는 시골 질서의 연대기 작가, 자연계의 시적 묘사의 작가, 멋진 여자 인물들의 박식한 창조자, 사랑, 운명, 그리고 인간의 희망과 겉치레를 조롱하는 자연의 비극에 대한 우울한 분석가로 불리워졌다. 앵글로 색슨 헤프타아키(Anglo-Saxon Heptarchy)의 6개 군(Dorset을 중심으로 Somerset, Devon, Hampshire, Berkshire, Wiltshire)을 포함하는 '부분적으로 실제적이고, 부분적으로 허구적인' 시골 웨쎅스(Wessex)는 『귀향』에 이르러 명백하게 소설의 배경이 되었다. 하아디는 『귀향』에서 허구적인 지형의 지도를 사용했다. 그로부터 계속해서 하아디의 문학 세계는 불가피하게 웨쎅스와 관련을 맺고 있다. 그러나 소설가로서의 생애는 『캐스터브리지 읍장』 『숲 속의 사람들』 『테스』, 그리고 『쥬우드』와 더불어 발전되었고, 이 작품들은 생의 더 어두운 면에 초점이 맞추어졌다. 그의 어두운 측면은 보편적 주제인 인간의 과오, 운명, 사랑, 죽음에 대한 그의 비극적 이해에 기인한다. 1912년 그의 모든 작품을 담은 웨쎅스판의 종합 서문에서(이 서문은 하아디 소설의 대부분 문고판 끝과 가장 현대적인 시 선집에서 정규적으로 수록되고 있다) 하아디 자신이 그의 소설들을 회고적으로 세 개의 범주로 나누었다. 가장 먼저, 그리고 호감이 가는 것들에는 '성격과 환경' 소설이라고 표제를 붙였다. 이것에는 『테스』 『쥬우드』 『숲 속의 사람들』 『캐스터브리지 읍장』 『귀향』 『광란의 무리를 떠나서』 『푸른 숲 나무 아래에서』와 세 편의 단편이 포함된다. 그는 이것들이 가장 편견 없는 작품에 가깝고(즉, 가장 독창적이고 특징적인 소설들로서) 전체적인 취급과 세부 묘사에 있어서 정말 같은(verisimilitude) 이야기라고 주장할 수 있는 작품으로 주석을 달고 있다. 시적, 비극적(그리고 또한 목가적, 희극적), 인본주의적 사실주의자로서 그의 중요한 업적, 혹은 정전은 위의 7편의 소설 가운데 5편이 분명히 대표작이다. 『쥬우드』는 항상 비평가들에게 모호한 분류에 속한 것이었고, 『푸른 숲 나무 아래에서』는 다소 보잘것없는 것으로 취급되었다.

그러나 하아디의 소설에 대한 비평적 견해에는 부정적 요소를 담고 있는 것도 있다. 이것과 관련하여 두 가지 측면을 고려해 볼 수 있다. 첫번째로 모든 소설에는 특징적 '결함'이 있어 보였다. 즉, 선정주의와 멜로드라마적 경향 ; 플롯의 인위성(우연의 장치에 대한 지나친 의존) ; '건조'하고 '설득력이 없는' 성격 묘사 ; 어색함, 현학적 문체 ; 매너리즘 ; 유행하는 염세주의 혹은 우울 ; '이념'과 '교훈주의' 등의 현저한 과잉이다. 이 모든 것들은 오늘날에 와서는 사정이 다르지만 1914년 전에 하아디 비평에서 아주 빈번하게 등장하는 용어와 의견들로 요약된다. 그 중에서 가장 빈번하게 등장하는 말들은 '개연성', '믿기지 않음', '확신', '믿음', '자연스러움'의 부족 등이다.[1] 물론 이들은 소설의 기교에 있어 이음매 없는 사실주의에 대한 편애와 하아디가 위에서 언급한 '성격과 환경' 소설에 대한 주석에서 지적한 일종의 '정말 같음'에 대한 성찰(reflection)이다. 이처럼 그의 '결점'을 확인하는 것은 더 실제적인 고려를 통해 그들을 제거하고 당당하게 소설을 위대한 사실적 소설의 전통 속에 넣도록 하려는 것이다.

소설가 하아디의 비평적 견해에서 두 번째 부정적 요소는 그가 썼던 14편의 장편소설들 중에서 거의 반 이상을 그의 진정한 정전에서 제거하는 것이다. 이것들은 위에서 언급한 1912년 판 종합 서문의 두세 번째 범주로 하아디 자신이 분류한 것들이다. 『한 쌍의 푸른 눈동자』『나팔 대장』『탑 위의 두 사람』『사랑하는 사람』과 단편들 가운데 하나가 두 번째 부류인 로맨스와 환타지에 속한다. 세 번째 범주인 '정교(ingenuity)의 소설'들에는 『궁여지책』(*Desperate Remedies*, 1871), 『에셀버어터의 손』과 『냉담한 자』(*A Laodicean*, 1881)가 있다. 그러나 이 경우에

---

1) Timothy Hands, *Thomas Hardy*(Basingstoke : Macmillan, 1995), p. xii.

하아디는 분명하고 자의식적인 평을 추가했다. 그들은 또한 "실험적인 것"으로서 특징될 수도 있고 그저 임시(for the nonce simply)로 쓰여졌을 지도 모른다. 그러나 우화의 인위성에도 불구하고 몇몇 장면들은 실제 적인 삶에 충실하다. '그저 임시로 쓰여졌다는 것'은 이것들이 생계 유 지를 위한 작품이었다는 것을 암시한다. 그러나 '실험적인 것'에 대한 개념으로 돌아가 보면 하아디가 분명히 가혹하게 그것들을 제거한 것 이 불성실했는지를 재고하게 할 것이다. 그가 살아 있는 동안은 물론 금세기 동안에도 그의 마이너 소설들이 일반적으로 대단히 형편없이 과장해서 쓰여졌다는 결점을 만들었고, 특징적인 주요한 웨쎅스 소설 에 대한 해(disservice)를 주고 있다는 비평적 의견이 있었던 것은 분명 하다. 위의 목록에 기입된 7개 소설들은(목가적이고 역사적인 웨쎅스 로 맨스인『나팔 대장』을 제외하고, 그리고『한 쌍의 푸른 눈동자』와『사랑하는 사람』같은 다른 작품들은 평이 오락가락하면서) 비평계에서 외면을 당했 고 수 년 동안 절판된 적도 있었다. 1970년대에서야 1978년에 판권이 소멸될 것을 예견하고 맥밀란이 하아디의 '새로운 웨쎅스' 문고판을 출판하여 모든 작품들이 학생들과 일반인들에게 이용 가능하게 되었 다. 그러나 지금까지도 전문가가 아닌 하아디 애호가들도 그것들을 읽 기는커녕 5, 6편의 마이너 작품은 들어 보지도 못하고 있는 실정이다.

  이 모든 특징이 없고 열등한 작품들 가운데 예외는 있지만 서평가들 과 비평가들은『에셀버어터의 손』과『냉담한 자』를 몹시 외면했다. 1879년에 전자는 '더 환상적인 진지한 작품의 간주곡' 정도로 취급되 었다. 한편 1889년에 베리(J. M. Barrie)는『탑 위의 두 사람』과 함께 후 자를 지루한 작품이라고 공격했다.[2] 1967년『표준문학사』에서 전자는 무시할 만한 경박한 작품이고, 후자는 아주 쓸모없는 작품이라고 했

---

2) *New quarterly Review*(Oct. 1879).

다.[3] 1970년대 '새로운 웨쎅스'판의 서문에서조차 전자를 많은 하아디 소설들 중에서 조커(joker), 즉 비교적 실패작으로 '믿기 어려운 것들'로 혼란스러운 반면, 후자는 하아디의 위대한 소설이 아니며 어이없을 정도로 믿기 어려운 구성과 전체적으로 하아디의 '창작상의 부주의함'을 보여주면서 개연성이 없는 사건들로 가득하다고 언급하였다. 더 최근에 와서 상당히 중대한 연구가 마이너 소설에 기울고 있지만, 대부분 소설가 하아디는 모든 작품 가운데 절반이 되는 주요한 웨쎅스 소설의 작가로 남아 있다. 개연성이 없는 실패작들이 시골 웨쎅스의 진지한 인본주의적 사실주의 비극들 사이에 나란히 병치된다면 그것이 총체적인 하아디 정전에 어떤 영향을 미치겠는가? 『궁여지책』을 제외하고 이들 마이너 소설들은 하아디의 초기 소설 쓰기 습작의 결과는 아니다. 『궁여지책』은 그의 첫번째 출판된 소설이다(그가 처음으로 쓴 것은 아니지만). 『한 쌍의 푸른 눈동자』는 『푸른 숲 나무 아래에서』의 뒤를 이었다. 『에셀버어터의 손』은 웨쎅스 양식으로 하아디의 첫번째 성공작인 『광란의 무리를 떠나서』를 뒤따랐다. 『냉담한 자』와 『탑 위의 두 사람』 두 편 모두는 웨쎅스의 명백한 비극인 『귀향』과 그의 인기 있는 웨쎅스 로맨스인 『나팔 대장』의 뒤를 이었다. 『사랑하는 사람』은 정기 간행물로 『테스』와 그의 마지막 소설인 『쥬우드』의 뒤를 이었다. 다시 말하면 '로맨스' '환타지' '정교의 소설' '실험적인 것'은 대부분의 사실과 흡사한 '성격과 환경' 소설 사이에 놓인다.

지나치게 단순화된 하찮은 비평적 대상으로 하아디의 많은 소설들을 폄하하고 싶지는 않다. 소설가 하아디 특유의 업적은 1차 대전 이후 계속해서 비평계에서 꾸준히 재확인되고 있다고 말하는 것이 매우 공정하다. 확실히 『소설가 하아디』(*Hardy the Novelist*, 1943, '연구 안내책자')

---

3) Alfred C. Baugh(ed), *A Literary History of England*(London : Routledge & Kegan Paul, 1967, 1970), pp.1466~8.

라는 제목이 붙은 쎄실(Load David Cecil)의 유명하고 영향력 있는 책은 거의 정확하게 친숙한 인물(persona)을 재생산한다 :

우리는 소박하고 자연스런 감정에서 움직이는 소박하고 자연스러운 인물들로 예증된 근본적인 바탕의 삶을 보아 왔다. 이 밖에 무엇이 인간과 운명 사이의 궁극적인 관계를 나타내는가? 그들이 궁극적인 운명과 연관되어 보여졌다는 사실은 또한 그들에게 거창하고도 보편적인 성격을 지니게 했다. 하아디가 19세기 웨쎅스의 시골 사람들만을 소재로 했다고 해서 그의 인생화의 보편성이 약해지지는 않는다. 도리어 하아디는 그와 같은 사회에서야말로 보다 세속의 때가 묻은 사회에서 보는 바와 같은 생존의 피상적인 가식으로 말미암아 적나라한 구조가 가려지지 않은 채 가장 근본적인 바탕의 인생이 나타난다고 생각하기 때문에 그러한 배경을 택했다. 이렇듯 협착하고 이 떨어진 생활 형태 속에 집약되었던 까닭에 인간극의 기본적인 사실이 가장 강렬하게 나타났고, 다른 일로 정신이 산란해지지 않은 까닭에 근본적인 인간 정열을 작열했다.

(We are shown life in its fundamental elements, as exemplified by simple, elemental characters actuated by simple, elemental passions ⋯ And the fact that they are seen in relation to ultimate Destiny gives them a gigantic and universal character. Nor is the universality of this picture weakened by the fact that Hardy writes only of country people in nineteenth-century Wessex. On the contrary ⋯ concentrated in this narrow, sequestered form of life, basic facts of the human drama showed up at their strongest.)[4]

---

4) David Cecil, *Hardy the Novelist*(London : Constable, 1943), p.32.

브라운(Douglas Brown)의 중요한 연구서인 『토마스 하아디』(*Thomas Hardy*, 1954)는 또한 도시 문화 앞에서 강건하고 튼튼한 시골 공동사회의 쇠퇴에 대한 기록자로서 그에 대한 초기의 생각을 강화시키며 현대 생활과 반대되는 하아디의 웨쎅스를 고조시킨다. 이러한 패턴은 농촌 생활 방식의 불안한 경험에 대한 하아디의 당황함을 기록하고 있다. 그것은 작가의 성격에 뿌리 깊게 자리잡은 신뢰와, 확인할 수 있고 의지할 만한 과거[5]에 대한 의존도를 기록하고 있다. 그러한 특징은 바로 오늘에 이르기까지 하아디에 대한 인습적인 기술 속에 우리 안에 남아 있다. 도시에서 유행하는 관심에서 멀리 떨어진 웨쎅스의 시골 한가운데서 인간의 가장 깊은 열정 또는 1980년대 대학의 성인 교육 과정을 위한 브라운 식의 공고를 주목해 보자.

오늘날의 우리의 삶은 너무도 성급하고 열광적이고 소란하다. 하아디가 그의 소설에서 그렇게도 아름답게 묘사하는 평화롭고 고요한 옛날의 전통적인 시골 세계로 탈출한다는 것은 상쾌한 일이다. 자연과 시골 사람들에 대한 그의 사랑은 불행하게도 그가 너무 빨리 사라지는 것을 보았다고 심지어 쓰기까지 했던 거의 시간을 초월한 세계를 재창조한다.

(Today our lives are so rushed and hectic and noisy. It is refreshing to escape into the old, traditional, rural world with the peace and calm that Hardy depicts so beautifully in his novels. His love of nature and folk-lore recreate an almost timeless world which unfortunately, even as he wrote, he saw fast disappearing.)[6]

---

5) Douglas Brown, *Thomas Hardy*(1954 ; Harlow : Longman, 1961), p.31.
6) Charles Swan's Lecture of Keele University.

'빠르게 사라져 가는 영원한 세계'의 개념은 재미있는 것이다.

그러나 1960년대와 1970년대에 다른 변화가 추가되었다 : 리비스(F. R. Leavis)는 '어색하고 우울한 소설의 편협한 제작자라고 위대한 전통'에서 하아디를 빼 버렸다.[7] 그때 다른 젊은 비평가들은 그의 소설의 형식적인 복잡성을 검토하기 시작한다. 브루크(Jean Brook)의 『토마스 하아디 : 시적 구조』(*Thomas Hardy : The Poetic Structure*, 1971), 그리고 그레고(Ian Gregor)의 『큰 거미줄 : 하아디의 주요 소설의 형식』(*The Great Web : The Form of Hardy's Major Fiction*, 1974), 비가(Penelope Vigar)의 『토마스 하아디의 소설 : 환상과 실재』(*The Novels of Thomas Hardy : Illusion and Reality*, 1974), 그리고 카사그란데(Peter Casagrande)의 『하아디 소설의 일치 : 반복적인 대칭구조』(*Unity in Hardy's Novels : Repetitive Symmetries*, 1982)는 일종의 영향력 있는 인도주의적 형식주의 연구를 전개한다. 이들의 연구는 오래된 '성격' '환경' '운명' '비극' '시골의 비가(elegy)' 등의 개념을 제거하고 시적 구조, 단일성, 상징주의, 이미지, 그리고 패턴 등에 관심을 기울였다. 그러나 사실 근본적인 수준에서 그러한 신비평은 하아디 소설에 비슷하게 내재한 다음과 같은 가정들을 드러내고 있다 : 인본주의(일치와 시적 구조가 그의 세계관을 구축하는 것으로 보인다), 결점, 사실주의와 불편한 관계, 그리고 초점과 주제에 대한 것 등. 가령 카사그란데는 하아디의 세계와 사람들은 매우 영국적이고 서부 지방적이라고 쓰고 있다. 동시에 그들은 보편적이고 향수적인 감각과 "변화와 많은 사건"으로 침입당한 전통적 교육(upbringing)을 반영한다.[8] 더욱이 형식적 구조와 모티프의 패턴 추구는 분열되고 일치하지 않는 담화와 잠재적으로 반사실주의적 혹평을 인정하기보다

---

7) F. R. Leavis, *The Great Tradition*(1948 ; Harmondsworth: Penguin, 1962), p.140.
8) Peter Casagrande, *Unity in Hardy's Novels : "Repetitive Symmetries"*(Basingstoke : Macmillan, 1982), p.11, p.223.

는 하아디 글의 동질성(homogeneity)을 확립하고, 작품을 매끄럽고 세련되게 하는 경향이 있다. 그러므로 소위 마이너 소설들이 비평계에서 부족하고 냉담한 관심을 받거나 일반적으로 전혀 관심을 받지 못하는 것은 당연하다.

더 새로운 마르크스 주의, 페미니즘 비평, 그리고 후기 구조주의 이론 연구의 부산물의 한 부분으로, 1980년대와 1990년대 사이의 하아디 소설의 비평은 다소 급진적이고 전복적인 양상을 띠고 있다. 메린(Merryn)과 윌리엄스(Raymond Williams)의 선구적 연구를 제외하고 지금까지 없었던 사회학적 읽기가 현재 확산되고 있다. 하아디와 사회 계급, 하아디와 농촌 경제, 하아디와 도오셋의 노동자, 하아디와 정치 ― 농산물과 재산의 급진적인 재난 ― 항상 전원화된 시골 풍경에 대한 이기적인 이용에 대한 고백 혹은 부르주아 변명 등이 대세를 이루고 있다. 특히 페미니즘 비평은 여성, 성, 그리고 성욕의 취급 면에서 근본적으로 하아디의 소설을 재조명한다. 하아디는 항상 명랑하고 비인습적이며 관능적이라고 비난받는 여성을 창조하는 능력과 여성의 취급에 있어 빅토리아 시대의 인습에 얽매임을 극단적인 비웃음으로 조롱하는 것으로 유명하다(테스가 순수한 여성인가? 충격, 공포!). 그러나 이러한 비평적 전형들이 지금은 스스로 도전받고 대치된다. 대신에 다음과 같은 문제들이 야기된다 : 하아디가 페미니스트인가? 어떻게 후기빅토리아 남성이 개화된 페미니즘을 분명하게 말할 수 있었을까? 그는 다른 많은 동시대 남성들처럼 여성 혐오증(misoguny)이 있었는가? 그의 여주인공들은 가부장제의 희생물인가, 아니면 신여성들인가? 왜 그는 파워(Paula Power), 에버딘(Bathsheba Everdene), 혹은 테스 같은 동적(dynamic)인 여자 주인공을 만들어 결혼시키고 그리고는 죽게 하였을까? 그는 여성들에게 사회적 부당함을 노출시켰는가? 혹은 그는 그의 자유 정신을 성공시키지 못함으로써 그것에 집착하고 있었는가? 그는 어떻게 여성의 성을 표현하고 묘사했는가? 여성의 성은 항상 남성 주시(male gaze)의 반영, 즉 남자 주인공들, 혹은 하아디 자신의 관음증의 반영으로 존재하는가? 어떻게 텍스트 담론이 스스로 성적으로 자극될 수 있는가? 물론 이 많은 질문들은 위에서 언급된 사회적 접근의 기초를 이루고 계급, 성, 그들의 상호 관계의 문제들이 하아디 비평의 중심에 있게 한다. 그러한 연구는 블레이크(Kathleen Blake), 보우멜하(Penny Boumelha), 이글턴(Terry Eagleton), 피셔(Joe Fisher), 가르손(Marjorie Garson), 구드(John Goode), 히고넷(Margaret Higgonet), 잉검(Patrica Ingham), 제이코부스(Mary Jacobus), 스터브스(Patricia Stubbs)와 워턴(George Wotton)에 의해 예증된다. 이 새로운 비평에 관한 두 가지 점을 지적할 수 있다. 첫째, 전복적인 다시 읽기에서 포스트모더니즘적이고 해체적 추진력에 의해서 중요한 특징으로서 하아디의 소설에서 언어의 불완전한 유희에 초점을 둔다. 다시 말하면, 복잡하고 분열되고 이질적인 원문이 비평적 관심의 대상이 되고, 그 자체가 소설의 주제로 보여진다. 두 번째, 역설적으로 이 모든 것에도 불구하고 하아디의 소설 습작과 정신 구조가 아주 많이 자기 풍자적으로 묘사되어 있는 마이너 소설들은 여전히 인색하게 취급을 받을 뿐이다.[9]

하아디 시의 비평적 반응과 20세기 비평의 계보는 소설과는 의미심장하게 다르다. 그러나 그들은 또한 몇 가지 강한 유사점과 효과를 가지고 있다. 우선 1898년 『웨쎅스 시집』(Wessex Poems)이 처음 출판되었을 때 하아디는 이미 소설 쓰기를 포기한 유명한 소설가였다. 그리고 장르를 바꾼 것에 대한 서평가들의 반응은 복합적이다. 하아디 자신이 냉소적으로 지켜 보았던 것처럼 몇몇 비평가들은 호의적으로 존경과 찬사를 보여주었고, 다른 비평가들은 그들과 상의 없이 소설보다 다른

---

9) Joe Fisher, *The Hidden Hardy*(Basingstoke : Macmillan, 1992), ch. 4.

표현 매체를 함부로 택한 것에 대해 불쾌하게 생각했다. 또 다른 비평가들은 그것에 대해 심하게 공격했다. 『토요일 판』(Saturday Review)은 『웨쎅스 시집』을 이상하고 지루한 책이라고 수치스럽게 평했다. 깔끔하지 못한 엉터리 투박한 운문으로 감상적인 허풍을 떨며 표현도 형편없고 시작도 엉망이라고 평했다. 하아디의 몇몇 발라드를 '지금까지 운문집에서 발견되는 가장 놀라운 헛소리'라고 거부했으며, 그 시집이 왜 출판되었고 하아디 자신이 왜 불태워 버리지 않았는지 궁금해 했다. 챔버스(E. K. Chambers)는 또한 시에서 '하아디가 성공할 가능성은 범위가 매우 협소'하다고 말했다. 그리고 그는 처음으로 시인으로서 하아디의 비평적 역사와 평가에서 중요한 문제가 될 견해를 말했다. 그러나 그는 이 성공을 아주 훌륭한 소수의 시에 한정했다. 『과거와 현재의 시집』(*Poems of the Past and the Present*)에 대해 『아카데미』는 1901년에 다음과 같이 평가를 했다 : "『애씨니움』(*Athemaeum*)이 하아디가 소설에서 시로 전환할 때 자신의 직업을 오판했다고 생각한 반면에[10] 그의 소설에 더 순수한 시가 있다." 상반된 비평적 견해들이 있었음에도 불구하고 시집들은 계속해서 출판되었다. 1909년에 『세월의 웃음거리와 다른 시』(*Time's Laughingstocks and Other Verse*), 1902년과 1907년 사이에 많은 노력을 들인 서사적 운문 드라마인 『군주들』, 『환경의 풍자』(*Satires of Circumstance*), 『서정시와 환상곡』(*Lyrics and Reveries*, 1914), 『환상의 순간과 가지가지 시들』(*Moments of Vision and Miscellaneous Verses*, 1917), 『고금서정시집』(*Late Lyrics and Earlier*), 『인간의 모습들』(*Human Shows*, 1925), 『환상』(*Far Phantasies*, 1917), 『노래와 사소한 것들』(*Songs and Trifles*, 1925), 그리고 『다양한 기분과 운율로 된 겨울』(*Winter in Various Moods and Meters*, 1928년 사후에 출판됨)을 완성하였다.

---

10) *Athenaeum*, 14 Jan. 1889, *Academy*, 23 Nov. 1901.

1916년에 하아디는 사실상 첫번째 『시선집』(*Selected Poems*)을 출판하고, 『시선집』(*Chosen Poem*)이라는 이름으로 출판해서 1927년에 확대 증보하였다. 시집이 늘어나면서 독자들은 그를 소설가라기보다는 시인으로 간주하기 시작했고, 인기는 더해 갔다. 개별적인 시들이 처음에는 일간지나 인기 있는 간행물('In Time of "The Breaking of Nations"')을 통해서 출판되었다 : 예를 들면 「황소들」("The Oxen")은 처음에 각각 『토요일 판』과 『타임즈』(*The Times*)에 각각 폭넓고 자유로운 인쇄를 하게 하는 판권 제한 없이 전쟁 노력에 대한 기고로서 나타났다. 마찬가지로 시집의 판매 자체가 솟아오르고, 시인 하아디가 베스트셀러의 인물이 되었다(예를 들어 맥밀란 포겟판인 『웨쎅스 시집』과 『과거와 현재의 시집』은 1907년과 1918년 사이에 네 번이나 재판되었다). 『환상의 순간』(Moments of Vision)은 출판 한 달 만에 두 번째 인쇄에 들어갔다.

  전형적으로 대립되는 강한 요소들이 있음에도 불구하고 비평적으로도 하아디의 시적 업적은 널리 인정받았다. 조지왕 시대(Georgian) 시인들 가운데 한 사람인 하아디는 종종 선배(elder, senior) 조지왕 시대 사람으로 간주되었다. 그는 계속해서 1920년대에 스콰이어(J. C. Squire)의 『런던 머큐리』(London Mercury)에 정규적으로 시를 출판하였다. 그 정기 간행물은 이미지즘, 전쟁시, 그리고 성숙한 모더니즘의 시가 시작된 이후 분명히 구식으로 보이는 조지언 시풍을 촉진시켰다. 그러나 동시에 주요한 이미지스트(arch-imagist)이며 모더니스트인 파운드(Ezra Pound)는 하아디를 현대 시인으로 높이 평가하고 있었다. 이후 그와 같은 훌륭한 시를 하아디가 쓸 수 있었던 것은 20편의 소설을 먼저 써 놓은 것에 대한 결실이라고 주목했다.[11] 더욱이 어떻게 현대시(예를 들어 『황무지』(*The Waste Land*))를 읽을 것인가에 대한 초보자를 위한 안내서

---

11) See *The Letters of Ezra Pound*, 1907~1941, ed. D. D. Paige(New York : Harcourt, Brace, 1950), p.294.

인 『영시의 새로운 방향』(*New Bearings in English Poetry*, 1932)에서 리비스는 하아디를 이전 세대의 중요한 시의 목소리로서 선택했다. 그럼에도 불구하고, 확실한 리비스적인 공명정대함과 더불어 그는 또한 하아디의 방대한 시들은 괴벽과 특이성 때문에 흥미로울 뿐이라고 다소 혼란스럽게 말했다. 그리고 중요한 시인으로서 하아디의 위치는 12편의 "위대한" 시에 의존한다고 말했다(리비스는 특성상 그 시들이 어떤 것인지는 말하지 않았다).[12] 실로 하아디의 비평과 시에 대한 많은 것을 취급하는 것은 어떤 시가 그의 업적의 핵심을 구성하는가를 확인하고, 그의 위대함의 본질이 무엇인가에 대한 인지된 문제들에 집중하려는 것이다. 만일 독자들이 하아디 소설 비평에서 애호되는 그 모든 결점과 진정으로 특징적인 소설적 업적의 정전을 만들기 위해서 주요 소설과 마이너 소설들을 선별적으로 구별함에 있어 반향(echo)을 들을 수 있다면 그 모든 것은 유익할 것이다.

그러나 시 비평의 특징들을 추적하기 전에 시인으로서 하아디의 결점들이 어떻게 지각되고, 소설에서의 결점과는 어떤 유사성을 갖는가를 주목할 필요가 있다. 기이함(oddity), 특이(idiosyncrasy), 투박함(gaucherie), 너무 많이 쓰는 경향, 어색함(awkwardness), 인습, 현학(pedantry), 시적인 것과 구어적인 것의 혼합, 시골풍, 멜로 드라마, 우울하고 지나치게 결정론적인 철학, 완고, 기행(주제와 언어에 있어) 같은 특징들 가운데 더 긍정적인 표현이 그의 핵심적인 장점들을 동시에 포함하고 있는 것으로 보통 믿어지고 있다는 사실은 시인 하아디의 진정한 위대함을 파악하기가 얼마나 어려운가를 보여준다. 도렌(Mark Van Doren)이 분명하게 인정했듯이 하아디의 대부분의 시들은 좋지 않다. 그러나 어떤 것이 그러한지에 관해서는 항상 마음을 정할 수 없

---

12) F. R. Leavis, *New Bearings in English Poetry*(1932 ; Harmondsworth : Penguin, 1963), p.53., p. 56.

다.[13] 소설의 경우처럼 나쁜 시를 손상시키는 결점들은 좋은 시에서도 지각되기 때문이다.

널리 알려져 있는 『토마스 하아디와 영국 시』(*Thomas Hardy and British Poetry*, 1973)에서 영미 모더니즘의 전통과 현대시의 상대적 전통을 가르려고 하면서, 데이비(Donald Davie)는 하아디의 위대함을 확인하고, 업적의 본질적 핵을 나타내는 이들 시에 동의할 때의 어려움을 말한다. 정확하게 어떤 시가 진정한 하아디적 특징을 포함하는가? 데이비는 비평가들마다 거의 1000편은 너무 많고 하아디의 평판이 의존하는, 즉 다소 일치된 몇 편의 정전을 요구하고 있다고 말한다. 그러나 문제는 어느 누구도 동의할 수 없다는 것이다. 더욱이 하아디의 시선집중의 하나가 1912~13년의 시들 중 몇 편의 위대한 시들을 생략했다는 사실은 데이비로 하여금 다음과 같은 결론에 이르게 한다. 하아디의 시에서 무엇이 중심적인 의미인가에 대하여 어떤 합의점도 인식하지 못했고, 더구나 무엇이 하아디의 확실한 업적 중에서 정전인가에 대한 합의점을 찾지 못했다는 것을 입증한다. 수많은 시들과 혹은 그들을 장르별로 안전하게 분류하고, 그들을 초기와 후기로 날짜를 추정할 수 없기 때문에 좋은 시와 나쁜 시를 구별할 수 없다. 따라서 독자들은 그 시들 속에서 자기 나름대로 의미를 찾게 된다. 그러므로 거기에서 발견하는 것은 자신의 선입관과 편애의 결과라는 것을 인정해야 한다. 만일 이것이 모든 시인들에게 어느 정도 사실이라면 그것은 하아디에게는 매우 합당한 사실이다.[14]

데이비는 하아디 시에서 무엇이 중심적인 의미인가를 정의하는 비평적인 논쟁에 관해서 정확하게 옳은 면도 있지만 지금 판단해 보면 그

---

13) Mark Van Doren, *Autobiography*(New York : Harcourt, Brace, 1958), p.167.
14) Donald Davie, *Thomas Hardy and British Poetry*(London : Routledge & Kegan Paul, 1973), pp.27~9.

의 확실한 업적의 정전에 관해서는 오히려 핵심을 벗어나고 있다. 이
제 중요한 핵심이 되는 하아디의 시적 정전이 있다는 것을 간단히 관
찰해 보자. 그것들은 주로 편집자들이나 비평가들에 의해 암암리에 축
적되어서 만들어지고 있다. 하이네스(Samuel Hynes)가 소위 하아디의
열등적인 작품의 쓰레기더미를 폐쇄하는 '하아디적 특성(character-
istically Hardyesque)'[15]이라고 표현했던 시에 의해서 제시된 진정한 하
아디적인 것을 말한다. 본질적인 하아디(essential Hardy)를 확인하는 어
려움은 현재까지 시를 선택하는 편집자의 노고 속에서 계속된다. 선집
은 성격상 중립적이고 거의 자기 선택적, 객관적, 학문적, 중립적, 그
리고 공명정대하게 보이지만 전혀 그렇지 않다. 선집들은 개인적인 선
택, 당대의 문화적 추정, 다소 임의적인 표본 추출을 포함한다. 그리고
그것들이 효과적으로 오히려 더 실질적으로 작가를 만든다. 우리가 텍
스트라고 생각하는 것은 편집자나 출판자의 문학적 편애와 시장
(market)의 의도에 의해 형성되어 처리되고 있다.

널리 이용되고 다소 현대적인 명시선집의 편집자들에 의해 지각된
문제들과 시를 싣게 된 기초가 되는 선별과 구성의 원칙들을 생각해
보는 것은 도움이 된다. 예를 들어 토마스(Harry Thomas)는 고전문고의
『시선집』(*Selected Poems*, 1993)에서 50년 전에 엠프슨(William Empson)이
하아디의 나쁜 시로부터 선정 작업은 좋은 시에서 선정하는 것만큼 필
요하다고 말한 것을 주목한다.[16] 크레이튼(T. R. M. Creighton)은 『토 마
스 하아디의 시 : 새로운 선집』(*Poems of Thomas Hardy : A New Selection*,
1974)에서 부피를 줄이고, 중요한 종류와 편견을 제한함으로써 하아디
예술을 저절로 드러나게 할 만큼 잘 정리하고 있다. 하아디의 최고의
시가 아니라 축소된 양과 조직적인 배열로 그가 쓴 모든 것의 횡단면

<hr>

15) **Samuel Hynes(ed)**, *Thomas Hardy*(Oxford : Oxford Up, 1984), p.xxi.
16) **Harry Thomas(ed)**, *Thomas Hardy : Selected Poems*(Penguin Classics, 1993), Preface, pp.xi~xii.

을 보여주기 위한 것이다. 방대한 『시선집』은 그 위대함을 흐리게 한다
고 크레이튼은 주장한다. 그러므로 그가 하는 것은 하아디의 주제를
보여주려는 의도에 따라 시를 배열하는 것이다. 바로 여기서 비평적
계책이 아주 분명하게 나타난다. 왜냐하면 편집자가 기초로 한 책을
밝히고 있기 때문이다.

나의 총괄적인 분류—자연, 사랑, 자비와 성찰, 극적인 것과 역할을 연기
하는 것, 그리고 설화—는 거의 정전적인 권위를 요구할 수 있다. 나는 시
가 스스로 배치하도록 허용해 왔고, 내가 할 수 있는 만큼 그들의 지도하에
서 소극적으로 있어 왔다. 그들은 자연과 사랑의 보편적 주제를 가지고 시
작할 것을 요구하는 것 같았다.

(My broad classifications—Nature, Love, Memory and Reflection, Dramatic
and Personative, and Narrative—can claim almost canonical authority. I have
allowed the poems to arrange themselves and have remained as passive under
their guidance as I could. They seemed to require to begin with the universal
themes of nature and love …)[17]

한 작가의 작품에 대한 자기 자신의 비판적이고 이념적인 해석의 형
성을 '자연적인' 것으로 행하는 편집자의 이것보다 더 선명한 예는 분
명히 있을 수 없다.

시를 구성하는 가장 솔직한 원칙을 사용하는 책들에서조차—하아디
자신의 출판된 책들의 순서에서—그들의 실질적인 선택이 문제로 남

---

17) T. R. M. Creighton(ed), *Poems of Thomas Hardy : A New Selection*(Basingstoke : Macmillan,
1974), pp.viii~xxii.

아 있다. 그리고 어떻게 정전이 자연스럽게 만들어지는가에 대한 증거로서 대다수는 절대적으로 선택하게 된 원칙에 대한 설명이 없다. 예를 들어 옥스포드 학생 교재 시리즈에서 윌못(Richard Willmott)의 『선집』(Selected Poems, 1992)은 왜 하아디 초보 독자들이 이 특별한 시를 읽어야 하는지에 관한 아무런 표시가 없다(아마 그것이 목표로 하는 시장은 근본적으로 학교이다). 여기에 포함된 54편은 900편 이상의 다른 시들 중에서 먼저 선택되었다. 제2, 3차 교육에서 기본적인 텍스트가 독자를 교정(edit)한다는 아주 분명한 경우이다. 모션(Andrew Motion)에 의해 편집된 주목받는 명시선집과 토마스와 라이트에 의한 펭귄 선집들과 함께 하이네스에 의한 옥스포드판의 두 권의 경우도 마찬가지이다. 『선집』(Selected Poems, 1994)의 서문에서 모션은 하아디의 가장 열정적인 찬미자들까지도 어떤 것이 그의 가장 훌륭한 시인지 아무도 동의하지 못하는 판에 여전히 엄청난 부피의 『시선집』(Collected Poems)에 대한 반응과 적절한 선집을 만드는 것이 불가능하다는 인식에 대한 놀람을 기록하고 있다.[18] 그러나 어떻게 선택을 하게 되었고, 어떻게 최고의 시라고 확인할 수 있었는지에 대한 설명이 없다. 하이네스(매우 값진 옥스포드 대학 출판사판인 『토마스 하아디의 종합 시집』(The Complete Poetical Works of Thomas Hardy, 모노폴리즈 위원회가 주석을 달고 있다)의 편집자는 두 권의 옥스포드 문고판 시선집을 편집하였다. 옥스포드 작가 시리즈로 『훌륭한 시의 비평 선집』(A Critical Selection of his Finest Poems, 1984), 옥스포드 시 도서 시리즈로 『훌륭한 시선집』(A Selection of his Finest Poems, 1994) 두 권 모두 출판되어 있다. 그리고 두 권의 표지 모두가 하아디의 똑같은 초상화를 복사해서 제시한다. 그러나 두 권 모두가 시들을 선택한 원칙에 대해서는 침묵한다. 그러면서도 터무니

---

18) Andrew Motion(ed), *Thomas Hardy: Selected Poems*(London : Orion, 1994), pp.xxi~xxii.

없이 다음과 같은 자신만만한 가치 판단을 한다 : 그것들은 좋은 시가 아니다. 특성상으로 하아디답지 않고(이것들은 하아디의 독특한 시적 목소리로 말하지 않는 것들이다), 어떤 다른 것들은 그렇다 해도 또 다른 것들은 확실히 "보편적"이라는 등.[19] 만일 두 권 가운데 두 번째가 초기시의 절반이 넘는 시를 싣고 있다는 것을 주목한다면, 이 검토되지 않았고 비평적인 평가도 받지 않은 하아디의 시를 가장 훌륭하다고 한다는 것은 한층 더 걱정스럽다. 그럼에도 불구하고 두 권 모두가 하아디의 "최고의 시"라고 명명되어 있다. 어떻게 가장 훌륭하다는 것들이 가장 훌륭한 것에서 추정될 수 있는지를 설명해 줄 무언가가 필요하다.

어떤 것이 하아디의 '최고'이며, '가장 특징적'이고 '가장 위대한' 시인가에 관한 모든 어려움과 불일치에도 불구하고 지금에 와서는 확실한 업적의 정전을 암묵적 확신 과정에 의해서 대표하는 듯한 상당한 그룹이 있다. 1973년에 데이비가 그것을 찾았으나 허사였다. 이것은 설득력 있고 신빙성 있는 분석에 의해 도달한 분명한 비평적 일치가 아니고 명시선집과 시집 속에 시들의 반복적인 출현에 의해서 만들어진 것들이다.[20] 그래서 그것들은 지금 장점 때문이라기보다 천부적 권리에 의해 스스로 선택된 듯하다. 이것은 그들이 많은 평가의 비평적 행랑을(하아디, 문학, 비평, 그리고 문학연구에 관한 많은 가정들이 무의식적으로 그들 안에 새겨져 있다) 갖고 이 시들을 하아디 작품의 4분의 3을 넘게 배제하거나 열등한 순서로 위치를 정한다는 뜻이다. 하아디 시의 특징이 무엇인가, 그리고 무엇이 시 A를 가장 좋은 시로 만들고, 무엇이 시 B를 분명하게 좋지 못한 시로 만들었는지에 대한 대답을 해야 한다. 20세기의 광기와 소외의 현대적 '암흑 시대'에 대한 해결 방법으

---

19) Hynes, *A Critical Selection*(1984), Introduction, pp.xxi~iv.
20) See The 'Familiar Hardy' Section in Peter Widdowson(ed), *Thomas Hardy : Selected Poetry and None-Fictional Prose*(Basingstoke : Macmillan, 1996).

로 아이러닉한 정적주의(quietism : 17세기 말의 신비적 종교 운동)와 시골에 대한 향수를 나타내는 웨쎅스, 자연, 시간, 사랑, 그리고 죽음의 시인으로서 하아디는 소설가 하아디의 인식할 만한 형제의 한 사람이다.

하아디 비평에 대한 부분적인 연구를 맺으려 한다 : 시인과 소설가를 구분해 주는 것은 소설과 관련하여 간단히 검토된 더 새로운 이론적 접근에 의해서 추론된 시인에 대한 현대 비평이 부족하다는 것이다. 하아디의 시에 대한 많은 비평적 전공 논문이나 평론은 그의 주제와 작시법에 대한 힘든 주석, 해석, 그리고 이해를 보여준다. 이들은 1960년대와 1970년대의 소설 비평의 인본주의적 형식주의자들의 소설 비평 방법을 강하게 상기시켜 준다. 폴린(Tom Paulin)의 높이 평가받은 책 『토마스 하아디 : 지각의 시』(*Thomas Hardy : The Poetry of Perception*, 1975)는 넓은 범위의 시에 대한 주제, 모티프, 수사의 직접적인 비평적 서술이다. 테일러(Dennis Taylor)의 매우 학술적인 두 권의 책 『하아디의 시』(*Hardy′s Poetry*, 1860~1928)와 『하아디의 운율과 빅토리아 운율학』(*Hardy′s Metres and Victorian Prosody*, 1988)은 이론적인 독창성이 도처에서 보인다고 인정받는다. 그러나 주로 시에 대한 서술적이고 주석적인 분석을 계속해서 제공한다. 존슨(Trevor Johnson)의 『토마스 하아디 시의 비평적 서설』(*A Critical Introduction to the Poem of Thomas Hardy*, 1991)은 시인 하아디의 대부분의 전통적인 특징에 대한 판단과 어조를 재확인하는데, 아마도 30년 전에 쓰여졌을 수 있는 연구이다. 친숙한 것이 마음에 맞지 않아서 현대적 방법으로 하아디를 읽으려 하는 예외적인 비평가들도 있다. 예를 들어 『언어상의 중요성』(*Linguistic Moment*, 1985)과 『비유, 우화, 공연 : 20세기에 관한 평론』(*Tropes, Parables, Performative : Essay on Twentieth-Century*)에서 밀러(J. Hillis Miller)와 그의 『토마스 하아디 : 시선집』(*Thomas Hardy : Selected Poems*, 1993)의 서문에서 암스트롱(Tim Armstrong)은 하아디 시의 현대적 비평의 여러 가지 필라멘트의 훌륭한 개요적 설명을 제공한다. 그리고 『하아디에서 휴까지의 현대 영시』(*Modern English Poetry from Hardy to Hughes*, 1986)의 루카스(John Lucas)도 있다. 히고넷(Magaret Higgonet)의 『성의 의미 : 하아디에 대한 페미니스트적 조망』(*The Sense of Sex : Feminist Perspectives on Hardy : Selected Poems*, 1993) 안에 의미심장한 단 한 편의 평론이 있다. 그의 연구는 프로이드적 발판(scaffolding)를 가지고 하아디의 훌륭한 서정시 뒤에 있는 추진력은 하아디가 폐지하기를 바라는 성 대립(gender opposition)의 계획을 세우고, 성차(sexual difference)를 취소하려는 시도(이것을 논쟁으로 만드는 것은 하아디를 페미니스트 담론에 순전히 책임이 있는 것으로 제시하는 단순한 의도주의다),[21] 즉 여성성 회복임을 암시하려는 남성 비평가에 의한 것이다. 하아디의 시를 갱생적 다시 읽기의 결핍이라는 맥락에서 신역사주의 비평가 레빈슨(Marjorie Levinson)에 의한 결핍에 관한 근간을 간절히 기다리고 있다. 또한 우리는 정전적인 시에만 거의 전적으로 초점을 맞추는 것을 중단하고 등한시된 마이너 소설들에 상응하는 많은 열등한 시를 취급할 수 있는 비평을 기다리고 있다. 도렌(Mark Van Doren)이 예리하게 언급했듯이 그의 등급을 입증하는 핵심 작품도 영적인 일련의 고전적인 혹은 완전무결한 시일 수는 없다. 그것을 명시하고 중요시하는 것은 그의 총체성이다.[22]

---

21) U.C. Knoepfmacher, "Hardy Ruins : Female Spaces and Male Designs", in Higgonet(ed.) *The Sense of Sex*, pp.107~9.
22) Davie, p.27.

제5장

소설

1. 초기의 특성

하아디는 일반적으로 소설가로 알려져 있지만 1895년에 출판된 『모호한 자 쥬우드』 이후에는 소설에서 손을 떼고 시를 써온 시인이기도 하다. 그가 소설을 쓴 기간은 1871년 그의 첫소설 『궁여지책』이 출판된 때부터 계산하여 약 25년간이다. 이 기간에 하아디가 쓴 장편소설은 14편이다.

흔히 그의 4대 걸작이라고 불리는 것은 『귀향』『캐스터브리지 읍장』『테스』『모호한 자 쥬우드』이고, 6대 걸작이라고 하면 4대 걸작에다 『광란의 무리를 떠나서』『숲 속의 사람들』이 추가된다.

하아디의 소설 세계를 논하거나 혹은 연구 대상으로 삼는 주요 (major) 소설에 포함되는 것에는 위의 6대 소설에 『궁여지책』『푸른 숲 나무 아래에서』『한 쌍의 푸른 눈동자』 등 9대 소설이 있다. 나머지 『에셀버어터의 손』『나팔 대장』『냉담한 자』『탑 위의 두 사람』『사랑하는 사람』 등은 마이너(minor) 소설로 분류된다.

소설의 내용에 따라서 '플롯의 흥미를 위주로 한 작품'과 '로맨스와 환상을 다룬 작품', 그리고 '성격과 환경을 중심으로 묘사한 작품'의 세 종류로 분류하는데, '성격과 환경'을 다룬 소설은 그의 6대 걸작에다 『푸른 숲 나무 아래에서』를 포함한 7대 웨섹스 소설을 말한다.

1871년에 그의 첫소설 『궁여지책』이 출판되었지만 1868년에 하아디는 『빈자와 귀부인』(*The Poor Man and the Lady*)을 완성하여 맥밀란 출판사에 보냈는데 거절당하고, 이어서 채프먼과 홀(Chapman and Hall) 출판사에 보냈다. 때마침 출판사의 고문으로 있던 메리디스(Meredith)의 유익한 충고와 더불어 원고는 또다시 반환된다. 그후 이 원고는 결국 분실되고 남아 있는 것을 개작한 것이 장단편 「어느 여상속인의 삶의 무분별」("An Indiscretion in the Life of an Heiress")이다. 이러한 사실을 알 수 있는 것은 하아디가 그의 80대 때인 1920년대에 국제적으로 유명해진 시인 겸 소설가로서의 경력이 종말에 이를 즈음에 그의 마지막 소설이라고 할 수 있는 『토마스 하아디의 생애』(*The Life of Thomas Hardy*)[1]에 기고한 내용을 통해서이다.

『생애』는 작가의 생전의 일상을 기록한 것이기 때문에 우리는 그것에 기록된 것을 신중하게 다루어야 한다. 그러나 우리에게 주어진 것은 『빈자와 귀부인』 이후에 출판된 모든 하아디의 소설에 대한 일종의 자성적인 설명(gloss)으로서 스스로를 자리매김하는 첫번째 소설에 대한 주석일 뿐이다. 따라서 『생애』 안에 있는 『빈자와 귀부인』에 대한 설명을 자세히 주목함으로써 소설가로서의 그의 초기 특성을 파악할 수 있을 것이다.

『생애』에는 우선 그 첫번째 소설은 뛰어난 사회주의 소설이라고 언

---

1) 이 책을 언급할 때 이하 『생애』로 약칭할 것임.

급되어 있다. 그리고 "그것은 당시에는 사회주의라는 말이 좀처럼, 아니 결코 들을 수가 없었기 때문에 하아디가 마음속으로 그렇게 정의한 것은 아니라고 부연한다(… adding not that he mentally defined it as such, for the word had probably never, or scarcely ever, been heard of at that date.)(*Life*, 56)." 그러나 우리는 어떻게 하아디가 1920년대에 마음속으로 그것을 사회주의 소설이라고 정의했는가를 바르게 이해해야만 한다. 그래서 『생애』는 『빈자와 귀부인』의 원고를 처음에 읽은 발행인 맥밀란 (Alexander Macmillan)에 의한 소설의 양상에 대한 일반적인 찬사와 또 한 사람의 독자인 몰리(John Morley)에 의한 유사한 내용을 재기록하고 있다. 그럼에도 불구하고 몰리는 하아디가 사회적 신분에 대해서 집착했기 때문에 소설 속에 있는 "심하게 사치스러운 장면들은 한 영리한 소년의 꿈처럼 읽히고 있음"을 주목하였다(… widely extravagant, so that they read like some clever lad's dream.)(*Life*, 59). 메레디스가 채프먼과 홀 출판사에 보낼 원고를 처음에 읽어 보았다. 그런데 하아디가 그처럼 훌륭한 초기 독자들을 만날 수 있었던 것은 다행이었다. 그들을 만난 것에 대한 설명은 그 분실된 첫번째 소설에 대한 가장 분명한 설명을 포함하고 있다.

스토리는 …… 지주계급과 귀족, 런던 사회, 중산층의 속물성, 현대의 기독교, 교회의 부활, 그리고 일반적인 정치적·국가적 도덕에 대한 철저하게 극적인 풍자다. 사실상 저자의 견해는 세계를 개혁하려는 열정을 가진 한 젊은이의 그것들이기 때문이다. [···중략···] 그리고 글쓰기의 경향도 혁명적인 것은 말할 것도 없고 사회주의적이기 때문이다. 그러나 논리적으로 그런 것은 아니다. 왜냐하면 문체가 데포(Daniel Defoe)의 것에 영향을 받은 단순성을 가지고 있기 때문이다(오랫동안 데포의 문체는 하아디에게 영향을 미쳤고, 심지어 그것을 모방하기까지 했다). 풍자는 스위프트(Jonathan

Swift)나 데포보다도 분명히 더 나아가 있었다.

(The story was … a sweeping dramatic satire of the squirearchy and nobility, London society, the vulgarity of the middle-class, modern Christanity, church-restoration, and political and domestic morals in general, the author′s views, in fact, being obviously those of a young man with a passion for reforming the world … the tendency of the writing being socialistic, not to say revolutionary ; yet not argumentatively so, the style having the affected simplicity of Defoe′s(which had long attracted Hardy … to imitation of it …)

(The satire was obviously pushed too far—as sometimes in Swift and Defoe themselves…)(*Life*, 61).

『생애』는(웨쎅스 소설을 중심으로 구축된 평판이라는 맥락에서 의미심장하게) 가장 중요한 장면들은 하아디가 마치 런던 태생인 것처럼 자신이 잘 알고 있는 런던에 설정되어 있다고 덧붙여 말한다. "그의 후기 소설들의 평자들에 의해서 철저하게 무시되었던 하나의 경험이 있었다. 하아디가 단지 그의 소설 속에서만 런던을 언급했다면 평자들은 즉시 그에게 모르는 장소에 대해서 쓰지 말고 양 우리(sheepfolds)로 돌아갈 것을 상기시켰을 것이다(… like a born Londoner : an experience quite ignored by the reviewers of his later books, who, if he only touched on London in his pages, promptly reminded him not to write of a place he was unacquainted with, but to get back to his sheepfolds.)(*Life*, 62)."

메레디스는 하아디가 문학에서 실제적인 어떤 것을 하길 원한다면 첫번째 소설에서 너무나 명확하게 돛대(mast)에 그의 색깔을 못질(혹은 칠)하지 말라고 경고했다. 왜냐하면 하아디가 너무도 단호한 어떤 것으로 칠을 했다면 그는 전통적인 평자들에 의해서 사방에서 공격을 받았을 것이고, 그의 앞날은 상처를 입었을 테니까. 『생애』는 그러한 소설이 1920년대라면 조용히 수용되었을지 몰라도 우아한 빅토리아조 중기인 1869년에는 소설은 물론 오랫동안 한 젊은 작가를 불리하게 했을지도 모르는 심각한 비난을 초래했었을 것이라고 기록하고 있다(… in genteel mid-Victorian 1869 it would no doubt have incurred … severe strictures which might have handicapped a young writer for a long time.)(*Life*, 62). 그러므로 메레디스의 충고에 따라 하아디는 『빈자와 귀부인』을 한쪽으로 밀쳐 두고 후에 『궁여지책』이 되었던 "탁월하게 선풍적 인기를 노리는 플롯"을 구성하기 시작하였다(… eminently sensational plot …)(*Life*, 63). 그럼에도 불구하고 노년에 하아디는 탁월한 빅토리아조의 작가들이 한 무명의 젊은 작가의 작품에서 칭찬할 만한 많은 것들을 목격했어야만 했다고 회고한다. 그리고 그 경험 있는 비평가들이 그 작품이 공격적이고 심지어 위험하다고 인식했다고 잠시 회고한다(맥밀란 씨는 그것은 재난을 의미한다고 말했다)(*Life*, 62). 후에, 그 시대로서는 30년은 빠른 사회희극인 『에셀버어터의 손』이 어떻게 수용되었는가에 대해서 쓰면서 하아디는 『빈자와 귀부인』에 대한 것과 동일한 특성을 말한다. 그런데 사회주의 스토리를 쓰기에는 시대적으로 너무도 빨랐다. 그것에 대한 하아디의 지속적인 인식이 확실히 이것에 함축되어 있다. 즉, 그것이 나빠서가 아니라 시대를 앞서 가기 때문이라고 조심스럽게 말한다. 시기가 너무 빠르다(… too soon for its date)(*Life*, 108).

그러면 젊은 사회주의 소설가에게 무슨 일이 일어났었을까? 우선 그는 연재물에 능숙한 작가로 고려되어야만 했다. 소설의 초심자(tyro)인 하아디는 옛 런던의 가난뱅이 문인들의 거주지(Victorian Grub Street)의 험난한 세상에서 생계를 유지해야만 했다. 따라서 그는 먼저 그러한 환경에 빨리 적응해야만 했다. 더구나 더 나이를 먹고, 더 성공해 가면서 그는 상류사회에서 명사 대우를 받는 것을 즐겼다. 『생애』가 여러 번

밝혔듯이 그는 자신이 불안정한 엘리트 계급이면서 출세주의자에게 전형적이거나 유리한 비정치적인 위치에 있는 것으로 여겼다. 그러나 급진적인 성향을 가진 젊은 소설가는 지하로 숨는 느낌이 있었다고 보여진다. 그에게서 수용할 만한 소설가적 가면, 즉 웨쎅스의 인도주의적 사실주의 비극작가로서의 변장을 발견한다. 그래서 그 내부에서 자신의 소설을 스스로 전복하고, 먼저 그것을 수용할 만한 것으로 만들어 주는 광의의 문화적 이념적인 입장을 불안정하게 한다. 따라서 우리는 그의 모든 소설에서 많은 결점을 목격할 수 있고, 혼란스럽고 열등한 소설들을 발견하게 된다.

그러면 잠시 『생애』를 통해서 『빈자와 귀부인』에 대한 하아디의 설명에서 무엇을 얻을 수 있는가를 음미해 보자. 첫째로, 상당히 분명한 그의 계급의식을 들 수 있다. '사회주의적'이라는 단어를 반복해서 사용하는 것은 명확한 정치적 입장이라기보다 특히 자신보다 높은 계급들, 즉 지주계급과 귀족, 런던 사회, 중산계급의 속물성에 대한 급진적이고 전복적인 자세를 암시한다. 『생애』는 1866~7년까지의 하아디의 노트 중의 하나를 재수록하는데, 그것은 계급 관계에 이미 하아디가 매혹되었다는 뉘앙스를 암시한다. "한 계급의 결함들은 바로 낮은 계급에게는 더욱 잘 감지될 수 있다(The defects of a class are more perceptible to the class immediately below it than to itself …)(*Life*, 55)." 맥밀란은 소설의 계급적 편견을 비판했다. 그리고 '빈자에 의한'이라는 말만큼 '귀부인'이라고 노골적으로 사용한 제목은 소설의 중심에 있는 모든 다른 상반되는 성적인 관계를 앞서 제시한다고 비판했다. 둘째로, 복잡하고 전복된 방법이라고는 해도 이 분실한(lost) 사회주의적인 소설을 가장 뚜렷하게 개작한 것이 하아디 자신의 허구화된 삶인 『에셀버어터의 손』이라는 것을 생각할 수 있다. 하아디의 마지막 소설인 사회주의적인 주인공이 있는 『모호한 자 쥬우드』가(그 사이에 다른 소설들이 있기는 해도) 첫번째 소설과 기질이 같다는 것은 의미심장하다. 『쥬우드』 역시 자서전적이라는 것을 충분한 설득력이 있는 것은 아니지만 하아디는 항상 강하게 부인해 왔다(여기에 대해서는 『생애』 252, 274, 392를 참조할 필요가 있다). 셋째, 평자들이 양 우리에 관한 것이 아닌 하아디가 쓴 모든 것을 제거(dismissal)해 버리는 것에 대한 과민한 반응을 볼 수 있다. 그리고 그는 자신이 시골 사람임과 동시에 도회지(런던) 사람이라는 것을 은근히 주장한다. 아마도 성격과 환경의 웨쎅스 소설들은 표면적으로 보이는 것만큼 하아디에 의해서 특전이 부여된 것은 아니다. 결국 그는 냉소적으로 1912년 맥밀란 경(Sir Frederick Macmillan)에게 다음과 같이 언급했다. "소설을 분류하는 이점은 저널리스트들에게 말할거리를 제공하는 것처럼 보인다(… the advantage of classifying the novels seems to be that it affords the journalists something to discuss.)." 넷째로, 소설의 문체에 대한 하아디의 역점인 자의식과 특히 데포(Daniel Defoe, 1661~1731)의 명백한 기원(invocation)을 들 수도 있다. 영향을 받은 단순성이라는 말은 허구적 담론의 기교(artifice)와 인위성(artificiality)에 대한 하아디의 예리한 이해의 열쇠가 된다. 소설들 중 가장 인위적인 『에셀버어터의 손』의 두 개의 매우 자성적인(self-reflexive) 페이지들에서 주인공은 그녀 자신을 자칭 공상가(romancer)라고 정의하면서 데포를 환기시키고 후에 가장(feigning)의 대가(master) 데포의 모델로서 기술되었다. "거짓말에 대한 데포의 재능은 순전히 허구적인 것이 진실처럼 보이게 하는 하나의 뛰어난 장점을 갖게 만들 수 있는 그녀 자신의 능력을 형성한다(*HE*. chs. 13, 16). 더구나 1919년에 79세의 늙은 하아디는 『생애』에 이렇게 제시되어 있다.

그가 완전히 거짓이라고 알고 있는 이야기라는 면에서 데포의 방식을 따라 확신의 극단까지 공상가가 가는 것이 도덕적으로 정당한가에 대해서 하아디의 마음속에서는 기묘한 의문이 생겼다. 로맨스 쓰기를 오랫동안 계속했었다면 그는 각 새로운 것의 시작에서 제안했었을 텐데라고 말했다. 이 책이 본질적으로 아무리 진실하다 해도 사실상 그것은 완전히 거짓이라는 것을 이해하시오.

(A curious question arose in Hardy's mind at this date on whether a romancer was morally justified in going to extreme lengths of assurance after the manner of Defoe in respect of a tale he knew to be absolutely false. ··· Had he not long discontinued the writing of one : 'Understand that however true this book may be in essence, in fact it is utterly untrue.')(*Life*, 391~2)

꾸며내기의 기술에 대한 하아디의 자의식과 환상의 대가 데포와의 유사성을 그가 고백한 것을 의심할 수 없다. 자신의 소설의 허구성에 대해서 부분적으로는 소설들의 매우 교활하고 아이러닉한 서문에서, 그러나 그의 모든 소설에서 정도의 차이는 있으나 소설을 구성하는 기교의 매우 자성적인 제시 속에서 창의적으로 독자의 관심을 끌었다는 것은 논란의 여지가 있다. 지하에 은둔한 급진적인 하아디는 동시에 환상을 창조하고, 그것을 파괴하는 것으로 읽혀질 수도 있다. 그것은 오히려 그의 소설을 황당하고 읽기에 불편하게 보이게 만든다. 아마도 맥밀란과 모리가 하아디의 첫번째 소설에서 발견했던 불합리성(absurdity)에 대한 어떤 미숙과 과도한 풍자(satire)는 초심자로서의 결점이 아니라 그의 모든 소설의 지속적이고 중대한 소설의 형식적인 의미 작용의 근본이 되는 구성 요소이다.

『빈자와 귀부인』에 대한 하아디의 설명에서 얻어낸 마지막 다섯 번째 수용(expropriation)은 하아디 소설에 대한 중심적인 화두가 될 풍자이다. 아마도 특별한 경우에 그는 그 "시대의 타락(degeneracy of the age)(*Life*, 62)"을 아이러니와 과장에 의해서 폭로하고 통렬히 비난하는 사회적인 풍자의 전통적인 개념을 의미했다고 보여진다. 그러나 더욱 더 일반적으로 하아디의 작품에서 풍자의 개념은 더 넓고 더 반향 (resonant)하는 의미를 갖는다. 다소 임의적으로 우리는 풍자에 부가적인 점을 부여하는 것으로 기술되는 『냉담한 자』에서 개연성이 없는 우연(*L*, 255)을, 『귀향』의 첫머리에서 옷을 입은 인간의 허영에 대한 풍자의 어떤 기질(vein)을 씌운 것으로서 이그돈 황야를(*RN*, 33), 『환경의 풍자』(*Satires of Circumstances*, 1914)라는 시집의 제목을 생각할 수도 있다. 이중의 어떤 경우에도 위에서 정의된 문학적 장르의 의미로 사용된 말은 없다. 오히려 그것은 '인간의 조건'에 대한 진술이다. 그리고 그것은 사물의 보편적인 책략(scheme) 속에서의 인간의 운명에 대한 익살스런 불합리성이 지배적인 것이다. 이런 의미에서 풍자는 희극과 비극의 기질을 동시에 가지고 있다. 그러나 본질적으로 그것은 어느 쪽도 아니다. 물론 하아디는 두 가지 다른 용어들을 광범위하게 사용한다. 예를 들면 『에셀버어터의 손』의 부제목이 "A Comedy in Chapters"이고, 단편의 제목으로 「두 개의 야망의 비극」("A Tragedy of Two Ambitions")이 있고, 또 어떤 시의 제목은 「떠돌이 여인의 비극」("A Trampwoman's Tragedy")이다. 비평가들은 전통적으로 시골풍의 희극을 칭찬하고, 우리가 지금까지 들어온 대로 비극소설가로서의 그의 신분을 더욱더 적절하게 성원한다. 실로 맥밀란 케이스북은 거기에 대한 아무런 논쟁이 없는 것처럼 『하아디 : 비극소설들』(*Hardy : The Tragic Novels*)이라는 제목을 붙였다. 그러나 하아디 자신이 비극이라는 단어를 사용하는 것을 들어 보면 그것은 위에서 말한 풍자의 설명에 더 가깝게 들린다. 예를 들면, "당신이 어떤 익살극(farce)의 표면의 밑을 본다면 당신은 비극을 볼 수 있고, 그와는 반대로 어떤 비극에 대한 더 깊은 문제들에 대해서 스스로 맹목적이라면 당신은 익살극을 본다(If you look beneath the surface of any farce you see a tragedy; and on the contrary, if you blind yourself to the deeper issues to a tragedy you see a farce.)(*Life*, 215).″

비극은 자신의 어떤 자연스러운 목적이나 욕망을 그것들이 성취되었을 때 파국으로 불가피하게 끝나게 하는 한 개인의 삶에 있어서 사물의 사정을 제시한다(… a tragedy exhibits a state of things in the life of an individual which unavoidably causes some natural aims or desire of his to end in a catastrophe when carried out.)(*Life*, 176).

하아디는 런던에 대해서 다음과 같이 『생애』에 기록하고 있다.

이러한 비극 속의 사람들은 웃고, 노래하고, 담배를 피우고, 술잔을 비우고, 등등, 거실과 공지에서 소녀와 정사한다. 허나 그들은 똑같이 비극에서 자신의 임무를 수행하고 있다. 어떤 사람들은 보석과 깃털을 걸치고, 어떤 사람들은 누더기를 입고 있다. 하지만 모두가 새장에 갇힌 새들이다. 오직 다른 것은 새장의 크기이다. 이 역시 비극의 일부이다.

(The people in this tragedy laugh, sing, smoke, toss off wines, etc., make love to girls in drawing-rooms and areas ; and yet are playing their parts in the tragedy just the same. Some wear jewels and feathers, some wear rags. All are caged birds; the only difference lies in the size of the cage. This too is part of the tragedy.)(*Life*, 171)

여기에 영웅적인 것이란 없다. 오히려 후세들이 ‘불합리’라고 명명하는 것을 빈정대는 느낌이 있다.

더 이상 비극을 장황하게 논하고 싶지는 않다. 대신에 하아디의 소설을 논하기 위한 적절한 용어로 비극보다는 풍자라는 용어를 일단 상정하고, 그것이 일반적으로 하아디의 소설에서 어떤 구실을 하는가를 고찰하려 한다. 여기서는 소위 그의 4대 소설들에 논의를 한정하려 한다.

2. 『귀향』(*The Return of the Native*, 1878)

우리가 만약에 보편적인 배경으로서 이그돈 황야에, 혹은 유우스테이셔(Eustacia), 클림(Clym), 그리고 와일디브(Wildeve)의 높은 열정에 전적으로 초점을 맞추지 않는다면 계급 관계와 변형적인(metamorphic) 개인의 유사한 패턴이 이 소설의 구성틀이라는 것은 자명하다. 아들에 대한 소망이 플롯의 중심 태엽인 클림 요우브라이트 부인(Mrs Yeobright)은 소농민과 결혼했었지만 잘 될 것이라고 한때는 꿈을 꿨던 부목사(curate)의 딸이다. 물론 하아디의 많은 주인공들처럼 클림은 그의 고향 사람들과는 구분될 정도로 교육을 받았다. 그래서 그는 파리에서 보석상의 지배인이 된다. 하지만 몽매한 고향 사람들을 교육시키기 위해서 척박한 고향으로 돌아온다. 지금은 황야에 있는 여관집 주인인 와일디브는 버드머시(Budmouth)에 있는 한 회사의 기사였다. 영리하고 학식있고 사정을 개선할 수 있도록 양육되었다. 그녀의 고향이 실제로 버드머시였던 유우스테이셔는 하아디 주인공들의 대부분의 혼성물(잡종 : hybid) 중의 한 사람이다. 코르피요트(Corfiote) 악단장의 딸이며 명문 가문의 해군 장교의 딸이다. 그러나 공감적이면서도 미묘하게 아이러닉한 용어로 유우스테이셔의 분열된 성격을 입증할 수 있는 곳은 그 유명한 제7편 「밤의 여왕」("Queen of Night")장이다. 그녀는 자신이 살도록 한정된 황야와의 영원한 부조화, 즉 이방인처럼 느낀다. 그러나 여기에서 하는 수 없이 살아야만 한다. 그녀는 불만이 많은 반역자(smouldering rebelliousness), 사회적 부적합자(social nonconformity), 의기소침자

(depression of spirits)로 보인다. 화염 같은 사랑(blaze of love)을 갈망하고 미치도록 사랑을 받고(to be loved to madness) 싶어한다. 사막에 있는 사람이 염수(brackish water)를 고마워하듯 유우스테이셔는 사랑을 갈망했다. 고급 비극이라기보다 풍자를 우리가 여기서 목격하게 되어 있다는 것을 암시하는 것은 그 마지막 이미지의 부자연스러운 점강법(bathos)이다[그 장(chapter)은 다음과 같은 양면성 있는 말로 시작한다 : 유우스테이셔 바이는 이교신의 소재(the raw material of a divinity)였다. 그리고 이야기는 그것이 진지한 것인지, 빈정대는(sardonic) 것인지에 대해서 독자로 하여금 불확실하게 계속된다]. 소설의 복잡한 사회학적인 서사구조(수많은 비유기적인 개인들이 낯선 환경에서 접촉하게 된다)는 자신들의 소망이 확실한 사회적 관련이 없는 사람들의 결점에 의해서 불가피하게 결정된 일련의 아이러닉한 실수로 제시된다. 근본적으로 소시민 계급(petit bourgeois)의 낭만적인 유우스테이셔가 클림을 국제적인 삶(파리 생활)으로 진출하는 그녀의 승차권 정도로 잘못 인식한다. 클림은 결국 문자 그대로 그녀의 욕망과 가망 없는 자신의 야망의 이상주의에 맹목적이었다. 그의 선의의 판단과는 반대로 와일디브는 자동적으로 유우스테이셔에게 여러 번 끌린다. 반면에 요우브라이트 부인의 아들에 대한 소망은 결국 자신의 죽음으로 끝난다. 이 죽음은 개연성 없는(improbable) 우연(coincidence)에의 결합에 의해서 초래되었다. 그러나 소설이 분명히 그 자체의 가장 중요한 요소를 풍자에 종속시키고 있다는 것을 입증하는 행위 자체만큼 모든 것이 다루어지는 방법도 중요하다. 세 가지 예만 들어도 충분할 것이다. 비극적인 여주인공에 대한 마지막 묘사는 다음과 같다 : "시골집에 사는 거주자로서는 너무도 뚜렷한 표정의 위엄(stateliness)을 적어도 예술적으로 보아 알맞은 배경을 찾은 것이었다(RN, 293)." 이것은 익사한 유우스테이셔가 가지고 있었을지도 모르는 어떤 비극적인 상태를 확실히 깎아 내리는 평범한(점강법) 말이다. 둘째

118

로 순회 야외 목사 겸 도덕적으로 더할 나위 없는 주제에 대한 강연자로서의 클림의 새로운 직업에 대해서도 그렇다. 그래서 우리는 비슷하게 변모한 알렉 더어버빌(Alec d'Urberville)에 대한 후일의 터무니없는 풍자를 회상해 볼 수 있다(*Tess*, chs. XLV~VI). 소설의 끝에서 두 번째 문장은 심술궂게도 다음과 같이 우리에게 말한다 :

…… 눈이 안 보여서 다른 일은 못 하니까 설교라도 하는 것이 좋을 거라고 말하는 사람도 있었다. 그러나 그의 과거가 널리 알려졌기 때문에 어디를 가든지 친절한 환영을 받았다.

(… while others again remarked that it was well enough for a man to take to preaching who could not see to do anything else. But everywhere he was kindly received, for the story of his life had become generally known.)(*RN*, 315)

마지막으로 제6편 3장의 끝에서 토마신(Thomasin)이 진정으로 벤(Diggory Venn)과 결혼하려고 한다는 것을 암시한다. 하아디는 하나의 주석을 덧붙인다 :

작자는 여기서 이 이야기의 본래의 의도는 토마신과 벤의 결혼을 구상하지 않았음을 밝혀 두고 싶다. 벤은 마지막까지 고독하고 불가사의한 인물로 남고 신비스럽게 이 황야에서 사라져 버리고, 아무도 그가 어디로 간지 모르며, 토마신도 미망인으로 남게 되어 있었다. 그러나 연재소설이라는 사정 때문에 작자의 의도를 변경하지 않을 수 없었다. 그러니까 독자는 두 가지의 결말 중에서 어느 것이든 택할 수 있다. 엄격한 예술적인 규범을 가진 독자는 더욱 시종일관한 결말이 진정한 결말이라고 생각해도 무방하다.

(The writer may state here that the original conception of the story did not design a marriage between Thomasin and Venn. ··· But certain circumstances of serial publication led to a change of intent.

Readers can therefore choose between the endings, and those with an austere artistic code can assume the more consistent conclusion to be the true one.)(*RN*, 307)

도대체 하아디는 무엇을 의도했는가? 이 주석이 1912년 웨쎅스판에 덧붙여 있었다. 물론 그것은 현존하는 텍스트의 행복한 끝(happy ending)을 복사한 책이다. 그렇다면 어떤 것이 더 일관된 결론인가? 하아디는 말이 없다. 그러나 "엄격한 예술적인 규범을 가진 독자"라는 말을 한번 더 주목해 볼 때, 더욱 비극적인 규범에 선택된 독자들 자신이 하아디의 풍자에 종속되어 있다고 볼 수 있다.

3. 『캐스터브리지 읍장』(*The Mayor of Casterbridge*, 1886)

하아디 자신이 1912년 판 서문에서 이 소설은 어떤 다른 웨쎅스 소설보다도 "한 남자의 행위와 성격에 대한 연구이다"라고 쓰고 있다. 비평계에서도 헨처드(Michael Henchard)를 하아디 소설의 가장 비극적인 주인공으로 제시함으로써 위의 내용을 확인하고 있다. 이러한 견해를 당장에 부인하지는 않겠지만 다른 각도에서 이 소설에 접근할 필요도 있다고 본다. 사회계급의 특성이 이 소설에서 정확하게 제시되고 있다. 예를 들면, 헨처드는 원래 건초다발을 묶는 날품팔이(hay-trusser)다. 이 소설에서는 그 직업은 일반적인 노동과는 구별되는 숙련된 촌부의 직업이라고 주장한다. 파프레이(Farfrae)는 곡물업(corn trade)에 유용한 재능(invention)을 가지고 있다. 다시 말하면 그는 『귀향』의 와일디브와 같은 기사다. 루시타(Lucetta Templeman)는 그녀 앞에 있는 다른 여주인공들처럼 잘 자라고 좋은 교육을 받은 명문가문 출신이다. 재정적인 역경에 빠졌던 어떤 경솔한 군인 장교의 딸이기 때문에 그녀는 우아한 빈곤의 습관이 붙어 있어서 캐스터브리지 중심에 있는 저택인 하이 플레이스 홀(High-Place Hall)의 귀부인이 될 수 있을 정도의 재산을 브리스톨(Bristol)에 있는 어떤 친척으로부터 물려받았다. 그녀가 자신의 과거를 감추기 위해서 이름을 바꾸었고, 그리고 이야기는 "이 저택은 피로 지어졌으며 부자가 향락하고 있다(*MC*, 107)"라는 옛말이 있는 저택을 그녀가 차용하고 있다는 것을 우리에게 연상하게 한다. 분명히 이 소설은 다시 한 번 불안정한 변형된 개인과 19세기 계급사회 안에서 발생하는 전환(transition)에 의해서 생겨나는 긴장을 나타내는 방관자(outsider)에게 초점을 맞추고 있다. 건초 일꾼이 성공한 곡물 상인 겸 읍장이 되고, 신세계(the New World)로 가는 도중에 있었던 새로운 스코틀랜드 사람(Scottish)은 캐스터브리지에 정착한다. 떠돌이(itinerant) 가난한 젊은 여자가 하이 플레이스 홀의 새로운 부유한 귀부인이 된다. 더구나 이들은 그 자체가 대변동(upheaval)을 겪고 있는 견고한 물질사회에서 서로 엇갈리고 있다. 하아디는 1912년판의 서문에서 소설의 사건은 곡물업의 위기로부터 비롯되었다고 신중하게 지적했다. 그것은 곡물법의 폐지 바로 먼저 있었던 변덕스러운 수확의 위기를 말한다. 젊은 헨처드를 실직하게 한 것은 바로 이러한 사정 때문이다. 이러한 상황이 농부들을 위한 주택을 건설한다기보다 오히려 부수고 있다는 것을 설명해 준다 :

허물고 있는 것이 웨이던의 형편이요. 작년에는 다섯 채나 허물었어요. 금년에는 세 채를 허물었고요. 주민들은 갈 곳이 없어요, 없어. 이엉만 두른

헛간 정도도 없어요. 이것이 웨이던 프라이어즈의 실태요.

(Pulling down is more the nater of Weydon. There were five houses cleared away last year, and three this; and the volk nowhere to go — no, not so much as a thatched hurdle; that′s the way o′ Weydon-Priors.)(*MC*, 4)

또한 소설이 믹슨 레인(Mixen Lane), 즉 캐스터브리지의 빈민가를 설명하는 공감적인 말을 주목할 가치가 있다. 그 빈민가에서는 바흐찐의 카니발(Bakhtinian Carnival)처럼 헨처드와 루시타의 허세를 격하시키는 무서운 조롱거리(skimmity-ride : a mocking procession in which effigies reveal a wife′s faithlessness)가 노골적으로 발생한다. 루시타는 죽고 헨처드는 괴상하게도 자신의 초상(effigy)이 강물에 떠내려 가는 것을 보았다 :

그러나 이러한 허다한 악 속에서도 가난하기는 하나 존경할 만한 태도도 또한 발견된다. 어떤 지붕 아래에서는 순결하고 정숙한 사람들이 살고 있다. 그들이 이곳에 살게 된 것은 순전히 궁핍 때문이었다. 운이 다 된 촌락의 가족들, 한때는 번성했으나 이제는 자취를 감추다시피 해 버린 가족들, 토지 소유자들이 그들이다. 이들의 들보가 어떤 이유로 무너져, 대대로 그들의 생활 터전이 되어 왔던 시골을 떠나 노변의 울타리 밑에 나앉지 않기 위해 이곳으로 오지 않을 수 없었던 것이다.

(Yet amid so much that was bad needy respectability also found a home. Under some of the roofs abode pure and virtuous souls whose presence there was due to the iron hand of necessity, and to that alone. Families from decayed villages — families of that once bulky, but now nearly extinct, section of village society called 'liviers', or lifeholders — copyholders and others, whose roof-trees had fallen for some reason or other, compelling them to quit the rural spot that had been their home for generations — came here, unless they chose to lie under a hedge by the wayside.)(*MC*, 196)

실로 이 소설은 부제목("A Story of a Man of Character")이 암시하듯이 개성 있는 한 남자의 이야기이다. 그러나 헨처드의 비극은 운명(Fate) 혹은 성격상의 약점(hamartia)의 결과이듯 사회적 환경(가난, 부정, 자본주의 경제, 변화)의 산물이다. 사실 이 소설을 읽을 때 많은 비평적인 주장이 있음에도 불구하고 결함이 정확하게 무엇인가를 지적해내는 것이 어렵다. 하아디의 선배인 엘리웃(George Eliot, 1819~80)처럼 노발리스(Novalis)의 말 "성격은 운명이다"(Character is Fate.)를 인용하면서 헨처드를 근대의 파우스트(Goethe가 쓴 비극의 주인공)로 배역하였다. 그러나 그것은 "그의 운명을 결정하는 파프레이와의 숙명적이고 상업적인 전쟁이요, 직업적인 적대감(… mortal commercial combat)(*MC*, 88)"이라는 것을 단호하게 강조한다. 어떤 의미에서 모든 인간들은 다 성격을 가지고 있다. 그러나 그들의 운명을 구성하는 것은 '환경의 풍자'이다. 아마도 하아디 소설의 완전한 제목(*The Life and Death of the Mayor of Casterbridge : A Story of a Man of Character*)은 평범한 단조로움이 있기는 해도 결국 아이러닉하다. 왜냐하면 헨처드는 변화의 강풍에 시달림을 받는 우리와 똑같은 평범한 인물이기 때문이다.

4. 『테스』(*Tess of the d'Urbervilles*, 1891)

하아디의 최고의 문학적 업적으로 평가받는 『테스』는 풍자적인 마이

너 소설들과 같은 심리적 태도에서 쓰여졌다. 여기에서는 계층의 중요
성이 매우 정밀하게 다루어졌다. 물론 여주인공 테스는 이제는 언쟁꾼
(haggler)으로 퇴락한 옛날 귀족(약탈자의 전력이 있는) 가문에서 피어난
마지막 자손이다. 그러나 테스는 자신의 사회에 속하면서도 그것과는
구분되기도 한다. 테스는 런던에 있는 국립학교(National School)에서 교
육받은 교사의 지도 아래 6년의 정규 교육을 받았기 때문에 그녀는 두
개의 언어(지방 방언과 표준 영어)를 말할 수 있다. 하아디는 이 점에 대
해서 다음과 같이 말한다 : "테스의 어머니와 무한히 수정된 코드
(Revised Code)에 따라 국립학교의 교육과 표준 지식을 가진 테스의 사
이에는 200년의 간극이 있다. 〔…중략…〕 그들이 함께 있을 때는 자코
뱅 시대와 빅토리아 시대가 병치된다(Between the mother … and the
daughter, with her trained National teachings and standard knowledge under an
infinitely Revised Code, there was a gap of two hundred years … When they were
together the Jacobean and the Victorian ages were juxtaposed.)(*Tess*, 19)."

　마을 학교에서는 늘 선두에 있었지만 학교를 떠나자마자 그녀는 건
초 만들기나 이웃 농장에서 수확하는 일을 거들었다. 그러다가 젖을
짜는 일, 버터 만드는 일 등을 했다. 알렉 더어버빌(Alec Stoke d'Urber-
ville)의 아버지 사이먼(Mr. Simon Stoke)은 정직한 상인이라고는 하지만
어떤 사람들은 돈을 빌려 주는 사람이었다고 말한다. 그는 과거의 약삭
빠른 장사꾼이라는 사실을 숨기기 위해서 북부(North)에서 벌었던 돈으
로 테스의 옛날 성(family name)을 샀다(32). 알렉 자신도 분명히 제2세
대 벼락 출세한 신사다. 모든 것을 돈과 관련지었으며, 고색창연한 숲
속의 한가운데에 집을 짓고 살고 있다(32). 에인젤(Angel Clare)은 복음
주의 목사의 셋째 아들로 캠브리지 대학에 가서 다른 형제들처럼 신의
부름에 응하기를 거부하고, 식민지나 미국, 또는 고향에서 농부가 되어
그의 지적인 자유를 만끽하고자 하는 자유로운 사색가이다(106). 주요

인물들에 대한 간략한 설명에서 분명한 것은 하아디는 그들의 관계가 점점 파괴적인 치환된 변형(metamorphic) 인물들에 초점을 맞추고 있는 것 같다. 『테스』의 5장 「여인의 대가」("The Woman Pays")가 어느 정도 그녀의 두 남자(무책임한 신흥 부호 알렉과 무능한 모더니즘의 대표 에인젤)에 의해서 성적, 경제적, 지적으로 착취당하고 있다는 것을 간과해서는 안 되는 반면에, 완전한 사회적 비극은 실제로는 세 명의 주인공들의 삶의 교차로 구성되어 있다. 하아디의 심각하게 소외된 계층 의식은 개인의 사회적 질문(interpellation)을 사회에 의한 한 개인의 기계적인 희생보다도 더 복잡하고 결정적인 것으로 인식한다. 그것은 가부장적인 불의(injustice)를 표방하는 서로 다른 두 사람의 모습에 잘 나타나 있다. 테스, 알렉, 그리고 에인젤은 환경, 특히 그들의 과도기적인 계층적 위치에 의해서 형성된 인물들로 서로 근접해 있으며, 그렇다고 환경이나 과도기 그 자체에 누구도 속해 있지 않다. 알렉과 에인젤 같은 남성들은 테스와 같은 여자들을 그들의 성적, 이상주의적 환상의 주물 대상(fetishised objects or images)으로 바꾸려고 한다. 테스와 같은 여자들은 두 세계 사이에서 그들 자신을 물신화(reification)하려는 세력에 무기력한 저항을 보인다. 따라서 이 소설의 부제 『토마스 하아디에 의해서 묘사된 순수한 여인』(A Pure Woman Faithfully Presented by Thomas Hardy)이 약탈적인(devastating) 아이러니를 암시한다. 여기서 아이러니는 테스가 순수한가, 그렇지 않은가에 대한 윤리적인 문제에 있는 것이 아니라 첫째로, 개인들이 오로지 그들 사회의 다른 사람들에 의해서 구축된 이미지로서 존재할 때 존재론적, 혹은 본질주의적 의미에서 '순수한 여인'이 존재할 수 있는가에 있고, 둘째로, 소설가 아니 그 밖의 어떤 사람에 의한 '충실한 묘사'란 말이 미미하게라도 가능할까에 있다. 1892년판 『테스』의 서문에서 하아디는 의미심장하게 문명의 의식(ordinance)으로부터 그것에 귀착되는 인위적이고 파생적인 의미에서 부제목을 해제할 것을 시도한다. 이에 반하여 아이러니는 소설이라는 담론에서 여인을 묘사하는 이미지를 구성하는 것은 바로 소설가라는 것이다. 이 시나리오에서 순수한 존재에 대한 필수적인 본질주의자적 전제(premiss)를 가진 인본주의적 사실주의의 핵심인 인물에 대한 개념은 부정(negation)적인 요지에 적절한 쟁점이 된다. 그래서 하아디의 풍자는 본질적으로 한 사회에서의 인간 개인의 신성함에 대한 기독교적, 혹은 인본주의자적 신념의 허위와 환상을 의도한 것일 뿐만 아니라 중심적인 관심과 성취로서 인물에 대한 사실주의적인 묘사를 주장하는 문학 장르에 있다.

풍자에 대한 그러한 개념을 고려하면서 『테스』에서의 하아디의 소설적 전략을 재고해 보면 우리는 '개연성이 없는 것', 그리고 '결점들' 자체가 사실은 소설의 전체적인 계획의 일부라는 것을 알게 된다. 믿기 어려운 우연한 사건(chance), 우연의 일치(coincidence), 그리고 우발적인 사건(contingency)—더어버빌가의 말(prince)의 죽음, 매트 밑으로 들어간 에인젤에게 보낸 편지, 에인젤의 옛날의 약혼자 찬트(Mercy Chant)에 의해서 울타리에서 테스의 신발을 제거한 것, 아마도 신발을 벗고 동네로 들어가길 원하는 어떤 협잡꾼에 의해서 신발이 남겨졌을지도 모른다고 자비롭게 말하고, 우리들의 동정을 유발하는 그 멋진 소녀—은 불의가 지방 특유의 성질을 가지고 있고, 확정적인 사회 질서에 대한 은유적 표현들이다. 따라서 그런 곳에서는 성격이 결코 운명이 아니다. 그와 비슷하게 감각적이고 멜로 드라마틱한 힘이 느껴지는 장면(예를 들면 석관 속에 테스를 눕힌 몽유병자인 에인젤, 석관 뚜껑을 뚫고 솟아나오는 알렉)은 명백한 상징적인 기능을 가지고 있으며, 동시에 우리에게 이것이 바로 소설이다라는 것을 상기시킨다. 그러므로 인간의 삶의 '완전한 거짓' 표현을 만드는 것에 대한 사실주의적인 환상을 부인하는 것은 진실로 보인다. 테스 자신에 대한 성격 묘사는 거의 변함없이 광경(spectacle)이라는 면에서 행해지고 있다. 그녀는 다른 사람들, 특히 남자들에게 다음과 같이 표현된다 :

　테스에게 붙어다니는 하나의 특성이 지금은 그녀에게 불리하게 작용하고 있었고, 알렉 더어버빌의 눈길이 그녀의 몸 위에 붙박혀 있는 것도 바로 그 때문이었다. 그것은 테스의 풍요롭고 현란한 몸매와 항상 무르익어 가는 육체였는데, 그러한 모습이 그녀를 실제 나이보다 훨씬 더 성숙한 여인으로 보이게 하는 것이었다.

　(She had an attribute which amounted to a disadvantage just now ; and it was this that caused Alec d′Urberville′s eyes to rivet themselves upon her. It was a luxuriance of aspect, a fullness of growth, which made her appear more of a woman than she really was.)(*Tess*, 34~5)

또는 이렇게 말할 수도 있다 : 그녀는 무자비하게 그녀의 눈썹을 움직인다. 그래서 다음과 같은 공격적인 칭찬을 확실하게 한다. "저런 계집애가 있어!(What a moppet of a maid!)(269)" 라고 그녀가 만났던 다음 남자가 말했다. 그러한 표현은 그녀의 성격 묘사의 외적인 특성을 확인해 준다. 그러나 알렉은 특히 사실주의적인 성격 묘사의 바로 그 원칙에 도전하는 식으로 불가피하게 제시되고 있다. 그는 명백하게 과장된 멜로 드라마의 악역 주인공이다 :

　피부색은 가무잡잡한 편이었고, 불룩한 입술은 붉고 매끄러웠지만 반죽이 잘못되어 있는 것 같았다. 그 위에 잘 손질한 검은 콧수염이 있었는데 끝을 동그랗게 오그리고 있었다. 하지만 나이는 스물서넛을 넘지 않은 성싶었다. 외모에서는 어딘지 야만적인 인상이 풍기고 있었지만 그 신사차림의 얼굴과 대담하게 굴리는 눈에는 야릇한 힘이 넘쳐 보였다.

"오, 예쁜 아가씨. 무슨 볼일이 있어요?" 하고 그는 앞으로 다가서며 물었다.

(He had an almost swarthy complexion, with full lips, badly moulded, though red and smooth, above which was a well-groomed black moustache with curled points. ··· There was a singular force in the gentleman's face, and in his bold rolling eye.

'Well, my Beauty, what can I do for you?' said he ···)(*Tess*, 32)

마차를 몰고 있는 사람은 스물서너 살 되는 청년이었는데 입에는 시가를 물고 머리에는 멋쟁이 모자를 썼고, 담갈색 자켓과 바지, 또 하얀 목수건을 감고 칼라를 빳빳하게 세운 셔츠에 갈색 승마용 장갑을 끼고 있었다. 한마디로, 한 두어 주일 전에 테스에 관한 대답을 들으려고 더어버필드 부인을 방문했다는 그 말타기를 좋아하는 젊은 멋쟁이였다.

(The driver was a young man of three or four-and twenty, with a cigar between his teeth; wearing a dandy cap, drab jacket, breeches of the same hue, white neckcloth, stick-up collar, and brown driving gloves in short, he was the handsome, horsey young buck who had visited Joan a week or two before to get her answer about Tess.)(*Tess*, 42)

또한 개연성이 없는 것은 알렉이 나중에 설교가로 변하는 것이다. 그러나 두 가지 묘사는 그의 성격의 인위성과 계급과 성(gender)이 인간의 주체를 사회적으로나 허구적으로 구축하는 방법에 대한 설정보다도 하아디의 기교 면에서 더 못한 실패라고 본다. 소설에서 이 모든 허구적인 요소들을 겹치게 하는 것은 지속적으로 인식하고, 틀에 박히고,

아이러닉하게도 초연한 서사적인 목소리다 :

테스는 이렇게 다짐하면서 계속 걸어갔다. 그녀의 모습은 주위 풍경의 한 부분을 이루고 있었다. [⋯중략⋯] 사람들의 눈에는 지각력이라고는 하나도 없는 한낱 사물처럼 보였을지 모르나, 그녀의 이 외모 속에는 젊은 나이 치고는 인생의 무상함과 정욕의 잔악함과 사랑의 연약함을 너무나 많이, 너무나 샅샅이 알고 있는 줄기찬 생명의 기록이 아로새겨져 있었다.

(Thus Tess walks on; a figure which is part of the landscape ⋯ Inside this exterior, over which the eye might have roved as over a thing scarcely percipient, almost inorganic, there was the record of a pulsing life which had learnt too well, for its years, of the dust and ashes of things, of the cruelty of lust and the fragility of love.)(*Tess*, 234)

소설이 알고 있다고 우리에게 제공하는 것은 분명 외적(exterior)인 것이지 절대로 내적(inside)인 것, 즉 '줄기찬 생명의 기록'은 아니다. 왜냐하면 하아디는 테스의 성격에 관심이 있는 것이 아니고, 테스에게 일어나는 풍자에 있다. 소설의 마지막 단락이 지금도 유명한 다음과 같은 말로 시작하는 것은 우연이 아니다 : "심판"은 내려졌다. 에스킬루스의 말대로 불멸의 제왕들을 지배하는 신은 이미 테스와의 장난을 끝마쳤던 것이다("Justice" was done, and the President of the Immortals, in Aeschylean phrase, had ended his sport with Tess.)(*Tess*, 330)." 그런데 우리는 이 표현에 대해서 세심한 주의를 할 필요가 있다. 첫째로, "심판"이라는 말에 아이러닉한 인용 부호가 있다는 것이고, 둘째, "에스킬루스의 말로"는 쉽게 생각할 수 있듯이 "테스와 장난을 끝마쳤던 것이다"가 아니라 "불멸의 제왕들을 지배하는 신"을 의미한다는 것이다. 다시 말하면, 테스의 비극을 장난(sport) 또는 풍자(satire)로 표현한 것은 하아디 자신이다. 바로 끝에 있는 그 말의 자의식은 우리들에게 그 앞에 있었던 허구적인 책략(contrivance, plot)을 어떻게 읽었어야 했는지를 상기시켜 준다.

5. 『모호한 자 쥬우드』(*Jude the Obscure*, 1895)

『모호한 자 쥬우드』는 하아디 소설 중 당대 사회의 시대상과 삶의 현실에 가장 밀착해 있는 작품으로 빅토리아조에 작품 활동을 한 하아디에게 문득 현대 소설가라는 인상을 주기에 충분할 만큼 그의 다른 소설들과는 확연히 다른 감수성과 분위기를 지닌 소설이다. 이 소설은 빅토리아조의 가치관과 행위 규범들이 심각한 회의와 반발 내지는 조롱의 대상으로 전락했던 세기말의 정신적 풍토를 반영하고 있고, 그 해결을 작가가 20세기로 미루어 놓은 제도로서의 종교와 결혼의 허구성과 모순이라는 문제를 집중적으로 다루고 있다.

주인공 쥬우드는 하아디의 출생지인 멜스토크(Mellstock)에서 고아로 태어나 궁핍한 농촌에서 성장하지만 크리스트민스터(Christminster) 대학에 진학하여 학자나 성직자가 될 꿈을 꾼다. 순진한 쥬우드는 아라벨라 던(Arabella Donn)이라는 행실이 문란한 여자의 유혹에 빠지고, 또 임신했다는 속임수에 넘어가 그녀와 결혼한다. 그러나 아라벨라는 쥬우드가 실현 가능성도 없는 학문의 꿈에 사로잡힌 책벌레라는 것을 깨닫고 그의 곁을 떠난다. 쥬우드는 홀로 크리스트민스터로 와서 석공일을 하며 여러 명의 학장들에게 입학 가능성을 문의하는 편지를 띄우지만 그에게 돌아온 단 한 장의 답신은 "노동자로서의 당신의 길에서 성공을 기약하는 것이 다른 일을 추구하는 것보다 훨씬 나을 것"이라는 끔찍할 정도의 온당한 충고였다.

한편 크리스트민스터에서 쥬우드는 사촌뻘되는 수우(Sue)를 만나게
되고, 초등학교 선생인 피일로트슨(Richard Phillotson)도 만나게 된다.
쥬우드는 수우를 만난 후 그녀의 급진적 우상 파괴주의와 독자적 반권
위주의의 영향을 받게 된다. 시간이 지날수록 수우와의 사랑에 더욱 깊
이 빠지게 된 쥬우드는 당대의 관점으로 보아 기혼자의 처지로 불륜의
사랑을 하고 있는 자신의 처지에 비탄한다. 수우가 피일로트슨과의 사
랑 없는 결혼 생활을 청산하고 쥬우드와 함께 동거를 시작하지만, 둘
은 당대의 따가운 시선과 박해로 이곳저곳을 전전하며 떠돌이 노동자
의 삶을 살게 되지만 동거 남녀라는 것 때문에 일자리도 잃게 되어 마
지막에 크리스트민스터로 돌아왔을 때는 하룻밤 숙박할 거처조차도
얻기가 쉽지 않게 된다. 이런 상황을 낙담한 리틀 파더 타임이 이복 동
생들과 동반자살을 감행하는 충격적인 사건으로 수우는 광신도로 돌
변하여 적법한 남편인 피일로트슨에게로 돌아간다. 절망한 쥬우드에
게 아라벨라가 다시 접근하여 재결합을 한다. 어느 폭우가 쏟아지는 날
폐병 말기로 시달리는 몸을 이끌고 쥬우드가 수우를 찾아가서 돌아와
달라고 하소연하지만 수우는 냉정하게 거절한다. 며칠 후 화창한 봄날
쥬우드는 마침내 크리스트민스터 대학의 축제로 온 도시가 떠들썩한
가운데 아무도 돌보는 이 없는 가운데 세상을 저주하며 외롭게 죽어
간다.

　이 소설은 가장 풍자적인 요소를 강조하고 있다. 작품의 서문에서 비
극의 기계적 이야기로 제공되고 있는 결혼법의 낡고도 쓸모없는 틀에
인간의 본능을 강제로 적응시키고 있는 비극, 즉 실현시키지 못하는 이
상의 비극을 말하고 있다. 그러나 소설의 전반적인 내용은 비극을 흉내
내는 것으로 약화되고 있다. 플롯과 성격 묘사의 매 발전 단계에서의
비극은 적절치 못한 말처럼 보인다. 쥬우드는 고상한 포부를 가지고 있
을지 모르지만 이러한 그의 야망은 계속해서 카니발(Carnival)에 의해

격하되고 있다. 쥬우드가 가지고 있는 성격의 역할은 그의 삶을 지배하고 있는 사회 상황의 부당함과 불공평함에 초점을 맞추고 있는 기능이다. 동시에 수우는 비극적 척도로 성립된 인물이 아니라 오히려 페미니즘 비평가와 같은 현대의 많은 비평가들이 말하는 것처럼 신여성(New Woman)의 모형이라고 할 수 있다. 즉, 여성화된 에인젤이라고 할 수 있다. 아라벨라는 다른 주인공들에게 가려져 가치가 무시될 수 있지만 그녀는 플롯을 계속 이어 가게 해주며, 작품의 시작에서부터 등장하여 결론을 내주기까지 계속 등장한다. 그녀는 풍자를 하는 데 있어 역동적이고 실질적인 도구적 역할을 하는 인물이다. 아라벨라가 네메시스(Nemesis : 인과응보, 복수의 여신)라면 비극은 상당히 조롱(sport)조가 된다.

한편 작품의 내용과 주제적인 면에서 제사(epitaph)의 사용이 영향을 끼치고 있다. "율법은 죽음을 가져온다"("The letter killeth")는 말 그대로 사회적, 종교적 계율은 수우의 정신적 죽음, 그리고 이어서 쥬우드의 육체적 파멸을 가져왔음을 나타낸다. 위의 제사에서 'the letter'라는 말은 매우 문학적인 표현으로 이상주의적인 허위나 그릇된 설명에 의해 필연적으로 인위적인 문학의 진실이 죽음을 가져옴을 뜻한다. 반면에 율법과 대치하고 있는 'spirit'은 문학적 사실주의에 도전하고, 그를 전복시켜 결국은 'giveth life'가 되게 하는 것이다. 쥬우드의 반사실주의적인 모습은 기독교적 계급사회(Christian Class)에 의해 그려진 'killing'적 허구들을 중점적으로 가리키고 있다. 결국 하아디는 『쥬우드』를 마지막으로 소설을 쓰지 않았는데, 아마도 이 작품을 자기 해체의 요지로 받아들였던 것 같다.

제6장
비평적 분석의 다양성

1. 「귀향」과 입센, 플로베르, 로렌스, 셰익스피어 비교

1) 서론

다소 상반된 견해를 제시한 비평가들이 없는 것은 아니지만 소설에 등장하는 개성 있는 인물, 효과적인 극적 구조, 효과의 단일성 때문에 수많은 비평가들이 『귀향』을 초기 웨쎅스 소설들 중에서 가장 훌륭한 것으로 평가하고 있는 것은 사실이다. 또한 『귀향』은 하아디의 비관론(pessimism)을 가장 효과적으로 완벽하게 입증해 보일 수 있는 소설이라는 것을 대부분의 독자나 비평가들이 동의하고 있다. 웹스터(H. C. Webster)는 "『귀향』은 초기 소설 중에서 가장 염세적(pessimistic)이다. 이 그돈 황야의 묘사에서부터 소설이 끝날 때까지 황량한 불모의 황무지는 자연이 인간의 애처로운 운명을 바라보는 무관심을 상징한다(Webster, 119)"라고 말하고 있다.

따라서 필자는 이 소설에 대한 "뉴캐슬에 석탄을 나르는 식(a hauling of coals to Newcastle)(Webster, 118)"의 논평을 지양하고, 당시로서는 새로운 경향이라고 볼 수 있는 소설의 극적 구조의 하아디적인 특성을 연구하려고 한다. 특히 하아디의 주제, 즉 이상적인 인도주의의 요소가 암시된 비관론이 어떤 정통 고전비극의 이론을 추종하는 구조를 통해서 전개되고 있는가를 규명하고, 고전비극들과 『귀향』의 유사성과 상이성을 고찰할 것이다.

2) 삼일치

어니스트 브렌네크 2세(Earnest Brennecke, Jr.)는 「토마스 하아디의 최초의 진정한 극」("Thomas Hardy's First Real Play")에서 "『콘월 여왕의 유명한 비극』(*The Famous Tragedy of the Queen of Cornwall*, 1923)은 『군주들』만큼 선풍적인 승리를 거두지는 못했다. 부분적으로 산만함(요란한 무대 장치, 무대 뒤에서 일러 주는 대사, 부적절한 복장) 때문에 『귀향』에서 만큼 스릴(thrill)이 없다. 그러나 이 극은 아리스토텔레스(Aristotle, 384∼322 B.C)의 『시학』(*The Poetics*)의 이론을 엄격하게 따르고 있다. 『군주들』과 비교해 볼 때 하아디의 최고의 업적은 아니지만 83세의 나이를 고려하면 큰 업적이다(6)"라고 말하고 있다.

여기서 필자가 중시하려고 하는 것은 하아디가 아리스토텔레스의 비극 이론을 수용하고 있다는 것이다. 하아디 자신도 『콘월 여왕의 유명한 비극』을 언급하면서 차일드(Harold Child)에게 보낸 편지에서 "내가 그것(극적 구조)을 시도해 본 것으로 기억되는 유일한 다른 경우는 『귀향』이었다(*Life*, 422)"라고 쓰고 있다. 한편 그는 일치(unities)를 지키는 장점이 있다고 계속해서 강조하고 있다. 여기서 고전비극에서 말하는 일치의 한계를 잠깐 살펴볼까 한다.

극 구성에 있어서 전체를 통일하고, 거기다 전후 일관된 형식의 규제를 가하겠다는 생각은 극의 본질상 당연하다고 볼 수 있다. 아리스토텔레스가 플롯(plot)의 기본 요소를 "시작, 중간, 그리고 끝(a beginning, middle, and end)"이라는 말로 간략하게 요약한 것도 바로 사건을 배열함에 있어서 어떤 통일성을 기하기 위함이었다고 할 수 있다. 이러한 생각이 훨씬 뒤에 가서 르네상스(Renaissance, 14~17C) 시대에 이탈리아를 중심으로 아리스토텔레스의 후계자들이 소위 삼일치(three unities)라는 극작상의 엄격한 규제를 낳기에 이르렀다. 대체로 그 이후의 고전주의 일파들이 삼일치란 "시간(time)" "장소(place)" "행동(action)"을 포함한다고 그 범주를 정해 버렸다.

"시간의 일치"는 극의 경과가 시작에서 끝까지 24시간(또는 해가 떠 있는 12시간)을 넘어서는 안 된다는 규정이며, 르네상스 학자들은 이것을 아리스토텔레스의 『시학』 가운데 있는 다음과 같은 내용을 바탕으로 정했다고 보여진다. "비극은 될 수 있는 대로 하루의 낮과 밤, 혹은 그 전후로 시간을 한정하는 경향이 있다(*Poetics*, ch. 5)."

한편 "장소의 일치"에 대해서는 『시학』 가운데 전혀 언급이 없는데 고전주의자들이 이것을 한 장소로 국한시켜 버렸다. 대체로 극의 경과가 하루의 낮과 밤 전후이고 장소가 한 곳, 기껏해서 두 군데를 넘지 않는 것은 아리스토텔레스의 주장이라기보다도 『시학』의 기초가 되어 있는 희랍극의 관습으로서 그 당시의 무대 조건, 코러스의 존재 등, 뿐만 아니라 희랍극이 비극적 파국의 거의 직전에서 시작되고 있다는 플롯 구성의 특성으로 보아 응당 생각됨직한 말이다. 그것을 법칙화하여 고수하게 된 것은 르네상스 시대의 그의 아류의 해석에서 온 것이고, 그 이후로 고전주의의 흐름을 따르는 작가들은 대체로 이 법칙에 충실했다. 18세기 프랑스의 라신느(Jean Racine, 1639~99)가 대표적인 인물이라고 볼 수 있다.

시간과 장소 이외에 "행동의 일치"는 보다 더 중요한 의미를 갖는다. 여기서 "행동"이라 함은 사건의 진전을 말하며, 단일한 것이 되어야 하고 중심적인 행동과 관계 없는 일체의 부수적인 이야기는 무대 위에 올려 놓아서는 안 된다는 말이다. 이러한 통일은 아리스토텔레스가 거듭 강조한 플롯 구성의 유기적인 일관성(organic coherence), 그 중의 어느 한 부분을 빼더라도 전체가 수미일관되지 못한다든지 전후의 맥락이 잘리는, 또 반대로 어느 한 부분이 있거나 없거나 간에 눈에 띄는 차이를 가져오지 않는 그런 부분이 개재하는 일이 없는, 짜임새 있고 유기적인 통일을 강조한다는 의미에서는 어떤 형태의 극도 지키지 않을 수 없는 철칙이라 할 것이다.

그러나 여기서 주목할 점은 엘리자베드 여왕 시대(Elizabethan age, 1558~1663)의 영국극은 시간과 장소의 일치를 처음부터 고려한 적이 없는 반전통적 노선을 취해 왔고, 경직되고, 협의의 의미로 해석되는 단일한 행동의 일치에 대해서도 그러했다. 셰익스피어(William Shakes-peare, 1564~1616) 극이 한 예가 될 것이다. 그러나 어떠한 경우라도 좋은 극작가는 넓은 의미의 일치를 달성하기 위한 노력을 게을리하지 않으며, 그러지 않고서는 무엇보다도 형식의 제약을 많이 받고 있는 극의 효과가 달성되리라고 기대하기 어려운 것이다. 그런 의미에서 하아디가 일치의 장점을 주장하는 것은 다소 의외라고 볼 수도 있지만 그가 소설가임을 고려할 때 별 무리가 없다고 본다. 따라서 그가 어떻게 그의 소설에 극적 구조를 차용하고 있나를 연구하려는 시도는 가치가 있다고 본다.

3) 『귀향』은 고전인가, 현대비극인가

소설에 극적인 요소를 도입하려는 시도를 함으로써 하아디는 소설의 새로운 경향의 선구자가 되었다. 『귀향』이 출판된 이후 영국 소설에서는 극적인 구조가 더욱 두드러지게 되었다. 대사(dialogue)와 풍부한 극적인 장면 때문에 희곡이나 극시처럼 보이는 로렌스(David Herbert Lawrence, 1885～1930)의 『사랑하는 여인들』(*Women in Love*, 1920)도 그러한 예에 속한다. 로렌스는 이러한 면에서 하아디의 영향을 받았다고 후에 비평가들이 지적한 바 있다(Alcorn, 79).

하아디는 『귀향』에 아주 오래된 문학상의 전통을 도입하려고 했던 것으로 보인다. 다시 말하면 현대극이라기보다 정통 희랍비극의 구조를 수용하려고 시도하였던 것으로 보인다. 그는 고전비극의 구조를 모방하려고 하였다. 그래서 소설의 새로운 경향을 창시하기는 하였지만 그는 역시 『귀향』에서 아주 오래된 세계를 환기시키고 있다. 예를 들면 에스킬루스(Aeschylus, 525～456 B.C.)나 소포클레스(Sophocles, 495～406 B.C) 등의 상상의 세계를 느끼게 한다. 『귀향』에서 하아디는 삼일치를 완벽하게 고수하려고 노력한 흔적이 여러 곳에서 보인다. 주된 행동(사건 진행)은 단 1년 1일이고, 행동의 장소는 이그돈 황야로 한정되고 어떤 불필요한(superfluous) 사건들도 언급되지 않는다. 하아디는 역시 훼어웨이(Fairway), 캔틀 영감(Grandfa Cantle), 험프리(Humphrey), 올리(Olly) 등과 같은 범상한 사람들을 통해서 그리스 코러스와 동등한 효과를 나타내고 있다. 때때로 이들은 주인공들의 과거와 현재, 그리고 그들의 가능한 미래까지도 말한다. 그들은 역시 이 주인공들의 처신과 행동에 대해서 솔직하게 말한다.

스톨맨(Robert Wooster Stallman)의 다음의 말을 보더라도 하아디가 극적 구조를 『귀향』에 도입하려고 하였던 것은 분명하다 :

하아디가 일관되게 삼일치를 지키려고 시도했던 유일한 소설 『귀향』의 평면도는 건축가의 청사진의 균형미(symmetry)로 고안되었다(*Later Years*,

235). 그것의 지리는 측량사의 지도처럼 읽혀진다. 그것의 연표(chronology)는 달력 제작자에 의해서 설계된 듯하다. 시간, 장소 그리고 행동은 도식적(diagrammatic)이다. 1년 하루 동안 계속되는 이야기(narrative)는 1842년과 1843년 11월 5일의 두 개의 상징적인 불(fire)에 의한 간격을 가지고 있다. 이것들은 시간과 행동의 기둥(pole)이다. 공간의 축(axis)은 고분(Rain-barrow)이다. 왜냐하면 그 고분의 직접적인 반경내에서 모든 행동들이 배치되어 있기 때문이다. 플롯은 한편의 기하학이다. 그것에 대한 열쇠는 기하학적인 패턴이다. 나의 비평적인 관심은 이러한 구조적인 흥미이다 : 소설의 기하학적인 구조를 발견하고 구조를 도식화하는 것이다(Stallman, 283~296).

계속해서 스톨맨은 "기하학적인 패턴은 모래시계의 형상"이라고 설명한다. 그는 모래시계(hour-glass)의 개념을 포스터(E. M. Forster)의 『소설의 양상』(*Aspects of the Novel*)에서 포착하였던 것으로 보인다. 그는 『귀향』에서 여러 번 반복되는 전도(inversion) 과정을 통해서 모래시계의 반복을 감지하도록 우리를 유도한다고 보고 있다. 『귀향』은 구조적으로 7개의 모래시계 플롯의 기계적인 연쇄로 분해된다. 스톨맨의 주장 중에서 관심을 끄는 또 하나는 포스터가 패턴과 플롯을 구분해서 사용한 반면에 그는 모래시계 플롯이라는 말로 통합해서 사용하고 있다고 보는 점이다.

이 소설은 원래 5편으로 나뉘어 있었는데, 이것은 물론 고전비극의 5막과 일치되도록 의도되었던 것으로 보여진다. 하아디는 주인공들을 상층계급에 속하도록 의도했다. 그러나 그들이 고전비극의 주인공들과 동등할 정도로 귀족이나 왕족은 아니다. 이런 점에서 보면 『귀향』의 주인공들은 현대문학의 주인공들과 더 가깝다고 말할 수 있다. 클림(Clym)이 고상한 태생이지만 그가 만족과 행복을 찾는 직업 면에서 보면 험프리와 다를바가 없다.

또 하나 고전과 다른 점은 이 소설은 철저하게 현대적이라는 것이다. 인간의 위대성을 보여주는 고전비극과는 달리 이 소설은 사무엘 베케트(Samuel Beckett, 1906~)처럼 자연과 환경 앞에서의 인간의 "의미 없는 나약성(Pinion, 10)"과 인간의 행복의 하찮음을 보여줄 뿐이다. 이것은 하아디 비극 사상의 기본 개념이기도 하다. 하아디의 인물들은 그들의 삶이 불행한 사건들로 충만하다는 것을 발견한다. 시간은 불공평하다 : "사람은 너무나 슬픈 빛을 띤 환경의 압력에서보다도 이성에 대해서 너무나 영합하는 아름다운 땅의 냉대를 괴로워하는 일이 더욱 많다."[1] 아마도 이런 이유 때문에 하아디는 이그돈 황야를 유우스테이셔(Eustacia), 클림과 요우브라이트 부인(Mrs Yeobright)의 비극의 공연 장소로 선택했다는 것을 알 수 있다.

황야의 얼굴은 다만 그 안색으로 인해서 반 시간은 앞질러 저녁이 되었다. 이래서 이 황야는 새벽을 늦추고 대낮마저 우수에 잠기게 하며, 이곳에서는 좀처럼 일어나지 않는 폭풍우의 찌푸린 날씨를 재촉하는 듯하고, 달 없는 밤중의 어둠을 더욱 짙게 해서 전신이 떨리는 무서움이 있었다. [⋯중략⋯] 이 장소는 사실 밤의 가까운 친척이다. [⋯중략⋯] 음침하게 펼쳐진 황야의 기복은 오로지 공명함으로써 황혼의 그림자를 일어나 맞는 듯 하늘이 어둠을 내리우면 황야도 지지 않고 이를 발산했다. [⋯중략⋯] 폭풍우는 그의 애인이요, 바람은 그의 친구였으니까. 지금 이곳은 완전히 인간의 본성과 일치하는 곳이다. 처참하거나 끔직하지도 않고 추악하지도 않았다. 평범하고 무의미하고 무기력한 것도 아니었다. 다만 인간처럼 겸허하고 참을성이 있었다. 더구나 그 거무스레한 단조로움에는 일종의 독특한 거대

---

1) Thomas Hardy, *The Return of the Native*. ed. James Gindin(New York. London : W. W. Norton & Company, 1969), p.3(이후 이 책을 텍스트로 하고 인용문 다음에 면수만 밝히겠음).

하고 신비스러운 것이 있었다. 오랜 세월을 외따로 살아온 사람처럼 고독이
그 모습에서 스며 나오는 듯했다. 비극의 가능성을 암시하는 고독한 얼굴이
었다.

(The face of the heath by its mere complexion added half an hour to evening ;
it could in like manner retard the dawn, sadden noon, anticipate the frowning of
storms scarcely generated, and intensify the opacity of a moonless midnight to a
cause of shaking and dread ⋯ The spot was, indeed, a near relation of night ⋯
The sombre stretch of rounds and hollows seemed to rise and meet the evening
gloom in pure sympathy, the heath exhaling darkness as rapidly as the heavens
precipitated it ⋯ the storm was its lover, and the wind its friend ⋯ It was ⋯
like man, slighted and enduring ; and withal singularly colossal and mysterious
in its swarthy monotony. As with some persons who have long lived apart,
solitude seemed to look out of its countenance. It had a lonely face, suggesting
tragical possibilities.)(2〜4)

이 어둡고 우울한 곳에 여주인공 유우스테이셔가 감금된다. 그녀는
환경과 운명에 대한 프로메테우스(Prometheus : 하늘에서 불을 훔쳐 인류
에게 준 벌로 바위에 묶여 독수리에게 간을 먹혔다고 하는 희랍 신화의 불의
신) 같은 저항감으로 충만했다. 그러나 모든 그녀의 노력, 모든 그녀의
전략, 그리고 모든 그녀의 반항은 소용없는 것으로 판명되고, 결국 그
녀는 황야와 관련된 그녀의 운명에 대한 예언을 실현시켰다. "이것은
나의 수난이요, 나의 수치요, 그리고 나의 죽음일 것이다(69)."
또 한편으로는 클림은 황야를 싫어하지 않았다. 황야에 대항하는 대
신에 그는 그곳에 대한 매력을 느끼고 있었다. 그는 파리(Paris)의 생활
에 염증을 느끼고 자신의 여생을 이곳에서 보내려고 귀향했다. 황야는

유우스테이셔를 맞아들인 것처럼 클림을 맞아들였다. 고분(barrow) 위에 있는 유우스테이셔가 "꼼짝도 않고 있는 황야 전체 구조의 유기적인 일부분(9)"인 것처럼 그와 꼭 마찬가지로 클림은 "그것의 장면과 실체에 침투되어 그것의 온 향기가 그에게 스며든다. 그는 그곳의 산물이라고 불리울 만도 했다(137)." 황야는 인간과의 차별을 용인하지 않았다. 유우스테이셔와 클림은 그 황야의 일부이고, 황야는 그들의 속성을 지닌 인간처럼 버티고 있다. 황야는 그들 모두를 똑같이 대하고 있다. 황야에 대한 클림의 태도는 유우스테이셔의 태도와 정반대다 : "유우스테이셔 바이가 황야에 대해서 느끼는 가지각색의 증오감을 모조리 쓸어내고 그것을 애정으로 대치하면 바로 다름 아닌 클림의 심정인 것이다. 그는 걸어가면서도 눈앞에 전개되는 광활한 경치에 마음이 즐거웠다(137)."

그러나 황야가 그들에게 줄 수 있는 유일한 보답은 황야 속에 그들의 개체를 덮어 감추는 것이었다. 요우브라이트 부인이 먼 곳에서 클림을 보았을 때 그녀는 그를 알아볼 수가 없었다. 클림은 "적갈색을 띠고 있었으므로 마치 푸른 잎을 갉아먹는 푸른 벌레가 잘 안 보이듯 주위의 들판에서 뚜렷이 나타나지 않았다(216)." 그러나 황야, 자연, 그리고 환경에 대한 그들의 서로 다른 태도에 따라서 클림과 유우스테이셔는 각기 다른 운명을 맞게 된다. 유우스테이셔는 "황야만을 떼어 놓고 생각할 때는 늘 살기 거북한 곳으로 여겨 왔는데 이제는 전세상이 그런 것으로 느껴졌다(272)." 따라서 그녀는 자신의 일생에 황야를 벗어나기가 어렵다는 것을 알고 자살을 함으로써 전세상으로부터 탈출하는 것이다. 반면에 클림은 자신의 환경을 사랑했고, 운명이 제공하는 것이라면 무엇이라도 수용하려고 한다. 그 결과 클림은 그의 작은 야망의 어느 정도 충족을 가질 수 있었다. 그러나 전반적으로 우리가 갖는 인상은 인생은 역경으로 가득하고, 행복하다기보다 슬프고, 오로지 비극만이 유우스테이셔, 요우브라이트 부인, 그리고 심지어 클림 같은 인물들에게는 예정되어 있다는 것이다.

4) 유우스테이셔의 몰락의 원인

하아디는 그의 소설이 연재물로 실리는 잡지의 독자들을 즐겁게 하기 위해서 제6편에 「후일담」(294)이라는 제목을 붙였다. 그래서 우리는 제5편의 끝을 소설의 끝으로 생각할 수도 있다. 그에 따르면 주인공들 중 누구도 행복할 여지가 없어 보인다. 요우브라이트 부인, 유우스테이셔, 그리고 와일디브는 불행하게 죽었다. 클림은 반 소경이고, 토마신은 그녀의 남편을 잃어버린다. 그렇다면 누가 이러한 비극적인 사건에 책임이 있는가를 생각해 보지 않을 수 없다. 만약에 우리가 유우스테이셔에게 물어 본다면 그녀는 다음과 같이 대답할 것이다 :

내가 훌륭한 여자가 되려고 얼마나 애를 썼고, 또 운명은 얼마나 내게 냉혹했는가! 〔…중략…〕 내가 이런 운명을 받을 까닭은 없어! 오오, 이런 사나운 세상에 나를 내던진 건 얼마나 잔인한 것인가! 나는 좀더 많은 일을 할 수 있었는데 내 힘으로서는 도저히 다룰 수 없는 환경 때문에 손상을 입고 꺾이고 짓밟혀 왔어! 오오, 하늘에 대해서 아무 해도 안 끼친 나를 하늘이 이렇게까지 혹독한 형벌을 준다는 건 정말 너무 가혹하지 않은가!

(How I have tried and tried to be a splendid woman, and how destiny has been against me! … I do not deserve my lot! O, the cruelty of putting me into this illconceived world! I was capable of much ; but I have been injured and blighted and crushed by things beyond my control!

O, how hard it is of Heaven to devise such tortures for me, who have done no harm to Heaven at all!)(276)

우리는 유우스테이셔의 항변에 완전히 동의할 수는 없다. 그녀가 하늘에게 해를 끼치지 않았을지는 몰라도 자신의 "힘(52)"을 보여주고, 자신의 권태를 없애기 위해서 매우 이기적이고 사소한 충동 때문에 토마신으로부터 와일디브를 유인하려고 할 때 유우스테이셔는 토마신에게 해를 끼쳤다. 그녀는 훌륭한 여자가 되려고 애를 쓰고 있다고 말한다. 그러나 하아디는 그녀가 여러 면에서 과거에 훌륭한 여자였다고 말한다 :

유우스테이셔는 이교신의 소재(material)였다. 올림퍼스에서도 별 준비 없이 곧잘 자기 구실을 할 수 있었을 것이다. 전형적인 여신이 될 만한 정열과 본능을 갖추고 있었다.

(Eustacia Vye was the raw material of divinity. On Olympus she would have done well with a little preparation. She had the passions and instincts which make a model goddess, that is, those which make not quite a model woman.)(53)

하아디가 그녀의 특성—그녀의 위대성—이 어떻게 그녀의 운명과 몰락의 원인이었었는가를 단 한 마디로 우리에게 말할 때 우리는 그의 정확성과 예술적 수완에 충격을 받는다. 「밤의 여왕」편에서 하아디는 올림퍼스(Olympus), 스핑크스(the Sphinx), 연꽃을 먹는 사람들(lotus-eaters), 델피신전 탁선(the Delphian oracles), 클레오파트라(Cleopatra), 아르테미스(Artemis, 달과 처녀의 여신), 아테나(Athena, 지혜, 예술, 전술의 여신), 헤라(Hera, 제우스의 아내, 천계의 여왕)와 수많은 다른 기타 신들, 그리고 전설적인 인물들에 대한 인유의 도움으로 유우스테이셔의 눈부신 이미지를 만들어냈다. 그녀가 현대적인 여인이라고는 해도 그녀는 위대한 과거의 사물과 사람을 상기시켜 준다 :

이러한 입술의 곡선은 잊어버린 대리석 조각으로 남쪽나라 땅 밑에나 숨어 있으리라고 생각되었다. 입술의 윤곽이 이렇게 또렷하기 때문에 입 양쪽 구석이 살이 있긴 했지만 그래도 창날인 양 똑똑하게 나타났다. 이 날카로움이 무디게 되는 것은 그녀가 나이에 비해서 너무나 잘 알고 있는 감정의 밤의 일면인 우울에 갑자기 빠질 때뿐이었다. 〔…중략…〕 희미한 불빛 아래서 머리를 조금씩만 고쳐 놓으면 전체적인 모습은 어떠한 고귀한 여신상도 대표할 수가 있었을 것이다. 머리 위에 초승달을 붙인다든지, 옛날 투구를 쓴다든지, 이마에 곧 이슬 방울이 떨어질 듯한 여왕의 관을 올려 놓는다든지 하면 각각 아르테미스와 아테나와 헤라의 기품을 내기에 충분한 치장이 되고, 많은 명화에 손색이 없을 만큼 고풍에 밀접한 친근성을 가질 수 있었을 것이다. 〔…중략…〕 정말 지옥의 위엄 같은 것이 그녀의 이마에는 새겨져 있었지만 이것은 인위적으로 새겨진 것도 아니고, 강제로 한 흔적도 없었으며, 오랜 세월을 두고 그녀 안에서 자라온 것이었다.

(One had fancied that such lip-curves were mostly lurking underground in the South as fragments of forgotten marbles ⋯ her general figure might have stood for that of either of the higher female deities. The new moon behind her head, an old helmet upon it, a diadem of accidental dewdrops round her brow, would have been adjuncts sufficient to strike the note of Artemis, Athena, or Hera respectively. ⋯ A true Tartarean dignity sat upon her brow, and not factitiously or with marks of constraint, for it had grown in her with years.)(54)

그러나 이 모든 것들이 있음에도 불구하고 환경은 그녀를 범속한 여인으로서 배치하였다. 그래서 그녀는 다음과 같이 기도하였다. "오오, 이 무시무시한 침울과 고독에서 내 마음을 해방시켜 주십시오. 어딘가에서 위대한 사랑을 내게 가져다 주십시오. 그렇지 않으면 내가 죽을 것입니다(56)." 그녀는 자신의 아름다움과 특이성을 의식하고 있었기 때문에 침울하고 외로웠다. 더구나 그녀는 범속한 것과는 다르기를 원했다. 그녀는 범속한 운명을 지닌 사람들과 섞여서 그들이 하는 대로 처신하고 느낄 수가 없었다. 그녀의 특이함에 대한 갈망 때문에 그녀는 삶이 제공하는 범속한 것들에 만족할 수 없었다. 그래서 그녀는 자신의 "힘"으로 자신이 갈망하는 것들을 성취하려고 노력했다. 그러나 그녀는 와일디브와 클림에게 약간의 영향을 주었을 뿐이었다. 그녀는 자신의 운명을 바꿀 수 없었다. 그녀는 사람들이 세상의 분주한 곳에서 찾을 수 있는 "인생이라 부르는 것 — 음악, 시, 정열, 전쟁, 그 밖에도 세상의 대동맥 속에서 진행되는 모든 고동과 맥박을(221)" 요구했다. 그러나 클림은 그녀에게 이 모든 것들을 줄 수 없었다. 그녀가 자부심이 강한 여자가 아니었더라면 그녀는 어느 정도 그것들을 얻을 수 있었을 텐데. 결국 와일디브는 그녀에게 그것들을 줄 수 있는 수단과 소망을 가지고 있었다. 그러나 와일디브에게 요구한다는 것은 굴욕으로 느껴졌다 :

와일디브에게 금전상의 원조를 청하는 것은 자존심의 그림자라도 남아 있는 여자로서는 그와 동행하는 것을 허락하지 않고서는 못할 노릇이었다. 그의 정부로서 도망을 친다는 것은—그가 자신을 사랑한다는 것은 잘 알고 있었지만—굴욕적이라고밖에 할 수 없었다. 〔…중략…〕 그이는 내 몸을 맡길 만큼 훌륭한 사람은 아니야—내 욕망을 채울 만한 사람은 못 돼! 〔…중략…〕 만약에 그이가 싸울(Saul)이나 뽀나빠르트(Buonaparte) 같은 사람이라면— 아아! 그렇지만 그이를 원해서 내 결혼 서약을 깨뜨린다는 건—
그건 너무나 가엾은 호사야!

(… ask Wildeve for pecuniary aid without allowing him to accompany her
was impossible to a woman with a shadow of pride left in her : to fly as his
mistress … was of the nature of humiliation. … He′s not great enough for me to
give myself to—he does not suffice for my desire! … If he had been a Saul or a
Buonaparte—ah! But to break my marriage vow for him — it is too poor a
luxury!)(275)

그래서 자신을 굴욕스럽게 하느니 차라리 죽음을 택한다.

5) 입센, 로렌스, 그리고 플로베르의 여인들

자부심을 포기할 수 없어서 죽음을 택하는 유우스테이셔와 입센
(Ibsen)의 여주인공 헤다(Hedda Gabler)와의 닮음에 놀란다. 헤다 역시 그
녀가 브랙 판사(Judge Brack)의 손아귀에 있어야 하고, 그의 노예가 되
어야 한다는 것을 알고 자살한다. 유우스테이셔와 헤다는 굴욕적인 삶
보다는 죽음을 택한다. 그들은 둘 다 위엄과 자부심을 가지고 있다. 그
리고 그들은 매력에 찬 삶을 원한다. 매력에 찬 삶이란 헤다에게는 하
인, 승용마, 그리고 호화로운 것들을 갖는 것을 의미하고, 유우스테이
셔에게는 무덤덤하고, 우울하고 "초췌한 황야(3)"에서 벗어나서 화려
하고 분주한 버드머드(Budmouth), 아니 더 나아가서 파리로 가는 것을
의미한다. 그들 둘 다 "힘"을 갖길 원한다. 헤다는 엘브스티드 부인(Mrs
Elvsted)에게 "평생에 한 번은 인간의 운명을 주조하는 "힘"을 갖고 싶
다"고 말한다(Ibsen, 114). 한편 유우스테이셔는 1.5마일 떨어져 있는

남자를 유인할 수 있는 힘을 자신이 갖고 있나를 보기 위해서 화톳불을 놓았다. 유우스테이셔는 클림에게 삶이 권태롭다고 말하고, 헤다는 브랙에게 "세상에 한 가지 바라는 것이 있다. 자살하는 것이다(Ibsen, 81 ~2)"라고 말한다.

그들의 권태에 대한 이유는 일반적으로 사람을 싫어하는 것에서 찾아질 수 있다. 그들은 자신만을 위해서 사는 자기 중심적인 인물들이다. 유우스테이셔는 클림에게 그녀는 마을 사람들을 좋아하지 않는다. "때때로 아주 그들을 증오한다(146)"고 말한다. 같은 방법으로 헤다는 테스먼 양(Miss Tessman)이 그녀의 죽은 언니의 방에 불쌍한 병자를 데리고 가서 그녀를 간호해야만 하는 것을 놀라운 일이라고 안다. 테스먼 양은 누군가를 위해서 산다는 것이 필요하다고 여긴다. 그러나 어느 누구도 유우스테이셔와 헤다의 삶에서 고려할 점을 들어 줄 수 없다. 결국 그들은 삶은 살 만한 가치가 없다고 판단해 버린다. 왜냐하면 그들은 삶의 독자적인 방식을 가질 수 없기 때문이다. 하아디와 입센이 서로에게 영향을 주었다는 사실이 입증된 것이 없지만 두 비극의 상황과 인물들의 유사성에 우리는 놀라지 않을 수 없다. 『귀향』이 출판된 후 12년 만에 『수다쟁이 헤다』의 초판이 1890년에 출판되었다.

유우스테이셔의 타인에 대한 배려의 결핍, 사회와의 비타협적 본능, 사회의 거부 등은 우리에게 로렌스의 『연애하는 여인들』을 상기시켜 준다. 어슐러(Ursula) 역시 사회와 가정을 거부한다. 그러나 대가로 행복을 얻는다. 그녀는 "존재의 단일함"을 성취할 수 있다. 그러나 하아디의 소설에서 우리는 사회 혹은 가족 안에서 살 때 다른 사람의 감정이나 선을 생각할 수 있다는 것을 느낀다. 유우스테이셔는 다른 사람들로부터 스스로를 격리시켰기 때문에 외롭고 권태롭다. 그래서 다른 사람들이 어떤 한 사람의 삶에 매우 중요하다고 증명된다. 그러나 로렌스는 그의 소설에서 다른 사람들은 별로 중요하지 않다고 보여준다(『연애하는 여인들』참고).

유우스테이셔는 우리에게 플로베르(Gustave Flaubert, 1821~80)의 여주인공 엠마 보바리(Emma Bovary)를 상기시킨다. 그들은 둘 다 기질적으로 낭만적이다. 그러나 환경과 주위의 사정에 의해서 좁은 곳에 갇혀 있다. 우리는 엠마에 대해서 "그녀가 좋아하는 이론 그대로 그녀는 사랑을 갈망했다(*Madame Bovary*, 52)"고 듣고 있다. 역시 유우스테이셔에 관해서는 "미치도록 사랑을 받는 것—그것이 그녀의 위대한 욕망이었다(56)"고 안다. 그들은 둘 다 단조롭고 외로운 삶을 영위하고 있다. 반면에 그들의 기질은 그들로 하여금 흥분과 모험을 무분별하게 추구하도록 자극한다. 유우스테이셔의 "외로움은 그녀의 욕망을 깊게 한다(56)." 그들은 둘 다 더 좋은 사람이 없어서 그들이 그렇게 하는 것을 알면서도 무모하게 택하도록 제공하는 어떤 사람이라도 취한다. 그들은 둘 다 단조로움을 벗어나서 분주한 도시에서 살기를 원한다. 신기하게도 그들은 같은 도시 "프랑스의 수도— 유행의 중심이요 소용돌이(87)", "허식과 허영의 집단, 파리(83)"로 도망치고 싶어한다. 유우스테이셔에게 파리에서 온 남자는 하늘에서 온 남자와 같다(86). 그래서 보바리 부인은 다음과 같이 명상한다 : "이 야단스러운 이름의 파리는 어떤 곳인가? 그녀는 언어상 단순한 즐거움에서 다소 큰 소리로 그것을 말했다. 그것은 성당의 종소리처럼 그녀의 귀 안에서 메아리쳤다. 그것은 그녀의 눈앞에서 불꽃처럼 빛났다. 〔…중략…〕 대양보다 더 거대한 파리가 장미 같은 아지랑이 속에서 그녀에게 어른거렸다(*Madame Bovary*, 68~9)." 단조롭고 서글픈 삶을 살도록 강요받았기 때문에 보바리 부인은 꿈속의 연인(dream-lover)과 함께 삶의 환상에 빠져 든다. 그것은 그녀의 이상이었던 사람들의 그것과 다를바가 없었을 것이다 :

거리의 북적댐, 극장의 떠드는 소리, 무도장의 밝은 조명에 둘러싸여 도시 생활을 하는 것 : 마음이 넓혀 놓은 존재의 익숙한 것들, 오감이 열리고 확장된다.

(Living a city life ⋯ surrounded by the bustle of streets, the chatter of theatres, the bright lights of ballrooms ; familiars of an existence in which the heart dilates, the senses open and expand.)(*Madame Bovary*, 53)

유우스테이셔의 꿈이 부서졌을 때 그녀는 다음과 같이 말한다 :

그렇지만 내가 인생이라고 부르는 것—가령 음악, 시, 정열, 전쟁 그 밖에도 세계의 대동맥 속에서 진행되는 모든 고동과 맥박을 요구하는 것이 분에 넘친 욕심일까요? 그것이 내 젊은 꿈의 모습이었는데, 그것을 못 얻고 있었지요. 그런데 나는 클림을 통해서 그것을 얻는 길이 있을 줄 알았거든요.

(⋯ do I desire unreasonably much in wanting what is called life—music, poetry, passion, war, and all the beating and pulsing that is going on in the great arteries of the world? That was the shape of my youthful dream ; but I did not get it.)(221)

유우스테이셔와 엠마는 분명하게 밝힐 수 없는 어떤 갈망을 가지고 있다. 유우스테이셔는 "특정한 어떤 애인을 구하느니보다 열정적인 사랑이라고 부르는 황홀지경을 동경하고 있는 것 같았다(56)." 보바리 부인은 "마음속 깊이, 그녀는 닥쳐올 어떤 것을 기다리고 있었다. 〔⋯ 중략⋯〕 잠에서 깨어나는 매일 아침에 그녀는 그날이 밝힐지도 모르는 것에 대해서 안절부절했다(*Madame Bovary*, 74~5)." "그녀는 여행이나 했었더라면, 혹은 그녀의 수도원(Convent)으로 돌아갈 수 있었더라면 그녀는 죽기를 갈망했었다. 허나 그녀는 파리에서 살고 싶어했다 (*Madame Bovary*, 72)." 그들의 낭만적이고 무모한 동경의 주된 원인 중의 하나는 그들의 게으름이다. 보바리 의사의 어머니는 아들에게 그의 아내의 잘못은 그녀가 게으른 것이라고 말한다. 클림의 어머니도 클림에게 "유우스테이셔는 게으르고 불만스러워한다(152)"고 말한다. "바이 양은 내 마음에는 너무 게을러서 매력이 없어. 그녀 자신에게도 다른 사람들에게도 아무런 쓸모가 없단 말야(141)."

6) 하아디의 인간애

지금까지 살펴본 여주인공들간에는 면밀한 유사성이 있음에도 불구하고 하아디가 유우스테이셔를 묘사하는 것과 플로베르가 엠마를 그리는 것과는 큰 차이가 있다. 엠마의 성격은 냉혹한 사실주의로 보여지는 반면에 유우스테이셔는 "이교신의 소재(the raw material for divinity)(53)"로서 올림퍼스에 적격인 인물로 공상화되고 미화된다.

유우스테이셔에게는 우리로 하여금 그녀를 불쌍히 여기도록 하는 고통의 몫이 주어진다 :

그런게 아니라 죄가 있다면 내가 바로 그 죄인인 것을 번연히 알고 있으니, 내가 절망으로 얼어붙는 것만 같아요. 난 어떻게 해야 할지 모르겠어요. 말을 해야 하나? 안 해야 하나? 밤낮 나에게 물어 봐요. 말해 버리고 싶어요―그렇지만 무서워요. 그이가 그걸 알면 반드시 나를 죽일 거예요. 지금 그이 기분으로는 나를 죽이고도 남을 거예요. 그이를 지켜 보고 있으면 날이면 날마다 '참고 견디는 자의 분노를 조심하라'는 말이 귓전에 들리는 것 같아요.

(⋯ to know that I am the sinner if any human being is at all, drives me into cold despair. I don′t know what to do. Should I tell him or should I not tell him? I always am asking myself that. O, I want to tell him ; and yet I am afraid. If he finds it out he must surely kill me ⋯)(243)

그녀의 햄릿 같은(Hamletian) 우유부단의 결과로서 클림은 다른 통로를 통해서 그것을 알게 된다. 그리고 그는 죄악과 거짓을 추측한다. 그러나 엘리자베드(Elizabeth) 앞에 있는 헨처드(Henchard)처럼 유우스테이셔 역시 자신의 변명을 자제한다. 그녀가 만약에 모든 것을 털어 놓았더라면 클림이 곧 그녀를 용서했을 텐데. 그러나 그녀는 "절대로! 조금이라도 위엄이 있는 인간이라면 이따위 욕지거리를 듣고서야 미쳐 날뛰는 남자 마음에 엉킨 거미집을 치워 줄 사람이 어디 있어요?"라고 말한다. 물론 이 위엄이 그녀에게 많이 유익했었다고는 말할 수는 없다. 그러나 그것은 끝까지 그녀에게 남겨져 있었다. 그녀는 죽어서도 위엄을 지키려는 듯했다 :

그녀는 거기 죽어서 누워 있었지만 생전의 미모가 무색할 만큼 아름다웠다. 창백하다고 해서는 그녀의 안색을 충분히 표현할 수 없었다. 희다기보다 거의 밝은 색이었다. 단아하게 곡선을 그린 입의 표정은 오히려 즐거운 듯 위엄을 지키려는 생각은 그녀로 하여금 입을 닫고 말을 안 하도록 강요하는 것만 같았다.

(After her death, the "expression of her finely carved mouth was pleasant, as if a sense of dignity had just compelled her to leave off speaking.")(293)

죽어서도 그녀는 살았을 때와 마찬가지로 품위 있게 보이고 클림은 그녀를 용서할 뿐만 아니라 그녀의 죽음에 대해서도 자신의 책임을 통감한다. 자신의 큰 잘못은 없으면서도 몹시 괴로워한다. 허식과 도시생활, 그리고 성공적인 삶에 환멸을 느끼고 그는 고향으로 돌아간다. 이상주의자처럼 그는 자신이 사람들에게 선을 베풀고, 그들을 교육함으로써 사회를 개혁할 수 있다고 믿는다. 물론 사람들은 그의 의도를 의심할 수 없었다. 하지만 훼어웨이만은 그의 계획의 실현 불가능성을 알고 있었다 :

"세상 없어도 그런 계획은 실행 못 할걸" 하고 훼어웨이가 말했다. "이제 이삼 주일 지나면 또 생각이 달라질 테니까 두고 보게나." "젊은 분이 마음씨는 착한 생각이지만" 하고 다른 사람이 말했다. "내 생각으로는 장사에 마음을 전념하는 게 좋을 것 같군."

('He'll never carry it out in the world', said Fairway ⋯ 'Tis good-hearted of the young man', said another. 'But, for my part, I think he had better mind his business.')(135)

그러나 클림은 "남자"라는 이름을 들을 가치가 있는 사람이라면 "이 세상의 반은 타고난 비참한 운명과 맞서서 싸우기 위해서는 어떻게 해야 하겠는가를 가르쳐 주거나 같이 힘이 되어서 싸워 주는 사람이 없어서 파멸에 직면해 있는 것을 알았을 때(138)" 무엇인가를 할 수밖에 없다고 믿는다. 클림의 인생관은 "인간의 비탄, 우연과 실수의 지배, 정의의 몰락, 악인의 승리(Schopenhauer, 212)"를 중시한 쇼펜하우어(Schopenhauer, 1788~1860)의 그것과 유사하다. 클림은 "아침마다 일어나면 삼라만상이 괴로워서 신음하고 진통하는 모습을 본다(138)"고 말한다. 그러나 클림에게는 다른 점이 있다. 클림은 사정은 변할 수 있다고 믿는다. 그리고 그는 자신과 같은 사람들은 다른 사람의 고통을 덜 수 있다고 믿는다. 그러나 모든 것의 비극은 그의 건강과 정열이 있음에도 불구하고 그가 많은 일을 할 수 없었다는 사실에 있다. 그는 사람들의 도움과 협조를 얻을 수가 없었다. 심지어 유우스테이셔에게서마저도. 운명과 자연까지도 사정을 호전시킬 수 있다고 예상하는 사람을 거역하고 그의 시력은 매우 약해진다. 그의 식을 줄 모르는 열정과 신념 덕분에 그는 "옥외에서 설교하고 강연하는 순회 설교사"가 되는 데 성공한다. 그러나 그는 사정을 변화시킬 수 없었다. 사람들은 그저 "그의 눈이 어떤 일을 하기에는 너무 약해서 그가 설교에 몰두하는 것이 옳다(315)"고 말한다. 클림이 사물의 형편에 만족하는 것으로 보일지라도 우리는 그를 행복하다고 부를 수는 없다. 왜냐하면 그는 삶의 흥미를 상실했던 것으로 보이기 때문이다. 그는 자신이 진정한 사랑을 할 수 없다고 느끼기 때문에 결혼할 수 없다. 그리고 더 먼저 대부분의 비극적인 인물처럼 그는 죄의식으로 고통을 받았다. 그는 모친과 아내의 죽음에 대해서 자기에게 책임이 있다고 생각했다.

유우스테이셔를 만나기 전에 클림은 모든 세상의 불행과 다른 사람에게 행복을 주려는 열렬한 욕망 때문에 불행했었다. 유우스테이셔를 사랑한 뒤에 그는 그의 모친이 그녀를 불신하기 때문에 행복할 수 없었다. 요우브라이트 부인, 클림, 그리고 유우스테이셔의 관계는 로렌스의 『아들과 연인들』(*Sons and Lovers*, 1913)에서 묘사된 관계와 다소 비슷하다. 요우브라이트 부인 역시 클림이 인생에 성공하기를 기대한다. 그녀는 남편이 죽은 뒤에 재혼하지 않고 클림에게 헌신했다. 당연히 그녀는 자신의 아들(클림)이 그녀에게 애정과 순종을 주리라 기대한다. 그러나 그가 유우스테이셔를 위해서 자신의 소망을 기꺼이 희생하려 한다는 것을 알고, 그녀는 『아들과 연인들』의 모렐 부인(Mrs Morel)처럼 질투를 보이고 있음을 우리는 알 수 있다. "말대답이로구나. 그 여자만

생각하는 게지. 하나에서 열까지 그 여자만 아는 거야(161)"라고 요우
브라이트 부인은 말한다. 이 말은 모렐 부인의 말, "…… 너는 내가 너
의 시중만을 들기를 바라고 나머지는 미리암(Miriam)을 위한 것이다
(SL. 261)"와 비슷하다.

클림 역시 어머니를 매우 사랑한다. 그의 다음 말은 『아들과 연인들』
의 폴(Paul)의 마지막 말과 비슷하다.

오오, 우리 어머니, 우리 어머니! 내가 다시 한 번 태어나서 어머니가 나
를 위해서 참아 주신 것을 내가 어머니를 위해서 참을 수 있었으면!

(O, my mother, my mother! Would to God that I could live my life again, and
endure for you what you endured for me.)(314)

이 말은 로렌스가 어머니가 죽은 후에 썼던 「종말」("The End")이라
는 시의 다음의 구절과 비슷하다 :

그리고 오, 나의 어머니 오늘밤 내가
당신을 흔들어 깨웠을 때
고통을 치유하거나 보상을 할 수 있는
아무런 희망도 가질 수 없었어요.
원하고 실망한 당신의 모든 일생
나는 고백합니다
나의 어딘가도 오늘밤 죽어 있다고.

(And Oh, my love, as I rock for you tonight
And have not any longer any hope

To heal the suffering, or to make requite

For all your life of asking and despair,

I own that some of me is dead tonight.)(*Complete Poems*, 100)

그러나 이것이 로렌스가 『아들과 연인들』이나 위의 시를 쓸 때 반드시 하아디의 『귀향』의 영향을 받았다는 것을 입증하는 것은 아니다. 왜냐하면 두 소설의 상황이 많이 다르기 때문이다. 요우브라이트 부인은 소유욕이 없다. 요우브라이트 부인이나 클림의 삶에서 에디퍼스 콤플렉스(Oedipus Complex)가 어떤 역할도 하지 않는다. 요우브라이트 부인은 클림이 결혼하는 것을 반대하지는 않는다. 그러나 그녀는 유우스테이셔와 클림이 결혼하는 것을 반대한다. 왜냐하면 유우스테이셔가 나쁜 여자라고 느끼기 때문이다. 만약에 클림이 토마신과 결혼했었더라면 그녀는 매우 행복했었을 것이다. 요우브라이트 부인은 이기적이지 않다. 남편 대신에 클림을 원하지도 않는다. 그녀는 오로지 클림의 행복을 생각할 뿐이다. 그것이 바로 클림이 유우스테이셔의 잔인성을 알았을 때 그가 다음과 같이 울부짖게 된 이유이다 : "아아, 모든 사람 잡아먹는 계집년들은 지옥으로 가거라!(251)" 이 말은 리어왕(King Lear)을 우리에게 상기시킨다. 그는 거너릴(Goneril)의 배은망덕을 슬퍼하면서 다음과 같이 소망한다 :

"하늘에 모아 둔 복수라는 복수는 다 배은망덕한 그년의 머리 위에 떨어져라. 병독을 뿜는 바람아, 젊은 그년의 뼈다귀를 쳐서 절름발이를 만들어 다오!"

(All the stored vengeance of heaven fall

On her ingrateful top.)(*King Lear*, II, iv. 157~8)

하아디는 『귀향』을 쓸 무렵에 리어왕을 염두에 두었다. 서문에서 그
는 이렇게 쓰고 있다 : "남서부 지방이 여기서 묘사된 넓은 지역의 어
떤 지점이 전통적인 웨쎅스 왕 리어의 황야일지도 모른다는 것을 꿈꾸
는 것은 즐거운 일이다." 소설의 여러 곳에서 우리는 『리어왕』과 유사
함을 발견한다.

딸들의 집 문이 자신을 문전박대하려고 닫혀 있는 것을 발견하는 것
처럼 요우브라이트 부인은 자기 아들의 집 문이 닫혀 있어서 문전박대
당한다. 리어왕이 자신의 악마 같은 딸을 생각하듯이 요우브라이트 부
인은 며느리를 생각한다 : "인정도, 사정도 없고 얼굴만 잘생긴 여자가
있을 수 있을까?(224)" 리어왕의 생각도 비슷하다 : "그러면 그 사람들
에게 리이건(Regan)을 해부시켜서 그년의 심장 근처에 무엇이 났나 봅
시다. 이러한 잔인한 마음을 만들어내는 천성에 무슨 특별한 이유가
있을까?(*King Lear*, III. vi. 75~7)"

요우브라이트 부인은 타는 듯이 더운 날에 아들의 집 문이 닫혀 있어
서 돌아와야만 했고, 리어왕이 자식의 배은망덕한 태도를 대했을 때 그
도 역시 "번갯불, 천둥, 비바람이 신음하듯이 으르렁대는 밤(*King Lear*,
III. ii. 46, 4&14)"을 만난다. 요우브라이트 부인은 그처럼 더운 날에 이
웃의 고양이라도 그렇게 쫓아내지는 않았을 것이라고 말한다. 클림은
"그녀가 걷어차서 내쫓긴 동물처럼 죽었다(316)"고 말한다. 그로스터
(Gloucester)는 "설사 여우가 너희 집 문 앞에서 문 열어 달라고 외쳤다
하더라도 오히려 모든 잔인한 짓을 그 이리에게 하려고 결심했을지언
정 너는 '여보, 문지기 문을 열어 주' 하고 말했을 것이다" 라고 말한다
(*King Lear*, III. vii. 62). 코델리아(Cordeliar)는 "원수의 개라도, 그리고 그
개가 나를 물었다 하더라도 그런 밤에는 나의 불을 쬐도록 해주었을
거예요(*King Lear*, IV. vii. 36)"라고 말하면서 리어왕이 비바람 부는 광야
에 짐승만도 못하게 쫓겨났다고 말한다. 리어처럼 클림은 유우스테이

156

서가 자기에게 잘못했었더라면 용서했었을 텐데 "그렇지만 그것만은 사람으로서는 못할 짓이야!(255)"라고 느낀다. 리어 역시 그의 딸들을 "인류에 어긋난 마녀들(*King Lear*, II iv. 277)"이라고 부르고, 켄트(Kent)는 왕이 "그의 딸들의 잔인한 행동 때문에 불평이 만만하시고 여러 가지 슬픔으로 미치실 지경이다(*King Lear*, III. i. 38)"라고 말하면서 딸들의 잔인성을 폭로한다. 미친 에드가(Edgar)에 대해서 리어는 다음과 같이 말한다 : "불효한 딸들 때문이 아니라면 인간으로서 저렇게 비참한 처지에 떨어질 수가 없어(*King Lear*, III. iv. 69~70)."

소년 죠오니 난써취(Johnny Nunsuch)가 요우브라이트 부인이 이상한 말을 한다고 하는 것에 대해서 그녀는 "다 어른이 돼서 아이들을 갖게 되면 이런 말을 하게 된단다. 네가 커서 어른이 되면 너희 어머니가 나 같은 말을 할 거야(224)."

『귀향』은 많은 비극의 장면을 환기한다. 클림은 "토마신의 결혼식 잔치와 무도회에 참석할 기분이 나지 않았다. 당신의 기분을 망치지 않고 참석할 수 있었으면 좋겠는데 아무래도 연회석에서는 꾸어다 놓은 보릿자루 같을 거란 말이야(311)"라고 하면서 심기를 표출한다. 클림이 자신의 어머니의 죽음에 대한 상세한 것들을 알고 난 후 유우스테이셔와 클림 사이의 장면은 고뇌, 분노, 그리고 오해로 가득한 『오셀로』(*Othello*)의 한 장면을 상기시킨다. 오셀로는 많은 것을 참을 수 있었지만 데즈데모나(Desdemona)의 부정(faithlessness)을 견딜 수 없다고 느낀다.

만일 하늘이 고통으로 나를 시험해 보고 싶으셨다면, 그리고 온갖 괴로움과 치욕을 이 머리 위에 붓고, 가난 속에 입술까지 몸을 잠그고, 내 몸과 내 최대의 희망도 사로잡았다면, 내 마음 한구석에 한 방울의 인내라도 남아 있으련만, 아, 비참한지고!

(Had it pleas′d heaven

To try me with affiction: had they rain′d

All kind of sores and shames on my bare head, ···

I should have found in some place of my sole

A drop of patience ;)(*Othello*, IV. ii. 48~54)

마찬가지로 클림도 유우스테이셔에게 "그러나 한 가지— 당신이 나를 반쯤 죽였다거나, 내 약한 시력이지만 그것마저 송두리째 뺏어 간다거나 뺏어 갔더라도 용서할 수 있었을 거야(255)"라고 말한다. 오셀로와 클림은 그들의 아내와 헤어져야만 하고 절대로 누그러질 수 없다고 생각한다. 그러나 앤더슨(Marcia Lee Anderson)이 지적하고 입증하듯이 "유우스테이셔의 침실 장면은 웹스터(John Webster, 1580~1625)의 직접적인 영감을 받았다"(*Modern Language Notes*, 497~501). 대사의 많은 부분이 『흰 악마』(*The White Devil*, 1611~2)의 대사를 직접 모방하고 있음을 보여준다. 가령 클림이 유우스테이셔에게 "마담, 읽을 수 있어요? 이 봉투를 보세요(255)"라고 말하는데, 브라키아노(Brachiano)도 빗토리아(Vittoria)에게 "미스트리스, 읽을 수 있어요? 저 편지를 보세요(*The White Devil*, IV. ii)"라고 똑같은 대사를 한다. 이제는 유우스테이셔가 클림에게 "내가 참을 수 없는 것을 감히 당신이 내게 할 수 있다고 생각하세요?(253~4)"라고 묻고, 빗토리아도 브라키아노에게 "내가 감히 겪을 수 없는 것을 당신이 감히 할 수 있어요?(*The White Devil*, IV. ii)"라고 묻는다. 유우스테이셔는 클림에게 "아무리 착한 사람이라도 간혹 잘못이야 있을 수 있는 것 아니에요? 아마 있을 거에요. 이젠 나가겠어요. 영원히 영원히!(257)"라고 항변한다. 놀랍게도 『흰 악마』의 프라미네오(Flamineo)도 "아무리 착한 사람도 큰 잘못을 저지른다(*The White Devil*, IV. ii)"라고 같은 항변을 한다.

그윈(Frederick L. Gwynn)이 『셰익스피어 계간지』(*Shakespeare Quarterly* Vol. iv. 1953, 207~208)에서 보여주는바와 같이 『귀향』의 몇 장면에는 하아디가 셰익스피어의 『햄릿』(*Hamlet*, 1602년 추정)의 영향을 받았다는 것을 보여주는 대사와 구절이 많다. 침실에서 유우스테이셔에게 클림이 한 첫말 "당신은 무엇이 중요한가를 안다(252)"는 햄릿이 거트루드(Queen Gertrude)에게 하는 다음 말과 꼭 같다. "자, 어머니, 무엇이 중요한가요?(*Hamlet*, Ⅲ. iv. 8)" 유우스테이셔가 클림에게 묻는 말, "무엇을 하려고 합니까?(253)"와 퀸이 햄릿에게 묻는 말, "그대는 무엇을 할 것인가?(*Hamlet*, Ⅲ. iv. 21)"와 비교해 보자. 우리는 여기서 왜 하아디 같은 재능을 타고난 예술가가 이러한 비극작가들로부터 모방을 해야만 했을까를 생각해 보지 않을 수 없다. 그러나 분명한 것은 하아디가 영문학상의 위대한 다른 비극과 대등한 것을 쓰려고 노력했다는 것이다. 분명히 모방한 구절이 없었다면 아마도 어떤 독자들은 『귀향』을 더욱 칭찬했었을 것이다. 그러한 직접적인 모방이 있음에도 불구하고 밤새워 고심해서 쓴 흔적이 여러 곳에서 엿보인다. 허나 그것은 스토리에 위엄과 반향(reverberation)을 주는 데 도움이 된다.

그의 인유(allusions), 장면, 그리고 대사의 도움으로 하아디는 과거의 크고 웅장한 세계를 환기할 수 있었다고 볼 수 있다. 그래서 소설의 사건을 관련된 큰 테두리 안에서 전개시킬 수 있었다. 『귀향』은 장소, 스토리, 전설, 그리고 근대의 서사시와 비극문학뿐만 아니라 고전문학에 대한 인유로 가득하다. 특히 단테(*Dante*, 1265~1321), 셰익스피어, 밀턴(John Milton, 1608~74) 등의 작품의 인유가 많다.

바이 대령은 "그리스의 율리시즈(Ulysses)(168)"이고, 이그돈 황야는 유우스테이셔의 "하데스(Hades : 황천, 저승의 지배자)(75)"이다. 그래서 그녀는 "알키노우스(Alcinous : 이 섬의 왕)의 혈통이 섞여 있는 것일까? 외조부의 종형제 중에 귀족에 속한 사람이 있었으니까(55)." 와일디브

를 "엔도르(Endor)의 마녀가 쌔뮤엘(Samuel)을 불러낸 것처럼(52)" 불러
낸다. 그리고 화톳불이 이그돈 황야에 올려졌을 때, 그것의 상황은 다
음과 같다.

그것은 마치도 여기 모인 마을 사람들이 갑자기 옛날로 뛰어들어가서 그
당시 이 지점에서 흔히 하던 행사와 그 옛날의 한 시각을 이리로 옮겨 온 듯
했다.

(… was as if these men and boys had suddenly dived into past ages, and
fetched therefrom an hour and deed which had before been familiar with this
spot.)(12)

하아디는 계속해서 우리에게 "태고적에 브리튼족이 시체를 태우느
라고 이 마루턱에서 불길을 뿜던 재", "오랜 옛날 여기서 불붙던 화장
의 불꽃", "켈트식 제식과 쌕슨 식의(12)" 불꽃을 말한다. 그는 우리에
게 그 광경이 "림보(Limbo)"의 그것을 닮았다고 말한다. 그리고 그는
다음과 같은 언급을 한다.

더구나 불을 놓는다는 것은 겨울로 접어들면서 자연계에 소등의 종이 울
리면 인간이 취하는 본능적이며 반항적인 행동인 것이다. 이제 돌아온 계절
이 재앙의 시간, 한냉의 암흑, 비참과 죽음을 가져올 것이라는 엄명에 대한
자연 발생적이면서도 프로메테우스적인(Promethean) 반역을 표시한다. 암
흑의 혼돈이 닥치자 대지에 족쇄로 묶인 신들은 '광명이 있거라' 하고 소리
치는 것이다.

(Moreover to light a fire is the instinctive and resistant act of man when, at the winter ingress, the curfew is sounded throughout Nature. It indicates a spontaneous, Promethean rebelliousness against the flat that this recurrent season shall bring foul times, cold darkness, misery and death. Black chaos comes, and the fettered gods of the earth say, Let there be light.)(12)

우리는 하아디가 셰익스피어처럼 반복되는 이미지의 구성을 통해서 기분(mood), 정서(emotion), 주제(theme)를 표현하고 있음을 발견한다. "프로메테우스", "지옥의 상황(Tantarean situation)", "타이탄신의 형태(Titanic form)(3)", "고상한 프로메테우스식 항거(199)" 따위의 언급과 불과 타고 있는 것에 대한 수많은 묘사, 즉 "뜨거운 솥(scalding caldron)(11)", "감정의 불(190)", "쌓인 반항심(54)" 등에 대한 언급 때문에, 하아디의 위의 말들은 소설의 주제와 관련된 많은 의미를 갖는다. 태고적부터 인간은 신들의 불의, 운명의 판결, 환경의 속박에 대해서 저항해 왔다. 하아디의 여주인공 역시 환경에 반항한다. 그러나 슬프게도 신을 닮은 그녀의 외모에도 불구하고 그녀는 완전히 자신의 목적에 실패했다. 유우스테이셔는 프로메테우스와 많은 유사성을 가지고 있다. 그녀는 이마에 "진정한 지옥의 위엄(54)"을 가지고 있다. 버드머드로부터 이그돈으로 왔을 때 그녀는 "멀리 유형(banished)을 가는 듯한 기분이었다(55)." 그래서 우리에게 지옥으로 유형된 타이탄신들을 상기시킨다. 이그돈은 "감옥의 외관(3)"의 특성을 지니고 있다. 그것은 마치도 프로메테우스가 묶여 있었던 시디아(Scythia)의 바위와 같다. 왜냐하면 유우스테이셔가 이그돈 황야로부터 벗어날 수 없기 때문이다. 그녀는 이그돈 황야를 그녀의 "저승(54)"이라고 부른다. 그래서 우리는 그녀의 고통을 저승의 프로메테우스의 고통과 같은 것으로 느낀다. 그녀의 영혼의 색깔은 "불꽃(53)"처럼 상상된다. 요우브라이트 부인과 그녀가 다툴 때 그녀는 "질식된 감정의 불꽃을 지니고(190)" 말한다. 그리고

"뜨거운 눈물(scalding tears)이 그녀의 눈에서 뚝뚝 떨어진다(191)." 클림 역시 족쇄를 채운 신의 이미지로 다음과 같이 묘사되고 있다 : "명랑한 천성을 가진 사람에게서는 흔히 볼 수 있지만 덧없는 인간의 형해(carcase) 속에 꼴사납게 붙들어 매인 신성이 빛처럼 그에게서 발사되는 것이었다(109~10)." 그러나 유우스테이셔와 클림을 프로메테우스와 비교할 때 우리는 역시 대조되는 점을 인식하게 된다. 즉, 현대 주인공들의 빈약함(smallness)을 시인하게 된다. 클림도 역시 "고상한 프로메테우스식(199)"으로 저항할 수 있다고 말한다. 그러나 그는 전설적인 영웅이 하는 것과 같은 경외심(awe)을 우리들에게서 결코 불러일으키지 못한다. 그의 인생의 업적은 미미하다.

7) 결론

하아디의 의도 중의 하나는 이 세상에서 인간의 하찮음(insignificance)을 『귀향』에서 보여주려고 했던 것으로 보인다. 삶이란 냉혹한 투쟁이요, 자연은 인간의 개별사에 무관심하다는 것이다. 삶은 어려울 뿐만 아니라 "운명의 불평등"과 "영원한 모순(dilemmas)(53)"이 있어서 감지할 수가 없다고 하아디는 본다. 과학은 인간을 너무도 각성시켰기 때문에 그는 종교적, 그리고 영적인 인간관에서 더 이상 위안을 찾을 수 없다.

수 세기 동안 연면하게 이어 오는 환멸이 헬레니즘적인 인생관(Hellenic idea of life)이라고 할까, 이름이야 뭐든 그런 것을 영원히 배제해 버렸다고 보는 것이 진실인 것도 같다. 그리스인이 단지 추측하던 것을 우리는 잘 알고 있고, 그들의 에스킬루스가 상상하던 것을 우리는 아이들까지도 느끼고 있다. 일반적인 행사시에 주연을 베풀고, 떠들고, 노는 옛 풍습도 우리가 자연 법칙의 결함을 발견하고, 그 작용으로 말미암아 인간이 빠지는 곤경을 볼 때 점점 불가능하게 된다.

(The truth seems to be that a long line of disillusive centuries has permanently displaced the Hellenic idea of life, or whatever it may be called. What the Greeks only suspected we know well ; what their Aeschylus imagined our nursery children feel. That old-fashioned revelling in the general situation grows less and less possible as we uncover the defects of natural laws, and see the quandary that man is in by their operation.)(132)

클림은 전 공동체의 곤경(plight)을 바꾸려고 노력하고 유우스테이셔는 바로 그녀 자신의 운명을 바꾸려고 노력하지만 그들 둘 다 실패한다. 왜냐하면 인간은 『귀향』의 세계 속의 벌레처럼 미물에 불과하기 때문이다. 요우브라이트 부인은 "발길로 차 내던져진 동물처럼 황야에서(242)" 죽어야만 했다. 먼곳에서 요우브라이트 부인이 클림을 볼 때 그녀는 그가 "쐐기벌레(caterpillar)" 같다고 느꼈다. 말하자면 그는 곤충 이상의 의미가 없었다. 그는 "나방이(216)"처럼 일상의 노동을 하면서 황야의 표면을 파먹는 단순한 황야의 기생물(parasite)로서 등장했다. 여기서 우리는 『리어왕』에서 제시하고 있는 다음과 같은 인간에 대한 평가를 상기하게 된다 : "인간의 삶은 짐승만큼 값이 싸다(*King Lear*, II. iv. 266)." "불쌍하고, 헐벗고, 갈라진 동물에 불과하다(*King Lear*, III. iv. 107)." "여우, 부엉이와 둥지(King Lear, II. iv. 107)." "어젯밤 폭풍우 때에, 그런 놈을 하나 보았는데, 그놈을 보니까 사람이 벌레 같은 생각이 들더군. [⋯중략⋯] 장난 심한 아이들이 파리를 취급하듯이 신은 우리 인간을 취급해. 신들은 우리 인간들을 장난으로 죽인단 말야(*King Lear*, IV. i. 33~4)." 하아디는 신빙성 있게 인간의 무의미함과 사소함을 우리들에게 보여준다. 그러한 인간관과 소설의 극적 구조는 우리로 하여금

『귀향』을 현대소설로 분류할 것을 유도한다. 그러나 고전비극에 대한 전후 인용(cross-references)과 고전의 위대성에 대한 환기는 『귀향』을 고전비극의 반열에 놓게 하기에 충분하다고 말할 수 있다.

Works Cited

1. Texts :

Hardy, Thomas. *The Return of the Native*(1878). ed., Gindin, James. New York. London : W. W. Norton & Company. 1969.

Hardy, Florence Emily. *The Life of Thomas Hardy* 1840~1928. London : Macmillan, 1975.

2. References :

Alcorn, John. *The Nature Novel from Hardy to Lawrence*. London : Macmillan, 1980.

Anderson, Marcia Lee. "Hardy's Debt to Webster in *RN*", *Modern Language Notes*. Vol. 54. Nov. 1939.

Brennecke, Earnest. "Thomas Hardy's first Real Play", *New York Times Book Review*, 30 Dec. 1923.

Cooper, Lane. *The Poetics of Aristotle*. Boston, 1923.

Flaubert, Gustave. *Madam Bovary*, Tr. by Hopkins. London, 1959.

Gwynn, Frederick L., "Hamlet and Hardy", *Shakespeare Quarterly*, Vol. iv., 1953.

Ibsen, H. *Collected Works*, Vol. x. London, 1909.

Lawrence, D. H. *Sons and Lovers*(1913), Harmondsworth, 1948.

──────. *Women in Love*(1920), Harmondsworth, 1960.

──────. *The Complete Poems of D. H. Lawrence*, ed. V. de Scla Pinto & Warren Roverts. 1964.

Pinion, F. B.(ed). *Thomas Hardy and the Modern World*. The Thomas Hardy Society, 1974.

Schopenhauer, Arthur. *The World as Will and Idea*, Vol. III. London, 1909.

Stallman, Robert Wooster. "Hardy's Hour─Glass Novel", *Sewanee Review* LV(spring), 1949.

Webster, H. C. *On a Darkling Plan*. Chicago : UCP, 1947.

Webster, J. *Complete Works(The White Devil)*. ed. Lucas. London, 1927.

2.『캐스터브리지 읍장』헨처드와 리어, 맥베드의 파멸 비교

1) 서론

『캐스터브리지 읍장』(*The Mayor of Casterbridge*, 1886)의 서문에서 하아디는 "이 소설은 한 남자의 행위와 성격에 대한 연구다"[1] 라고 쓰고 있다. 사실상 이 남자 주인공 헨처드의 성격을 중심으로 처음부터 끝까지 소설의 통일성이 유지되고 있다. 소설의 초반부에서 하아디는 이 주인공이 비뚤어진(perverse) 성격을 가지고 있다고 분명히 말한다. 계속해서 하아디는 독자에게 헨처드는 충동적이고 발작적이며 자기 멋

─────────────

[1] Thomas Hardy, *The Mayor of Casterbridge*, ed. James K. Robinson(New York : W. W. Norton & Company, 1977), p.1(이후 이 책을 텍스트로 하고 인용문 다음에 면수만 밝히겠음).

대로 방자한 성격을 지니고 있음을 상기시킨다. 주인공에 대한 독자의 동정심을 유도하려고 하지 않는다. 더구나 아침에 깨어나서 집시들(gypsies)이 그들의 쓸모없는 말을 팔아 버리듯이 자신이 정말로 마누라를 팔아 버렸다는 것을 알았을 때의 헨처드의 모습을 소름끼치게 보여줌으로써 그의 아내를 경매한 죄악의 극악무도함을 변명조차 허용하려고 하지 않는다. 하아디는 헨처드가 후회하고 있다는 사실마저도 언급하지 않고 침묵하고 나서 헨처드의 맹세(oath)에서 독자가 좋아하는 어떤 결론을 끌어내는 것을 우리의 판단에 맡긴다. 하아디는 헨처드가 자신의 아내와 딸을 찾기 위해서 해야만 했던 고통에 대한 상세한 설명을 하지 않는다. 여기서 하아디가 독자의 판단, 즉 인식자의 역할을 중시했다는 점에서 독자반응이론의 효시를 느끼게 한다(Selden, 118). 오히려 너무도 솔직하게 헨처드의 자기 중심성(self-centeredness)을 드러낸다. 그러한 성격은 다음의 경우에서 명백하게 드러난다. 헨처드는 그의 아내의 상실감에 관심이 있는 것이 아니고, 그의 불명예 때문에 그의 아내의 온순함과 순박함을 비난한다.

"하지만 그 사람은 내가 그런 소리 할 때는 제정신이 아니란 걸 알고 있어" 하고 그는 소리쳤다. "좋아, 그녀를 찾을 때까지 쏘다니지. 붙들어야지. 그 여편네는 나를 이런 수치 속으로 몰아넣는 것이 나쁜 짓이란 걸 왜 몰랐단 말인가!" 하고 부르짖었다. "내가 내 정신이었다면 이상할 것도 없지. 바보스럽게도 그렇게 순진하다니. 수잔(Susan)다운 일이야. 순해 빠졌어 —그 순함이 나에겐 악하듯 악한 기질보다 해를 더 많이 입혀 놓았어!"

('Yet she knows I am not in my senses when I do that!' he exclaimed. 'Well, I must walk about till I find her ⋯ Seize her, ⋯ disgrace!' he roared out. '⋯ more harm the bittest temper!)(14)

다음의 경우에서도 헨처드의 그러한 태도는 잘 나타난다.

그러나 더욱 허사인 것은 자기 범죄 행위를 드러내기가 약간 쑥스럽다는 점이 마이클 헨처드의 활동에 장애물이 되었던 것이다. 그런 수색에 효과를 가져오자면 사건의 경위를 큰 소리로 떠들고 다녀야 할 필요가 있는 법이다. 그가 아내를 잃게 된 경위를 설명하는 것 외에는 할 수 있는 일을 다했지만 아직 단서조차 얻지 못하고 있는 것은 분명히 이러한 이유 때문이었다.

("… a certain shyness of revealing his conduct prevented Michael nchard from following up the investigation with the loud hue-and-cry such a pursuit demanded …")(15)

그러나 이야기가 종반으로 진행되면서 독자들은 헨처드에 대해서 동정적일 뿐만 아니라 "헨처드는 성질이 있는 사람이다"라는 하아디의 관점에 완전히 동의하게 된다. 우리는 거대한 능력을 가지고 있어서 완전무결하게 행복하고 성공적인 삶을 유지할 수 있는 사람이 성질(temper), 질투(jealousy), 그리고 "자기 파괴성(self-destructiveness) (Carpenter, 102)" 때문에 고통을 받는 사람에게 연민과 비애를 느끼게 된다.

본고의 목적은 위에서 말한바와 같이 인간 세계에서는 있음직하지 않은 반도덕적이고 패륜적인 행위(처자 매매)를 저지르고 나서 그 보상으로 20년간 금주를 맹세하면서 성실하게 일해서 사업적으로 성공하고 읍장(Mayor)의 지위에 올랐다가 급전락하는 헨처드의 삶의 과정을 통해서 그 파멸 원인을 규명하고, 작가 하아디의 소설적 구상에 영향을 준 성서적 인유와 리어, 맥베드의 비극적 유사성을 지적하려고 한다.

헨처드가 특이한 성질을 가지고 있다고 전제하는 것을 보면 하아디가 이 소설에서도 전형적인 자연주의 소설의 형식을 따르고 있다는 것을 짐작할 수 있다. 여기서 자연주의 소설의 일면을 살펴보자.

"전형적인 자연주의 소설의 형식은 한 인간의 발전을 그 혈통(기질)으로부터 시작하여 환경의 영향을 통하여 줄곧 추적하려는 욕구로부터 비롯되는 경우가 많다(Furst and Skrine, 47)." 하지만 헨처드의 비참한 몰락을 철저하게 부각시키면서도 동시에 그의 숭엄한 인간적인 풍모를 암시하려고 했다는 점에서 하아디의 이원적 시각(double vision)을 이 소설에서도 우리는 엿볼 수 있다.

자연주의자로서 하아디는 인간이란 자신의 힘으로 감당하기 어려운 '자연 법칙'의 내외적인 힘(여기서는 성격)에 의해서 끌려 다니다가 그의 가장 소중하고 더욱 이기적인 소망은 실패의 운명을 맞이하게 된다고 믿는다. 반면에 인도주의자로서 하아디는 인간의 품위를 중히 여기고 인간의 소망을 가치 있는 것으로 본다. 따라서 인도주의자로서 하아디는 인생의 목표를 높이 겨냥하는 자를 중시하고, 그들이 실패한다 해도 그 실패에서 의미를 찾으려고 하는 것이다. 이처럼 하아디는 인간의 운명에 대해서 자연주의자적 견해를 가짐과 동시에 인간적인 소망의 내적 가치를 강조하고 있다는 점에서 우리는 그의 이원적 인생관을 찾을 수 있다.

2) 성격적 결함

이 소설에서 발생하는 몇 가지 사례는 우리에게 그리스 비극 『에디퍼스왕』(*Oedipus Rex*)의 많은 부분을 상기시켜 준다. 그러나 에디퍼스왕과는 달리 헨처드는 과거의 죄나 저주 때문이라기보다 자신의 성격적 결함 때문에 파멸되어 간다. 그는 과거에 죄를 범하고 지금은 때때로 죄의식을 느낀다. 그러나 어떤 초자연적인 힘도 그로 하여금 자신의 죄에 대한 보상을 하도록 강요하지 않는다.

그의 고약한 성미와 강한 술기운하에서 그는 인간과 동물의 차이를 망각하고 주점(refeshment tent)에 있는 사람들에게 다음과 같이 말한다 :

"저 집시들이 그들의 늙은 말들을 팔아 치우듯 아내가 있기는 하지만 필요치 않은 사람들이 왜 그들을 처분하지 못하는지 그 이유를 알 수 없단 말이야. 왜 여편네들은 필요로 하는 사람들한테 경매에 붙여 팔지 못하지? 이봐요들, 살 사람만 있다면 당장 내 것을 팔겠소" 하고 주점 안의 그 남자가 말했다.

(For my part I don′t see why men who have got wives and don′t want ′em, shouldn′t get rid of ′em as these gipsy fellows do their old horses. Why shouldn′t they put ′em up and sell ′em by auction to men who are in need of such articles? ··· I′d sell mine this minute if anybody would but her!)(7)

오늘날의 독자들에게는 있을 수 없을 것같이 보이는 것이 하아디의 세계에서는 가능한 것인가. 그 지역에서는 낯설은 한 선원이 5기니(five guineas)에 헨처드의 아내를 산다. 다음날 아침 깨어나서 모든 것이 꿈이 아니고 아내와 딸을 이미 팔아 버렸다는 것을 알게 된다. 그는 그의 아내 수잔(Susan)과 딸 제인(Elizabeth Jane)을 찾아 나선다. 그러나 아내와 딸과 선원은 이미 그 지역을 떠났다는 것을 결국 알게 된다. 이 일이 있은 후 여러 해가 지나고서야 이야기가 다시 시작된다. 사실 독자는 어떻게 해서 헨처드가 보잘것 없는 건초다발을 묶는 사람(hay-trusser)의 신분에서 사업상으로 성공한 곡물상이 되었고, 마침내는 캐스터브리지 읍장이 되었는가에 대한 정확한 비밀을 알지 못한다. 이 부분에 대해서도 하아디는 침묵을 지키고 독자의 상상력을 유도한다. 하지만 일단 사업상의 많은 복잡성과 인물들이 그의 삶에 개입하게 될 때, 우리에게는 그의 삶의 영고성쇠의 모든 과정을 관찰할 수 있는 특권이 허용되는 것이다. 헨처드의 처신을 관찰하고 검토해 보도록 열려 있고 그의 정신적인 변천도 그러하다. 하아디의 성격 창조의 우수성은 독자로 하여금 인간의 모든 감정과 약점을 지니고 있는 살아 있는 사람으로서 헨처드를 충분히 평가할 수 있도록 주인공을 발가벗기는 데 있다고 보겠다. 여기서 하아디의 인물 창조에 관한 세실(David Cecil)의 의견을 일견해 보겠다.

하아디의 창조력은 또한 그의 작중인물들 속에 또한 나타난다. 실상 그렇지 않았던들 그는 대 소설가가 될 수는 없었을 것이다. 왜냐하면 소설이란 인간에 관한 이야기인즉, 그 인물이 수긍할 만한 인간이라고 느껴지지 못한다면 그런 이야기는 우리의 마음을 조금도 동화시킬 수 없기 때문이다. 하아디의 소설은 우리를 감동시킨다.

(Hardy's creative power also shows itself in his character. Indeed, he would not have been a great novelist if it had not. For a novel is a story about human being, and if we are not made to feel they are convincing human beings their story does not move us. Hardy's stories do move us.)(Cecil, 118)

뉴손 씨(Mr. Newson)의 미망인이라고 부르는 이제는 중년 여인이 된 수잔이 캐스터브리지에 딸과 함께 등장한다. 그리고 나서 주점 노파(furmity woman)가 그녀의 전남편에 대한 수소문에 관해서 다음과 같이 말해 준다.

그의 아내를 팔았던 그 사람이 그 다음해의 장날에 여기 와서 만약 어떤 여자가 자기를 찾으면 그는—가만 있자, 어디라더라?—캐스터브리지—맞았어—캐스터브리지에 가 있다고 말해 달라고 나한테 은밀히 청하더란 말씀이야. 하지만 제기랄, 그 사건은 염두에 다시 떠올리지도 말았어야 했는데!

(… came back here to the next year's fair, and told me quite private like that if a woman ever asked for him I was to say he had gone to … Casterbridge …)(18)

캐스터브리지에 들어서자마자 그들은 읍 주민들이 불평하는 것을 들었다. 왜냐하면 사업상의 맹목적인 이기심이 "이번 주에 들어와 가난한 사람들의 배가 바람 불어넣은 방광처럼 불룩해지게 만들었기 때문(made all the poor volks' insides plim like blowed bladders)(24)"이다. 사람들은 좋은 빵마저 얻을 수가 없게 되었다고 하면서 그 모녀에게 다음과 같이 말한다.

"지금 캐스터브리지에서 성한 빵을 찾느니 차라리 만나(manna-food)[2]를 찾는 편이 더 나을 거요" 하고 그들에게 길을 가르쳐 주면서 말했다. "그들이야 나팔 소리, 북 소리를 울려 가면서 왁자지껄한 저녁 만찬을 들 수 있겠지만" 하면서 이 노상의 좀 떨어진 한 지점을 향해 손을 흔들었다. 그곳에서는 불이 환한 한 건물 앞에 취주악대가 서 있는 모습이 보였다. "우리들한테는 성한 빵 조각이 당장 필요하단 말이오. 지금 캐스터브리지에는 성치 않은 맥주, 성치 않은 빵밖에 없단 말이오." "구정물보다 덜 성한 맥주지요"라고 호주머니에 손을 밀어넣고 있는 어떤 남자가 말했다.

---

2) A substance supplied as food to the children to Israel during their progress through the wilderness.

(··· may as well look for manna-food as good bread in Casterbridge just now. They can blare their trumpets and thump their drums, and have their roaring dinners but we must need be put to for want of a wholesome crust.) (24)

여기서 우리는 곧 곡물상 헨처드 씨가 사람들의 이러한 불평에 책임이 있다는 것을 알게 된다. 킹즈암즈(The King's Arms)라는 호텔의 내부를 열려진 창문을 통해 보면서 우리는 읍장의 인기가 이미 쇠퇴하고 있다는 것을 인식한다. 그가 일어서서 연설하려 할 때 "이봐요! 질 나쁜 빵을 어떡할 셈이요, 읍장님?(Hey! How about the bad bread, Mr. Mayor?)(28)"이라고 외치는 말에 연설은 중단되었다. 호텔 밖에 있던 사람들 중의 한 사람인 솔로몬 롱웨이즈(Solomon Longways)가 제인에게 다음과 같이 말해 준다.

밀, 보리, 귀리, 건초, 구근 등속을 헨처드 씨만큼 크게 장사하고 있는 사람은 없어. 그리고 요즈음엔 다른 것에도 손을 대려 하고 있어. 이것이 그가 저지르고 있는 실수거든. 그는 이곳에 맨주먹으로 와서 이렇게 성공했단 말이야. 지금 저 양반은 이 읍의 기둥이야. 그의 거래처에 공급한 이 질 나쁜 곡물 때문에 금년에 들어와 적잖게 흔들려 왔지.

(Never a big dealing in wheat, barley, oats, hay, roots, and such-like but Henchard' got a hand in it. Ay, and he'll go into other things too ; and that's where he makes his mistake : He worked his way up from nothing when 'a came here ; and now he's a pillar of the town. Not but what he's been shaken a little to-year about this bad corn he has supplied in his contracts.)(28)

위에서 보는바와 같이 자신의 능력의 한계를 몰랐기 때문에 헨처드는 이미 자신의 인기를 흔들리게 했다. 그의 퇴락은 주로 자신의 성격적인 결점에 기인한다. 그리고 그의 성격적인 결점은 다른 사람의 이익을 희생시켜서라도 자기의 이익만을 추구하려는 데 있다. 그리고 그러한 성격은 변할 기미가 없다. 자신의 책임을 수용하고 손실을 스스로 감수해서라도 사람들에게 보상하려고 하지 않는다. 더구나 그는 가벼운 충동에도 20년 전에 아내를 쫓아 보낼 때 보였던 것과 같은 노기를 보인다.

헨처드는 자신의 불행의 대행자일뿐만 아니라 희생자이다. 그는 적절하게 자신의 능력을 판단할 수가 없다. 그는 감정의 노예다. 그는 격렬하고, 질투심이 많고, 교만하고, 횡포를 부린다. 그가 많은 선량한 기질을 가지고 있음에도 불구하고 사랑을 증오로 바꾸고, 고독과 모든 사람으로부터의 단절로 인하여 고통을 받고, 결국에는 철저하게 세상으로부터 망각되기를 소망한다. 여기에 대해서 웨버(Carl Weber)도 같은 맥락에서 그의 성격을 지적하고 있다.

우리는 마이클 헨처드의 특성의 카탈로그를 가지고 있다. 위대한 재능, 거대한 노동력, 신체적인 강인성, 정다운 성품, 성급한 기질, 가족으로부터의 소외, 사업상의 우행, 외국땅에서의 죽음—이 모두가 그를 특징짓는 것들이다.

(There we have the catalogue of Michael Henchard's character. The great parts, the immense capacity for work, the physical strength, the affectionate nature, the irritable temper, the estrangement from his family, the business folly, the death in a foreign land, all are his.)(103)

또한 그의 비통한 유언을 통해서 이 점을 확인할 수 있다.

엘리자베드 제인 파프레이에게 내 죽음을 알리거나 혹은 나 때문에 슬퍼
하지도 말게 하시오.

나를 교회 묘지에 묻지 마시오.

조종을 울리도록 교회지기를 청하지 마시오.

어느 누구라도 내 시체를 보는 것을 나는 바라지 않는 바이오.

내 장례에 조문객이 따르지 말도록 하시오.

내 무덤에 꽃을 심지 마시오.

어느 누구도 나를 기억하지 마시오.

이 유언장에 나는 서명하노라.

마이클 헨처드

'That Elizabeth-Jane Farfrae be not told of my death, or made to grieve on
account of me.

'& that I be not bury'd in consecrated ground ···

'& that no flours be planted on my grave.

'& that no man remember me ···

'To this I put my name.

사람들이나 환경을 변화시킬 수도, 바랄 수도 없는 비통함으로 가득
한 채 헨처드는 살아 있는 모든 것들(가족, 사회, 그리고 자연)과 철저하
게 자신을 격리시킨다. 다이아몬드 단추가 달린 옷을 입은 읍장이며
"캐스터브리지의 기둥(28)"인 헨처드로부터 "자신의 장례에 조문객이
따르지 말도록 하시오(254)"라고 유언하는 사람까지의 거리는 너무나
멀다. 그러나 헨처드는 계속해서 실수할 만큼 완고하고, 좋은 충고를
따를 수 없는 사람이었기 때문에 이 먼 거리를 여행하는 데 오래 걸리
지 않는다. 즉, 파멸의 속도는 너무 빨랐다. 더구나 그는 그 고약한 성

미를 버릴 수 없었다. 우리는 여러 경우에 그것을 얼핏얼핏 본다. 특히 아내를 파는 장면에서, 거대한 만찬장에서, 아벨 휘틀(Abel Whittle)이 반나체로 일터에 가야 한다고 헨처드가 주장했을 때 휘틀과의 관계에서, 그리고 마침내 파프레이(Donald Farfrae)와의 관계에서 분명하게 드러난다. 그는 그의 사랑과 애정을 파프레이에게 강요하고 돈과 지위를 제공할 만큼 충동적이다. 그러면서도 사람들이 파프레이의 상식과 실제성에 호감을 보이면 금방 불쾌하게 생각한다. 자신에 대한 사람들의 많은 칭찬이 파프레이에게로 옮겨지고 있다는 것을 감지했다. 모든 것을 무시해 버리는 대신에 헨처드는 파프레이에 대한 사람들의 호감에 대한 더 많은 사실을 유도함으로써 자신의 감정을 상하게 하는 데 약간의 잔인한 쾌감을 찾는 것 같다. 그리고 그는 가장 친한 친구로 여겼던 사람에 대한 증오감으로 가득 찬다. 그의 너그러운 우정을 거부하고 그는 증오와 시기, 그리고 경쟁심을 마음에 품는다. 그의 순박한 아내는 그들 모두의 선함이 어디에 있는가를 알고, 엘리자베드와 파프레이를 한데 합치게 하려고 노력한다. 그러나 헨처드는 자신의 파멸을 초래할 수 있는 힘을 타고났기에 엘리자베드에게 파프레이가 구혼하는 것을 막을 뿐만 아니라 사업과 인기 면에서 그와 경쟁할 것을 주장하면서 파프레이를 자신의 적이라고 공표한다. 시기와 적개심, 고집으로 충만한 그는 교회 사람들에게 시편 제109장(Psalm, 109)을 부르도록 한다.

…… 재빠른 파멸이 곧 그의 종족 위에 내리 덮여, 다음 세대에 그의 미움받던 이름은 완전히 사라질 것이네.

(A swift destruction soon shall seize

On his unhappy race ;

And the next age his hated name

Shall utterly deface.)(178)

파프레이가 지나갈 때 헨처드는 공개적으로 "우리가 노래한 사람이 있다(There's the man we've been singing about)(179)"라고 말한다. 하지만 이 노래가 아이러닉하게도 자신에 관한 노래라는 것을 모르고 있는 것 같다. 그래서 공개적으로 자신의 감정을 표현하면서 그는 교회 사람들의 눈앞에서, 심지어 자신의 눈앞에서 자신을 더욱더 깎아 내리고 있는 것이다. 왜냐하면 그가 바로 퍼스펙티브를 갖고 파프레이를 자신의 상상력이 이끄는 대로가 아니라 있는 그대로 볼 수 있는 순간들이 있기 때문이다. 킬리(Robert Kiely)가 "헨처드의 자신에 대한 지식은 너무도 불완전해서 타인에 대한 이해심이 동일시 아니면 반대라는 단순한 이분법에 한정된다(his understanding of identification or opposition)(Kiely, 191)"라고 관찰한 것은 적절하다고 보여진다. 헨처드가 파프레이에게 매력을 느꼈을 때 그는 파프레이가 자신의 형제를 닮았다고 생각하고 오로지 장점만을 그에게서 찾았다. 그러나 그가 일단 자신에게 등을 돌리고 나면 파프레이를 악의 화신으로 보았다.

국왕 파아티(the Royal Party)에서의 헨처드의 처신은 자신의 굴욕을 스스로 초래하고 있다는 것을 잘 보여주고 있다. 그가 더 이상 의원이 아니었기 때문에 그는 국왕 방문 파아티(the Royal visitor party)에 참석한 의원들과 함께 하도록 허용될 수가 없었다. 하아디는 우리에게 "자기의 일시적인 변덕에 지나지 않았지만 여러 사람의 반대가 그 변덕을 하나의 결심으로 결정시켜 주었다(It had been only a passing fancy of his, but opposition crystallized it into a determination)(202)"고 말한다. 헨처드는 모든 읍내 사람들 앞에서 자신의 품위를 격하시키고 있다. 모든 사람들은 정장을 하고 있었지만 헨처드는 그의 "지난날의 좀먹고 바랜 옷을 입고 있었다(in his fretted and weather-beaten garments of bygone years)(203)."

그가 국왕과 악수하려고 앞으로 나왔을 때 파프레이가 끼어들 수밖에 없었고, 우리는 그의 망신에 대해서 헨처드 자신 이외에 누구도 탓할 수가 없다.

그의 자멸적인 기질 중의 또 하나는 완고함(doggedness)이다. 일단 실수를 하고 나면 그는 사정을 호전시키길 꺼려한다. 그는 엘리자베드에 관해서 뉴손에게 거짓말을 하고 나서 사실이 탄로날 것을 두려워한다. 그는 상황을 호전시킬 기회가 있지만 사양한다. 사실을 고백해서 용서를 구할 수 있는 적절한 기회가 있었는데도 그는 엘리자베드로 하여금 자신을 나쁘게 생각하게 만든다. 엘리자베드가 그를 비난할 때만 해도 그가 어떻게 자신의 아내에 의해서 속아 왔는가를 말했었더라면 엘리자베드는 사정을 다르게 이해할 수도 있었을 것이다. 그는 누구에게도 사랑, 애정, 그리고 이해를 호소할 사람이 아니다. 하아디는 우리에게 그의 성격에 대해서 다음과 같이 말하고 있다. "그러한 변명을 방해하는 많은 장애물 중에서도 힘들여 호소하여, 혹은 논리 정연한 논쟁을 하여 자신의 고통을 덜기 위해서는 자신을 대수롭게 생각하지 않는다는 것이 적지 않았다(Among the many hindrances to such a pleading not the least was this, that he did not sufficiently value himself to lessen his sufferings by strenuous appeal or elaborate argument)(250)."

3) 우연과 환경

비록 헨처드가 자신의 파멸(doom)을 초래했다는 것이 분명할지라도 우리는 우연(chance)과 환경(circumstances)이 그의 삶에서 큰 역할을 했다는 것을 간과할 수 없다. 심술궂은 우연에 의해서 수잔의 편지가 개봉되고, 그는 너무도 일찍 엘리자베드에 관하여 알게 된다. 더구나 수잔이 그에게 시초에 사실을 말했었더라면 분규는 일어나지 않았을 텐데. 왜냐하면 그가 엘리자베드를 사랑하고 싶은 마음이 생겼을 때 그는 진정으로 그녀가 자신의 혈족(kin)이 아님에도 불구하고 그녀에 대한 부정(fatherly love)을 느낀다. 그리고는 드디어 그가 그의 외로움을 앗아갈 누군가를 발견했을 때 오랫동안 죽은 것으로 생각했던 뉴손이 나타나서 엘리자베드를 그에게서 빼앗아 간다. 뉴손의 등장은 그에게 복수를 하기 위해서 온 징벌적인(vindictive) 운명의 등장과 같다. 왜냐하면 취중에 그가 모르는 사람에게 자신의 딸을 팔아 버렸기 때문이다.

헨처드의 명성이 이미 기울고 있었지만 주점 노파의 등장과 약 20년 전의 헨처드의 행위에 대한 폭로는 그에 대한 사람들의 여론을 악화시킨다. 신임 읍장이 부재중이어서 헨처드가 주점 노파를 재판하기 위해서 판사석에 앉게 된 것도 심술궂은 우연의 꼬임이었다. 그러나 여기서 우리가 주목할 것은 헨처드는 진솔하게 자신의 죄를 고백한다는 것이다. 인간적인 덕목이라고 생각하지 않을 수 없다. 작가의 인도주의적인 의식의 일면을 볼 수 있는 부분이다. 그는 자신의 지위를 이용해서 노파를 침묵시킬 만큼 실리적이거나 세속적이지 않다. 그와는 대조적으로 그는 솔직하게 "분명합니다('Tis as true as light)"라고 말한다. 어떤 벌이라도 받겠다는 자세다. 우리는 그의 근본적인 정직성을 감탄하지 않을 수 없다. 그러나 이 동일한 덕목이 공적으로 그를 치욕스러운 것으로 격하시키고 있다. 우리는 "그는 자신의 지난날의 행동에 대한 어떤 유감의 뜻이나 변명을 그녀 앞에 한 일이 없었다. 자신의 죄를 가볍게 하려 함이 없이 잘못이 있으면 비난받아 가면서 살아가는 것이 그의 기질의 일부분이었다(It was a part of his nature to extenuate nothing, and live on as one of his own worst accusers)(251)"라고 말하는 하아디의 진술을 확신할 수 있다.

헨처드가 많은 인간적인 약점을 지니고 있다고는 해도 많은 덕목을 지니고 있기 때문에 그의 고통, 불행, 굴욕, 그리고 외로움에 대해 우리

178

또한 고통스러운 것이다. 그가 단지 자신의 선함과 세상사를 이해했었더라면 그는 행복하고 성공적인 사람이 되었었을 것이라는 유감을 가질 수밖에 없다. 그는 잔인하거나 비인격적이지 않다. 그는 오직 세련되지 못할 뿐이고 비실제적이다. 그는 휘틀에게는 관대하지 못하지만 휘틀의 어머니에게는 친절해 왔다. 그가 충동적일 때까지도 그는 우리에게 성격의 강직한 일면을 보여준다. 그는 루시타(Lucetta)를 배반하려고 한다. 하지만 그렇게 할 수가 없다. 그는 거칠은 면이나 미숙한 면에서는 히드클리프(Heathcliff)와 동질성을 가지고 있으나 히드클리프처럼 악의가 있는 것은 아니다. 그는 파프레이를 죽이고 싶었으나 그렇게 할 수는 없었다. 술에 탐닉해 온 많은 사람들이 헨처드가 할 수 있었던 것 만큼 많은 세월 동안 금주를 한 경우가 많지는 않다. 그의 정의감에 대한 확실한 증거는 그가 파프레이와 싸울 때 자신보다 파프레이가 약하다는 것을 알고 그의 약점을 이용하기가 싫어서 자신의 한 손을 묶어 놓고 싸웠다는 사실에 있다.

　여기서 하아디의 구성상의 전략을 엿볼 수가 있다. 레인(Craig Raine)의 다음의 말을 살펴보자.

　전략상으로, 마지막의 장들에서 하아디의 문제는 소설의 여러 부분에서 헨처드가 난폭하고, 성질이 급하고, 침울하고, 고집 세고, 잘못 길들여지고, 복수심이 강하고, 이기적이면서도 거짓말쟁이로 묘사될 때 어떻게 그를 동정적이면서도 비극적인 인물로 만드느냐이다. 물론 이러한 부정적인 특질들이 헨처드의 긍정적인 면, 즉 그가 파산된 중에서도 보여주는 고귀한 처신들과 균형을 유지하고 있다.

(Tactically, Hardy's problem in the final chapters is how to make Henchard a symphatetic and, therefore, tragic figure, when, far so much of the novel, he has been portrayed as bulling, irascible, moody, headstrong, misguided, vengeful, egoistical and mendacious.

Of course, these negative qualities are held in balance, if only just, by Henchard's positive qualities : his honourable behaviour during his bankruptcy : ⋯)(159)

하아디는 헨처드에 관해서 여러 번 "외로운"이라는 별명(epithet)을 사용한다. 파프레이가 노래하는 것을 들을 때 헨처드는 "내가 너무도 외롭기 때문이겠지. 그자가 내 말대로 머물러만 준다면 나는 내 사업의 삼 분의 일이라도 떼 줬을 거야!(44)"라고 반성한다. 파프레이가 그의 고용을 수락한 바로 그날 헨처드는 그의 아내에게서 소식을 듣고 즉시 파프레이에게 "파프레이, 나는 외로운 사람이오. 말을 걸 사람이 아무도 없어(59)"라고 고백한다. 그리고 계속해서 그는 "…… 어느 가을 내가 그곳에 묵고 있을 때 난 병으로 아주 자리에 눕게 되었다오. 병 중에 나는 내 가정 생활의 외로움 때문에 내가 가끔 겪는 우울한 기분에 빠져 들었다오. 그때는 세상이 온통 지옥같이 어둡기만 하고 난 욥(Job)[3] 처럼 내 출생일을 저주하기에 이르렀다오(60)"라고 자신의 외로운 삶을 이야기한다. 자신의 외로움에 대한 설명은 소설 전체를 통해서 계속된다. 여기서 하아디는 우리에게 고독에 시달리고 스스로를 사회와 소외시켜서 세상에 적응할 수 없는 현대적 주인공의 모습을 상기시킨다. 자의식은 강하지만 더불어 살아가는 공동체적 의식이 결핍된 반사회적, 반역사적, 반윤리적인 모더니즘 주인공의 특성을 볼 수 있다.

---

3) 히브리의 족장. 하느님에 대한 믿음이 두터웠으며 모든 고난을 이겨낸 그의 생활은 구약성경의 욥기에 기록되어 있음. "Let the day wherein I was born, and the night in which it was said, there is a man child conceived(Job 3:3)."

4) 고전비극과의 유사성

『캐스터브리지 읍장』은 고전문학과의 동질성도 가지고 있다. 모이나한(Julian Moynahan)이 「『캐스터브리지 읍장』과 『구약성경』의 사무엘 I 서」("*The Mayor of Casterbridge and the Old Testament's* First Book of Samuel")에서 지적한바와 같이 우리는 싸울왕(King Saul)과 헨처드, 그리고 다윗(David)과 파프레이 간의 많은 유사성을 발견한다. 몇몇 사건과 묘사가 너무도 흡사하다. 다윗의 능력과 인기가 싸울에게 공포감을 주어서 싸울이 그를 죽이려고 했듯이 파프레이의 지식, 통찰력, 그리고 행실 때문에 사람들이 그를 좋아한다는 것을 알고 헨처드가 반응하는 것과 동일하다. "파프레이를 생각하면 아직도 약간 두려웠다(78)." 그의 기본적인 인간성이 그의 뜻을 이루려는 것을 저지하기는 했지만, 헨처드는 온 힘을 다해서 그를 파괴하려고 했다. 『읍장』을 쓰면서 하아디가 싸울의 이야기를 염두에 두었음에 틀림없다. 왜냐하면 파프레이를 묘사하는 데 있어서까지도 다윗의 묘사와 너무 흡사함에 우리는 놀란다. 파프레이에 대해서 우리는 "외모가 아주 귀엽게 생긴 젊은이였다(29)"라는 글을 읽을 수 있다. 이제 다윗에 관한 다음과 같은 묘사를 살펴보자. "Now he was ruddy, and withal of beautiful countenance, and goodly to look to"[4] 여기서 우리는 파프레이의 외모를 묘사하는 것과 똑같은 느낌을 갖는다. 더구나 골리앗(Goliath the Philistine)은 그를 "젊고 혈색이 좋은 준수한 용모(… a youth, and ruddy, and of a fair countenance)"(I *Samuel*, 17:42)를 지니고 있다고 알았다. 헨처드가 일기예보자에게 가서 자신이 올 것에 대한 예보자의 선견(foreknowledge)에 놀랄 때 하아디는 "헨처드는 사무엘(Samuel)의 대접을 받는 싸울 같은 느낌

---

4) A Striking echo of description of David in I *Samuel* 16:12 and I *Samuel* 17:42.

이 들었다(143)"[5] 라고 말한다. 다윗의 하아프(harp)가 고통에 처한 싸울을 진정시켰듯이 파프레이의 음악은 헨처드를 매혹시켰다. 싸울과 헨처드는 처음에는 젊은이를 좋아하고 그로 하여금 그들 자신이 나중에 부러워할 만한 자리를 갖도록 도와준다. 그러나 그들 둘 다 젊은이에게 자리를 내주게 된다.

헨처드가 일기예보자 포올(Fall)에게 가서 앞날을 알고자 했을 때 우리는 사무엘의 유령을 불러내는 마녀에게 가는 싸울왕을 상기할 뿐만 아니라 맥베드(Macbeth)가 자신의 운명을 알아보기 위해서 마녀에게 가는 것을 상기할 수 있다. 그 예언이 다소 맥베드의 행위의 원인이 되었듯이 포올의 예언은 헨처드의 파멸을 완성한다.

헨처드가 가장 많이 닮은 과거의 비극적 인물은 리어왕(King Lear)이다. 소설의 시작에서 헨처드가 "자, 그러면 일어서도록 해, 수잔. 선을 보여야지(9)"라고 말하고 나서 5기니에 그녀를 팔겠다고 말할 때 리어왕이 코델리아(Cordelia)를 다음과 같은 말을 하면서 버어건디(Bur-gundy)에게 제의하는 것을 상기하게 된다.

그러나 이제 저애의 값은 떨어졌소. 공이여, 저애가 저기 서 있소.

(But now her price is fallen,

Sir, there she stands.)(*King Lear* 1, i, 199)

『리어왕』과 『읍장』의 처음 장면에서 주인공은 경솔한 행동 때문에 우리들의 공감을 상실한다. 이러한 조급한 행동과 우행은 그들의 성격상의 결함에서 연유된다고 본다. 즉, 그들은 극단적인 이기주의로 시달

---

5) See I *Samuel* 9:15~24, in which Saul asked the "Woman that hath a familiar spirit at Endor" to bring up Samuel.

린다. 코델리아가 리어왕의 자만심을 손상시켰기 때문에 리어왕이 그
녀를 버렸듯이 헨처드는 그의 아내와 딸이 자신의 높은 희망과 이상의
좌절의 원인이라고 생각했기 때문에 그들을 제거해 버렸다. 이기적인
성격과 조급함이 리어에게 있어서는 고령 때문에 악화되었고, 헨처드
에게서는 술에 의해서 더욱 심해졌다. 코델리아를 버리는 것만큼이나
수잔을 파는 것은 부자연스러운 행위이다. 두 경우에서 독자는 주인공
의 광적인 결심에 공포감을 느낀다. 여기서 우리는 역시 레온떼
(Leontes)가 유사한 발작 증세로 헨처드만큼이나 비인간적으로 자신의
아내를 제거하는 『겨울 이야기』(*A Winter's Tale*)를 연상한다. 이야기가
다시 시작되기 전에 16년이 지나간다.

　리어왕과 헨처드는 그들의 권력을 하급자들에게 넘겨 주고 자신들의
권위의 상실을 후회한다. 비참함을 느끼면서 헨처드는 자신이 육체적
인 면에서 파프레이보다 더 강하다고 생각하면서 스스로 위로한다.
"그자에 관해 이야기하자면, 그자가 나를 압도하고 나를 번쩍 들어내
버린 것은 그자의 노래에도 원인이 있어―나는 그자에게 보복할 수도
있었지만 말이야―그렇게 하지는 않아. 그는 부지깽이를 무릎 위에 걸
치더니 나뭇가지 다루듯 구부려 내팽개쳐 버리고 문에서 물러났다
(179)." 이처럼 파프레이로부터 당했다는 자괴감을 육체적인 우월감으
로 보상한다. 그와 유사하게 완전한 무력감에서 리어는 그의 젊음의 용
맹성(valour)을 다음과 같이 말한다.

　　낫같이 생긴 날카로운 칼을 가지고
　　내가 그놈들을 몰아낸 때도 있었지.

(I have seen the day, with my good biting falchion
I would have made them skip.)(*King Lear*, V, iii, 276~7)

리어가 자신의 스스럼 없는(unreserved) 선물의 불쾌한 수취인에게 저주를 퍼붓듯이 헨처드는 시편 109장(Psalm, 109)의 신의 벌을 선고하는 절(verse), 10절에서 15장까지를 그에게 불리워지도록 시킨다. 리어는 거너릴(Goneril)에게 복수하도록 도와주길 자연에게 애원한다.

…… 이년의 자궁 속에다 자식 못 낳는 기운을 집어넣어 주소서. 저년 몸 속에 있는 생식의 기관을 말려 버리시고,

저년의 타락한 육체에서 저년에게 명예가 될 아기가 결코 나지 않게 해주소서. 만약 할 수 없이 애를 낳게 될 경우에는 미움의 씨로 저년의 자식을 만들어, 그 자식이 살아서 저년에게 흉악한 패륜의 고통을 주게 하소서.

(Into her womb convey sterility ;

Dry up in her the organs of increase ;

And from her derogate body never spring

A babe to honour her! If she must teem,

create her child of spleen, that it may live

And be a thwart disnatur'd torment to her.)(*King Lear*, I, iv, 278~83)

헨처드의 감정도 이에 못지않게 원한을 품고 있다.

그의 씨는 고아들이 되고,

그의 아내는 비탄에 잠긴 과부가 될 것이네.

그의 방랑하는 자식들은 비럭질하지만 어느 하나 구원해 주지 않네.

그의 부정한 재물은 고리대금업자의 밥이 되고,

그의 노동의 열매는

낯선 자들이 죄다 따가 버릴 것이네.

그의 곤궁에 어느 누구 하나
자비의 손길을 뻗칠 사람은 없고,
그의 의지할 곳 없는 고아의 씨에게
구원이라고는 베풀어지지 않을 것이네.
재빠른 파멸이 곧 그의 종족 위에 내리 덮여,
다음 세대에 그의 미움받던
이름은 완전히 사라질 것이네.

(His seed shall orphans be, his wife

A widow plunged in grief ;

His vagrant children beg their bread

Where none can give relief.

His ill-got riches shall be made

To usurers a prey ;

The fruit of all his toil shall be

By strangers borne away.

None shall be found that to his wants

Their mercy will extend,

Or to his helpless orphan seed

The least assistance lend.

A swift destruction soon shall seize

On his unhappy race ;

And the next age his hated name

Shall utterly deface.)(178)

헨처드가 주점 노파를 즉결재판소(Petty Sessions)에서 만나고, 치안판
사가 자기가 재판하려고 하는 죄인이나 다름없는 도덕적인 죄를 범한
범인이라는 것이 판명되었을 때 이 모든 상황이 『리어왕』의 몇 장면들
을 반향한다.

    …… 저기 있는 재판관이 저기 저 바보 같은 도둑놈을 어떻게 꾸짖고 있
    나 봐. 귀로 들어! 두 사람이 자리를 바꾼대도 어느 쪽이 재판관이고, 어느
    쪽이 도둑놈인가 알아내겠니? 〔…중략…〕 누더기를 입고 있으면 뚫어진
    구멍으로 조그마한 죄악도 들여다보이지만 대례복이나 털가죽 댄 저고리를
    입고 있으면 모든 것이 다 감춰져. 죄악에다 금으로 만든 갑옷을 입혀 봐. 날
    카로운 정의의 창도 상처를 못 내고 부러져 버릴 테니. 그런데 죄악을 누더
    기로 무장을 해보지. 난쟁이의 지푸라기도 그것을 꿰뚫을 수가 있을 테니.

    (See how yond justice rails upon yond simple thief.

    Hark in thine ear : change places; and, handy-dandy,

    which is the justice, which is the thief? …

    Through tatter′d clothes small vices do appear ;

    Robes and furr′d gowns hide all. Plate sin with gold,

    And the strong lance of justice hurtless breaks ;

    Arm it in rags, a pigmy′s straw doth pierce it.)(*King Lear*, iv, vi, 151∼54)

리어왕과 헨처드는 충동적이고 유치하고 단순하면서도 어리석다. 그
들은 둘 다 완고해서 사람들의, 혹은 그들 자신의 선함을 판별할 수 없
다. 리건(Regan)이 리어에 대해서 말한 것은 헨처드에게도 적용된다.

"그것도 나이 탓이지. 그런데 아버님께서는 당신의 속마음을 잘 모르시는가 봐(Tis the infirmity of his age ; yet he hath ever but slenderly known himself)(*King Lear*, I, i, 292~3)." 헨처드가 파프레이를 해고한 것은 리어왕이 켄트(Kent)를 해고한 것만큼이나 큰 잘못이다. 그들이 비참한 처지에 있을 때도 그들을 떠나려고 하지 않는 충실한 바보를 가지고 있다. 리어왕의 바보처럼 휘틀도 헨처드에게 섬김을 다하고 마지막 순간까지 그와 함께 남아 있다. 헨처드는 그에게 "아니 휘틀, 나 같은 야비한 놈을 돌봐 주다니 자네는 정말 어리석기 짝이 없는 인간일세!(254)"라고 말한다.

엘리자베드에게 거부당한 뒤 헨처드의 마지막 여행에 대한 휘틀의 설명은 리어의 딸들이 그를 문전박대했을 때, 리어왕의 상태와 너무도 흡사하다. 휘틀 역시 그가 헨처드를 데리고 온 빈집을 발견한다. 그러나 리어와는 달리 그는 엘리자베드가 그에게 오기 전에 죽는다. 과일주의 혼합물을 휘젓는 주점 노파의 모습은 『맥베드』(*Macbeth*)의 마녀를 희미하게 생각나게 하는 것이다. "그 솥 위로 얼굴이 쭈글쭈글한 한 말라빠진 노파가 남루한 옷차림으로 몸을 굽히고 있었다. 그 노파는 커다란 국자로 솥 안의 내용물을 저으면서 이따금 쇠약한 쉰 목소리로 외쳐댄다(17)."

리어와 맥베드처럼 헨처드는 그의 파멸을 초래하는 것은 외부 세계로부터 조금의 도움도 필요 없는 성격상의 결함이 있다. 그는 심리학자들이 말하는 자기 파괴적인 충동을 지니고 있다. 그러므로 그는 현대의 비극적인 인물의 전형이라고 볼 수 있다. 헨처드는 사회로부터의 완전한 격리감을 경험하고, 결국에 가서는 모든 것이 바르게 될 것이라는 확신을 작가는 제공하지 않는다. 소설은 다음과 같은 말로 끝이 난다. "행복은 고통이란 드라마에서나 이따금 발생하는 일화에 지나지 않는다고 생각했다(256)." 도시 사람들은 그들이 중요한 역할은 하지 못해도 그리스 비극의 코러스(chorus)에 비유될 수도 있다. 그들은 헨처드의 썩은 밀을 불평한다. 그들은 노골적으로 사실들을 언급하기를 두려워한다. 그래서 그들은 그들의 인식과 추측에 의해서 앞으로 일어날 일에 대해서 우리에게 말한다. 수잔 뉴손이 헨처드와 결혼할 때 그들은 "그녀가 남편을 잡아먹기 전에 자기의 계획이 실패되길 바라겠어. 그녀한테는 무서운 살기가 서려 있는데 허나 세월이 가면 가셔지겠지(65)"라고 말한다. 후에 우리는 그들이 얼마나 많은 통찰력을 가졌었는지를 인식한다. 그들은 파프레이의 특성을 평가한다. 그러나 그의, 또는 그의 아내의 단점을 지적하는 것을 두려워하지 않는다. 잘못을 저지른 파프레이가 처벌을 받은 후 그들은 그에 대해서 나쁜 뜻을 품지 않고 엘리자베드가 그와 결혼할 때 만족감을 표현한다.

그러나 상처 위의 멋진 반창고로써 그렇게 하는 것이 대단히 좋다고 나는 생각하오. 남자란 그 사람처럼 아내의 무덤 앞에 최상급의 대리석 비석을 세우고 실컷 울고, 한참 생각에 잠겨 있다가 이렇게 혼잣말을 하게 되는 법이지요. 〔…중략…〕 그녀가 애정을 표시하는데도 그녀를 붙들지 않는다면 그로서는 더 어리석은 짓이 없을 거요.

(But as a neat patching up of things I see much good in it ⋯

he may do worse than not to take her if she's tender-inclined.)(236)

사람들은 헨처드의 약점뿐만 아니라 위대성에 대해서도 말한다. 도시의 약점을 우리에게 말해 주는 것은 하아디 소설의 이러한 코러스다. "정말로 우리들 때문에 당신은 이곳에 온 보람도 없소이다. 빌리 윌스 씨(Maister Billy Wills)의 말대로 여기 우리 천민들은 제일 훌륭한 사람이라 해도 때로는 정직하지가 못해요. 겨울철에는 일거리도 없지요.

밥 들어갈 입들은 너무 많지요. 전능하신 하느님께서도 복은 너무도 적게 내려 주시지요. 어떻게 하겠소? 우리는 꽃이며 예쁜 얼굴이며 하는 따위는 생각조차 않는답니다. 생각지 않지—양배추나 돼지 턱 모양에서 말고는(40)."

그녀가 죽기 전의 루시타의 행동에서 우리는 그리스의 휴브리스 (hubris : 파멸 전에 오는 자존심)의 극화를 본다. 루시타가 너무도 자신의 운명과 처지를 자랑스럽게 여겼기 때문에 그녀는 헨처드가 얼마나 많이 파프레이를 도와 왔는지를 망각한다. 루시타는 파프레이의 천재성은 누구의 도움 없이도 어딜 가더라도 기반을 다질 수 있다고 믿는다. 같은 날 루시타는 자신의 자만심에 대한 벌로서 오는 그녀의 수모를 목격한다. 엘리자베드 제인은 정당한 약속이 있음에도 불구하고 운명의 쟁기날(coulter)에 대한 들쥐의 두려움을 가질 만큼 현명하다. 그녀는 신중하고 절제성이 있고 겸허하다.

'나는 어떠한 일에도 너무 즐거워만 하지는 않을 거야' 하고 그녀는 혼잣말을 할 때도 있었다. '그건 신을 유혹하여 어머니와 나를 내동댕이치게 하고 하느님께서 언제나 그러하셨듯이 우리한테 다시 고통을 안겨 주는 일이 될거야.'

(I won't be too gay on any account, she would say to herself. it would be tempting Providence to hurl mother and me down, and afflict us again as he used to do.)(67)

단순한 나레이터를 통해서 하아디가 헨처드의 비극적인 종말을 제시하는 예술적인 방식은 비극적인 파국(catastrophe)을 직접적으로 표현하지 않는 그리스 극을 연상하게 한다. 동시에 하아디는 헨처드의 죽음의 묘사를 뼈에 사무치는 슬픔과 감동을 갖게 한다. 감상적인 면(senti-mentality)이 없기 때문에 더욱 그렇다. 초연하고 철학적인 말(obser-vation)로 가득한 마지막 3개의 단원은 많은 그리스 극의 합창으로 끝나는 것과 비슷하다. 사실상 어떤 말들은 『에디퍼스 왕』(*King Oedipus*)의 마지막 합창의 그것들을 닮았다.

그녀의 경험은 그녀의 것과 같은 한낮의 빛이 길을 어느 중간 지점까지 갑자기 비춰 주고 있는 때라 할지라도 유감스런 인간 세상을 잠깐 사이에 지나가 버리는 의심쩍은 명예가 지나치게 감정을 불러일으킬 수 없다는 것을 그녀에게 올바르게 혹은 그릇되게 가르치는 식의 경험이었던 것이다. 그녀뿐만 아니라 어느 누구도 자격은 적으면서 많이 부여받고 있다는 그녀의 강렬한 생각은 훨씬 많이 부여받아야 마땅할 사람들이 실로 적게 부여받고 있는 사실을 그녀로 하여금 모르게 하지는 않았다. 그리고 자신을 행복한 삶 축에 억지로 끼우면서 자기가 예측할 수 없는 일의 계속성에 한결같이 놀라움을 금치 못했다. 이러한 때면 그녀는 그러한 중단 없는 평온을 성년기에 계속 부여받는 사람은 행복은 고통이란 드라마에서나 이따금 발생하는 일화에 지나지 않는다고 생각했다.

(Her experience had been of a kind to teach her, ··· that the doubtful honour of a brief transit through a sorry world harldy called for effusiveness, ··· her youth had seemed to teach that happiness was but the occasional episode in a general drama of pain.)(255~6)

에디퍼스 티라누스(Tyrannus)의 합창으로 끝나는 장면에서도 비슷한 것을 우리는 읽을 수 있다.

그러므로, 우리들의 눈이 운명지워진 마지막 날을 보려고 기다리는 동안, 우리는 고통에서 벗어나 삶의 경계를 지날 때까지 숙명성을 지닌 인간을 행복하다 부를 수 없다.

(Therefore, while our eyes wait to see the destined final day, we must call no one happy who is of mortal race, until we hath crossed life′s border, free from pain.)(*Oedipus Tyrannus*, 1528～30)

5) 신구세대의 갈등

하아디는 자신의 이야기를 전개함에 있어서 신구 비극적인 예술을 놀랍게 병합한다. 그러나 그 이야기내에서 그는 역시 삶과 사업상에서의 신구 사이의 갈등을 탐구한다. 헨처드는 새로운 문명의 결과인 경제적인 경쟁의 전략 면에서 패배한다. 그가 단순한 젊은이였을 때 그는 "이 땅에서 마초를 베는 일에 나를 당할 자는 없어요. 내가 다시 홀몸만 된다면 백만 파운드짜리가 되겠는데. 그러나 사람이란 기회를 다 놓치고 나서야 이런 일들을 알게 되는 법이거든(7)"이라고 믿었다. 그러나 사업계에서 약간의 경험을 얻은 후에 그는 사업상 성공할 수 있는 요건을 다 갖추지 못했다는 것을 깨닫는다.

사업에서는 힘세고 부지런해야 돈 버는 법이지. 사실이야. 하지만 사업이 틀 잡히게 하는 데는 판단력과 식견이 필요하단 말이야. 불행히도 나는 재주가 없어요. 숫자에 밝지 못해요. 주먹구구식의 사람이지요.

(In my businessm′tis true that strngth and bustle build up a firm. But judgement and knowledge are what keep it established. Unluckily, I am bad at science, Farfrae; bad at figures - a rule o' thumb sort of man.)(37)

헨처드와 같은 단순하고 구식인 사람은 금전 세계의 내막을 모르고 패배한다. 많은 사건의 현장이요, 계속적으로 루시타와 엘리자베드에 의해서 비춰지고 있는 시장은 오늘날의 돈이 지배하는 세계의 상징이다. 이상야릇하게도 헨처드 자신은 사업상의 윤리에 헌신하는 것처럼 보인다. 즉, 그는 수잔을 팔고 다시 그녀를 산다. 그는 사랑보다도 그의 가족의 물질적인 안락을 주는 데 더욱 관대함을 보인다. 그는 루시타에게 그녀와 결혼할 수 없는 보상으로 수표를 보낸다. 이 모든 것은 헨처드 역시 사업적인 성향을 지니고 있다는 것을 보여준다. 그러나 우리는 헨처드의 심성이 상업적으로 완전히 사로잡혀 있지 않다는 것을 느낄 수 있다. 파프레이는 루시타에게 반했으면서도 사업을 늘 생각한다. 그는 사업에 관해서 그녀에게 말하고 사업에 전념하기 위해서 그녀를 떠난다. 헨처드에게서 우리는 그러한 사업에 대한 전념을 찾아볼 수 없다. 그는 오히려 자신의 외로움에서 벗어나려고 애를 쓴다. 그는 파프레이에게 사업상 약간 불리할지라도 그와 늘 함께 하길 원한다고 말한다. 파프레이는 현대적인 상업 세계에 적합한 인물이다. 그래서 그는 헨처드가 실패한 곳에서 성공한다.

이 소설은 역시 세대들간의 비극을 묘사한다. 구세대는 젊고 새로운 세대에게 양보해야만 한다. 헨처드는 선하지만 잔인하고, 그의 낡은 방식과 낡은 기구들은 그를 실패하게 한 반면에 세속성, 새로운 아이디어와 새로운 방식을 가진 파프레이는 성공한다. 하아디는 시골 생활의 변해 가는 여건들을 고통스럽게 인식하고 있다. 문명의 발전, 철로의 신설, 그리고 산업혁명은 다수에게 안락과 쾌락을 주었지만 그것들은 매력 있었던 생활방식을 철저하게 파괴하였다. 낡은 것을 계승해야만 하는 새로운 것의 상징으로서 하아디는 캐스터브리지에 파종기(horsedrill)라고 부르는 신식 기계의 도입을 묘사한다. 그 기계는 파랗고 노랗고 빨갛게 칠해져 있어 전체적으로는 밝은 빛깔로 묘사되었고, 태양 아래서는 환상적인 일련의 회전하는 발광체를 만들어냈다. 모든 사람들은 그것에 매료되었고, 헨처드만이 그것이 도입되는 지혜를 의심했다. 그는 "반짝이는 모든 것이 다 금은 아니다"라는 속담을 신봉하는 사람이다. 그러나 나머지 세상 사람들은 외양의 과시와 신제품에 쉽게 매료된다. 파프레이가 기계를 찬미할 때 우리는 그 기계가 불가피하게 사람들의 삶 속으로 어떻게 흡수되고 있는가를 느낄 수 있다.

이 기계는 이 부근의 커다란 파종에 혁신을 가져올 겁니다. 씨앗 뿌리는 사람들이 씨앗을 널리 던져 길가에, 그리고 가시덤불 속에 씨앗들이 떨어지는 일은 더 이상 없을 겁니다. 낱알 하나하나가 똑바로 제자리에 떨어질 뿐 그 밖의 곳으로는 절대로 떨어지는 일이 없을 겁니다.

(It will revolutionize sowing heerabout! No more sowers flinging their seed about broadcast, so that some falls by the wayside and some among thorns, and all that. Each grain will go straight to its intended place, and nowhere else whatever!)(130)

파프레이는 현대적인 모든 것의 도입에 의해서 삶의 만족을 가져올 것을 믿는 로오렌스(D. H. Lawlence)의 『연애하는 여인들』(*Women in Love*)의 제럴드(Gerald Crich)의 선배와 같이 말한다. 그러나 『연애하는 여인들』이 쓰여졌을 때 어떤 예술가는 인간이 삶에 모든 현대적인 기계를 도입한 뒤에 인간은 자기 삶에 어떤 목적도 갖지 못할 것을 느낄 것이라는 것을 분명히 알 수 있었을 것이다. 기계화에 의해서 야기된 바로 그 만족은 인간을 삶의 부적격자로 만들어 버릴 텐데라고 인식했다. 그래서 제럴드는 죽을 것 같은(killing) 허무감으로 충만하다. 『캐스터브리지 읍장』은 『연애하는 여인들』보다 35년 전에 쓰여졌다. 단지 우리는 여기서 이러한 변화는 불가피하고 서글프다는 것을 느낄 뿐이다. 파프레이가 기계가 씨앗 뿌리기에 가져올 혁신에 대해서 말할 때 엘리자베드 제인은 이렇게 생각한다.

"그렇다면 씨앗 뿌리는 사람들의 낭만은 영영 사라져 버리게 됐군요?" 엘리자베드가 끼어 들었다. 그녀는 적어도 성경을 인용하는 데에 있어서는 파프레이와 통하는 점이 있었다. "바람을 의식하는 사람은 씨를 뿌리지 말지니라' 라고 전도서에서는 말했죠. 그러나 그 말은 이제 적절치 않게 될 거예요. 세상이란 변하고 변하는 것이거든요." "맞습니다. 맞아." 틀림없이 동의를 표시했다. 그의 시선은 멀리 허공에 못박혔다. "그러나 이 기계들은 영국의 동부와 북부 지방에서는 이미 대중화되었어요" 라고 그는 사과하듯 덧붙였다.

('Then the romance of the sower is gone for good ⋯

"He that observeth the wind shall not sow", so the Preacher said ; but his words will not be to the point any more. How things change!'

'Ay ; ay ⋯ it must be so!' Donald admitted, ⋯

'But the machines are already very common in the East and North of England,' he added apologetically.)(130)

이 에피소드는 소설의 중간쯤에서 발생한다. 그러나 처음부터 끝까지 헨처드의 드라마가 상영되는 무대의 배경에 헨처드는 우리에게 변화하는 웨쎅스를 보여주고 있다. 농업의 변화, 새로운 기구의 도입과 새로운 형태의 상업을 가진 영국인들의 삶에 스며든 무질서가 실업, 주민들의 추방과 이주, 구식에 매달렸던 자들의 점진적인 쇠퇴 속에 반영되어 있다. 사실상 전반적인 비극이 주인공의 실직 때문에 시작한다. 그 주인공은 숙련된 시골 사람이고 하나의 특별한 사업에 대한 그의 지식을 확신하고 있다. 그가 생활의 안정감(집, 직업)을 갖고 있지 않다는 사실은 그를 비참하게 만든다. 진정한 원인을 모르기 때문에 그는 그의 결혼에 대한 불만을 갖게 되고 아내를 처리해야겠다는 생각이 머리에 떠오르게 된 것이다. 변화와 분열이 급속하게 퍼져 나간다. "이웃 읍들에서 정기적으로 개설되는 대규모 신식 시장들이 수 세기 동안 이곳에서 수행되어 온 생업을 심각하게 침식해 오고 있었다(16)." 보통 사람들은 그 변화에 의해서 심각하게 영향을 입고 있다.

헨처드는 역시 구질서의 상징으로 보일 수 있고, 그의 권력과 최종적인 패배를 지속하기 위한 그의 투쟁 속에서 우리는 삶의 신구 방식의 갈등에 대한 예술적 형상을 느낄 수 있다. 영국의 시골 생활의 큰 변화에 대한 이러한 주제는 로오렌스를 매혹시키고, 『무지개』(*The Rainbow*)의 처음 부분의 변화에 대한 묘사는 그가 이 소설을 쓰기 전에 최종적으로 다시 읽었던 하아디의 작품에서 영향을 입었다. 『캐스터브리지 읍장』에 대한 전반적인 인상은 삶이 현대에 와서 복잡해지면서 행복의 가망성이 거의 드물다는 것이다. 우리들의 행위를 감시하거나 정의를 확보해 줄 초자연적인 목격자도 없다. 헨처드가 많은 성서적인 인물들과 비유된다 해도 신의 정의에 대한 언급이 거의 없다. 삶은 사람들이 서로를 이해하지 못하기 때문에 더욱 비극적으로 보인다. 엘리자베드까지도 헨처드를 완전히 이해하지 못하고 사람들을 돌봐줄 초자연적인 힘이 없기 때문에 헨처드와 같이 조용하게 고통을 받는 자는 일생 동안 고통을 받고 쓸쓸하게 죽어 가야만 한다. 헨처드는 위대하다. 그러나 그는 그가 사는 사회의 부적응자여서 "그러나 사실상 운이 그의 장사를 잘되게 했던 것은 아니다. '사람의 성품이 운명의 여신'이라고 노발리스(Novalis)[6]는 말한 일이 있다. 파프레이의 성품은 헨처드의 그것

의 정반대였다. 헨처드는 좋은 길로 안내해 줄 등불이 없이 속된 무리
의 환경을 막 벗어난 대단히 침울한 사람으로 파우스트(Faust)가 묘사
되었던 것처럼 묘사해도 적절할 것이다(88)"라고 그의 창조자는 당당
하게 간파한다. 하아디가 삶이나 환경에 대해서 우리들에게 제공하는
인상은 "다시 말해, 인생과 생활 환경이란 희극적이라기보다는 비극적
이라는 것이었으며, 사람이란 경우에 따라 즐거움을 맛본다 하더라도
그 즐거움의 순간은 막간의 여흥에 불과하지 결코 인생이란 긴 여정의
일부는 아니라는 것이었다. 그들의 인생관이 이렇게도 비슷하다는 것
은 참으로 신기한 노릇이 아닐 수 없었다(43)"는 것이다.

하아디 스스로가 『캐스터브리지 읍장』을 어떤 다른 웨쎅스 소설보다
도 더욱 철저하게 한 남자의 행위와 성격의 연구라고 보았고, 비평 분
야에서도 헨처드를 하아디 소설의 가장 위대한 비극적 인물로 제시함
으로써 이 점을 분명히 확인하였다(Widdowson, 51).

Works Cited

1. Text :

Hardy, Thomas. *The Mayor of Casterbridge*. ed. J. K. Robinson. New
York : W. W. Norton, 1977.

2. References :

Carpenter, Richard. *Thomas Hardy*. Boston : Twayne Publishers, 1964.

---

6) 독일의 낭만파 시인 하이델베르크의 필명.
  Probably a variation on George Eliot's "character is destiny" (*The Mill on the Floss*, book IV, chapter
  VI). Eliot's line is a rather free translation from the unfinished novel, *Heinrich Von Ofterdingen*, by
  Novalis.

Cecil, David. *Hardy the Novelist*. New York : Paul P. Appel, 1972.

Furst, Lilian R.,and Peter N. Skrine. *Naturalism..* Methuen & Co Ltd, 1971.

Jebb, R. tr. *Oedipus Tyrannus*. London, 1902.

Kiely, Robert. "Vision and Viewpoint in *the Mayor of Casterbridge*" *Nineteenth Century Fiction*. Vol. 23, No.2, Sept. 1968.

Lock, Charles, *Thomas Hardy*. Bristol Classical Press, 1992.

Mallet, Phillip V. ed. Spacious Vision. Newmill : The Pattern Press, 1994.

Pettit, Charles P. C. ed. "Conscious Artistry in *The Mayor of Caster-bridge*", by Craig Raine, *New Perspectives on Thomas Hardy*. The Macmillan Press LTD, 1994.

Selden, Raman. *A Reader's Guide to Contemporary Literary Theory*. New York : Harvest Wheatsheaf, 1985.

Shakespeare, William. *King Lear*. ed. Kenneth Muir. Methuen. 1977.

——————————. *Mackbeth*. ed. Kenneth Muir. Mehuen. 1977.

Weber, Carl. *Hardy of Wessex*. New York : Columbia Univ. Press, 1940.

Widdowson, Peter, *Thomas Hardy*. Plymouth : Northcote House, 1996.

3. 「테스」의 포스트모던적 관점
— 「순결한 여성」의 재현과 재현 불가능에 대하여

1) 하아디의 구상화(Visualization)

『테스』(*Tess of the d' Urbervilles*, 1891)나 그것에 관한 현대 비평을 읽은

사람들은 누구나 『테스』에는 시각적인 장면이 많다는 것을 의심하지 않는다. 웨쎅스를 반드시 도오셋이라고 말할 수는 없어도 일련의 시골 묘사에 그런 장면이 많다. 예를 들면 소설이 시작될 때 말롯(Marlott)의 오월 무도(May-dance)라든가 소설이 끝날 무렵 스톤헨지(Stonehenge)의 일출 광경 등이 그렇다. 이것은 하아디의 단순한 문체적인 기품(chic)에 불과하다기보다 그가 원래 시네마적인 기교를 지니고 있었다고 볼 수 있다. 이에 대하여 데이빗 쎄실(David Cecil)도 다음과 같이 옹호하고 있다.

> 되풀이해서 말하거니와 **하아디의 소설은 시각적인 소설이다.** 그의 위력은 바로 우리들로 하여금 **보게** 하는 그의 능력에 있다. 사실 하아디는 효과를 주로 거기에 의존한다.[1]

그리고 테스에 대한 집요한 성도착 관음증적인(voyeuristic gazing at~) 내러티브를 통해서도 그러한 기질을 볼 수 있다. 다음의 인용문, 특히 "모란꽃 같은 입" 등의 묘사를 유의해 보자.

> 일행 중의 한 젊은 처녀가 그 소리를 듣고 고개를 돌렸다. 참하고 예쁜 처녀로서 더 예쁜 아가씨가 있을 수도 있겠지만—감정이 드러나기 쉬운 **모란꽃 같은 입**과 커다랗고 순진한 두 눈으로 해서 얼굴의 빛깔과 윤곽은 더욱 감동적이었다. 머리엔 붉은 리본을 달고 있었는데, 하얗게 차려입은 일행 중에서 그렇게 한층 뚜렷한 장식을 한 사람은 그 처녀뿐이었다.

> (A young member of the band turned her head at the exclamation. She was a

---

1) David Cecil, *Hardy The Novelist*(New York : Paul P. Appel, 1972), p.93.

fine and handsome girl ··· but her mobile peony mouth and large innocent eyes added eloquence to colour and shape ··· of such a pronounced adornment.)[2]

그러나 자아 반영적인(self-reflexive) 유형의 시각적인 이미지들도 많다 : 보는 행위(looking), 보여지는 것(seeing), 인지(perception), 재현(representation), 상상(imaging) 등에 관한 일종의 메타언술 행위(meta-discourse) 등이 허다하다. 물론 이러한 요소들이 『테스』에만 한정되는 것은 아니다. 하아디 소설의 여러 곳에서 분명하게 드러난다. 「네덜란드 학교의 시골 그림」("A Rural Paintings of the Dutch School")이라는 부제를 가진 『푸른 숲 나무 아래에서』로부터 『무관심한 사람』에 나오는 사진사의 존재에 이르기까지, 『에델버터의 손』에서 극적 장면으로 각색된 인위성에서 『귀향』의 눈먼 클림에 이르기까지, 『탑 위의 두 사람』의 천문대장의 망원경에서 『궁여지책』의 「환상의 순간」에 이르기까지 그러한 이미지들은 쉽게 감지된다. 또한 『모호한 자 쥬우드』에도 그러한 인쇄상의 기호와 장치들이 산재해 있다. "이 소설은 '일련의 외관상의 것들(a series of seemings)' 혹은 '개인적인 인상들(personal impressions)'에 형상과 일관성을 주기 위한 노력이다"[3] 라고 초판(1895) 서문에 하아디가 기록하고 있다. 그러나 구상화에 대한 자의식적인 기교들이 특히 『테스』에 풍부하다. 그것은 '인상'이라는 말로 하아디가 서두삼아 한 말에서도 알 수가 있다. 이 말은 터너(J. M. W. Turner)의 후기 인상파 그림에 그가 매혹되었다는 것을 암시하는 중요한 말이다. 여기에 대해서는 그의 일기를 통해서도 알 수 있다.[4]

『테스』의 제2장은 '풍경화가'에 대한 이야기로 시작한다. 그때부터

---

2) Thomas Hardy, *Tess of the d'Urbervilles*(1891), ed. Scott Elledge(New York : W.W. Norton, 1979), p.11(이후 이 책을 『테스』(*Tess*)로 약칭하고 인용문 다음에 면수만 밝히겠음).
3) Thomas Hardy, *Jude the Obscure*(1895), ed. Norman Page(New York : W. W. Norton,(1978), p.5.

소설 여러 군데에서 그림에 대한 말이 많이 나온다. 실상 그의 창조적 충동은 본능적으로 그 자체를 그림으로 표현하는 듯하다. 역시 테스에 대한 화자의 시점과 자세의 복잡한 모호성도 있다.

테스의 용모에는 어렸을 적의 여러 가지 모습들이 어딘가에 숨어 있었다. 그녀가 길을 걸을 때의 그녀 모습은 **탄력 있고 아름다운 여성스러움**을 한껏 발하고 있었지만 어떤 때는 두 뺨 위에 열두 살 때의 모습이 나타났고, 어떤 때는 두 눈이 **아홉 살 때의 광채를 발하기도** 하고, 때로는 다섯 살 때의 흔적이 **입술의 곡선** 위에 비치기도 하는 것을 **당신**은 볼 수 있다.

허나 이런 것을 **아는 사람**은 거의 없었고, 이런 사실을 **생각해 보는 사람**은 드물었다. 다만 소수의 몇몇 사람만이 그것도 주로 낯선 나그네들이 지나는 길에 우연히 눈에 띈 테스를 한참 **바라보다가** 그녀의 싱싱함에 순간적으로 매혹되어 언제 다시 한 번 그녀를 만나 볼 수 있을까 하고 생각하는 정도였다. 그러나 **거의 대부분의 사람들**에게 테스는 상냥하고 **그림처럼 아름다운** 시골 처녀였을 뿐 그 이상은 아무것도 아니었다.

(As she walked along to-day, for all her bouncing handsome womanliness, you could sometimes see her twelfth year in her cheeks, or her ninth sparking from her eyes ; and even her fifth would flit over the curves of her mouth now and then.

Yet few knew, and still fewer considered this. A small minority, mainly

---

4) Florence Emily Hardy, *The Life of Thomas Hardy,* 1840~1928(London : The Macmillan Press LTD, 1975), p.185. See January 1887.
The "simply natural" is interesting no longer. The much decried, mad, late-Turner rendering is now necessary to create my interest. The exact truth as to material fact ceases to be of importance in art—it is a student's style—the style of a period when the mind is serene and unawakened to the tragical mysteries of life ; when it does not bring anything to the object that coalesces with and translates the qualities that are already there,—half hidden, it may be — and the two united are depicted as the All.

strangers, would look long at her in casually passing by, and grow momentarily fascinated by her freshness, and wonder if they would ever see her again : but to almost everybody she was a fine and picturesque country girl, and no more.)(12)

위의 인용문 중 볼드체의 어구들은 관음증적인 요소가 다분하다. 그리고 초점의 불확실성('you… few… still fewer… a small minority… almost everybody')과 원문 둘째 문단('Yet… but… and no more')의 통사론적인 특이한 논리는 누가 이렇게 테스를 엿보는가를 말하기 어렵게 만든다. 사실상 이 문단이 전달하려고 하는 애욕적인 이미지와 거리를 두려고 하는 내러티브의 노력이 거기에는 연루되어 있다고 볼 수 있다. 아니면 하아디가 내러티브 뒤로 숨어서 은밀하게 엿보고 있는 것인가. 더구나 테스는 다른 사람들—주로 알렉과 에인젤에게 보여지는 대로 소개되고 있는 것이다. 따라서 그녀의 특성은 그녀에 대한 다른 사람들의 이미지로 전적으로 구성되었다고 볼 수 있다. 원거리 촬영기법(Flintcomb-Ash에서 순무(turnip)를 뽑는 농장 소녀들)과 근접 촬영기법(테스의 입)으로부터 에인젤과 리자루(Liza-Lu)가 테스의 처형을 알리는 검은 깃발이 펄럭거리는 것을 바라보는 마지막 장면에 이르기까지 내러티브는 시각적 장치와 모티프들을 두드러지게 차용한다. 여기서 마지막 장면을 통해서 테스의 시각적 존재를 지금까지 철저하게 숭배한 소설이 검은 깃발로 그녀를 치환(displacement)함으로써 그녀의 부재(absence)를 어떻게 암시하는가를 주시해 보자.

탑의 돌출부 위에 장대가 세워져 있었다. 그들(에인젤과 리자루)의 시선은 거기에 못박혀 있는 것 같았다. 시종이 울린 이삼 분 후에 무엇인가 천천히 장대 위로 올라가서 미풍에 펄럭였다. 그건 검은 깃발이었다.

정의는 구현되었다. 희랍의 비극 작가 에스킬루스의 표현대로 제신의 왕은 테스에 대한 비극적인 희롱을 끝냈던 것이다. 〔…중략…〕 깃발은 계속 말없이 펄럭거렸다.

(Upon the cornice of the tower a tall staff was fixed. Their eyes were riveted on it. ⋯ It was a black flag.

"Justice" was done, and the president of the Immortals, in an Aschylean phrase, had ended his sport with Tess. ⋯ As soon as they had strength they arose, joined hands again, and went on.)(329 ～30)

이런 관점에서 보면 『테스』는 실제적으로 '보여지는 것'과 '재현'에 관한 소설이라고 말해도 과언이 아니다. 결국 하아디 자신이 『테스』의 초판 서문에 다음과 같이 쓴 적이 있다. "정말로 일어난 일들에 예술적인 형태를 부여하려는 노력으로서 이야기는 충실하게 보내진다(1)." 그리고 그는 역시 논란이 많은 부제(subtitle)에 대해서도 그의 「순수한 여성」("Pure Woman")은 하아디에 의해서 성실하게 재현된다고 주장한다. 하지만 이 말은 그가 재현을 명백하게 재현 불가능의 유력한 근원으로서 얼마나 아이러니컬하게 의식하고 있는가를 잘 시사해 주고 있다. 그렇다면 하아디에게서는 이미 포스트모던 소설에서 흔히 볼 수 있는 이미지가 사실상 '대상 자체'를 대치했다고 볼 수 있는가? 그가 이미 역사나 언술 행위 밖에 궁극적인 실재, 혹은 진정한 본질, 즉 '인간의 본성', 혹은 '순결한 여성' 등이 있다는 관념을 불신했었는가? 등에 대한 해명이 본고의 일차적인 목적이다. 그러나 부제의 논의는 뒤로 미루고 이 소설이 일관되게 제기하는 것으로 보이는 '보여지는 것'과 '재현'의 문제를 먼저 거론할까 한다.

2) 지난 20년간의 하아디 비평의 경향

최근의 많은 비평들이 『테스』를 논함에 있어서 위의 문제들을 중대한 논점으로 강조해 왔다. 이러한 사정은 페미니즘 비평과 후기 구조주의 비평에서 주로 제기하는 것으로 파악된다. 본고에서 중점적으로 규명하려고 하는 '재현(불가능)'과 '순결한 여성' '보여지는 것'의 문제를 다루기 전에 지난 20년간의 하아디 비평의 상황을 간략하게 고찰해 보겠다.

지난 20년간의 하아디 비평을 정리하다 보면 몇몇 좋은 예외가 있기는 하지만 거의 모든 흥미 있는 자료는 1980년 이후 나왔다는 것을 알 수 있다. 1970년대의 대부분의 비평은 그 당시에는 수준 높고 세련되었었지만 초기의 비평적 단계에 속한다.[5] 플롯, 시적 구조, 성격, 이념과 심상(때로는 상징주의) 등을 강조하는 1970년대의 『테스』에 관한 많은 비평들은 이제는 진부한 것처럼 보이기까지 한다. 물론 잘 정리된 예외가 없는 것은 아니다. 그러나 대부분의 내용은 거의 비슷했다.

'차이'를 부각하기 위한 집요한 혁신과 자기 표현이 있음에도 불구하고 점점 명백한 것은 1970년대의 하아디 소설에 대한 많은 비평들이 전통적인 매개(parameters) 안에서 이루어졌다는 점이다.[6] 이것들은 근본적으로 인도주의적 사실주의(humanist-realist)의 측면에서 이루어진 것이다. 사물의 보편적인 체계의 중심(형이상학적, 자연적, 사회적 환경)에 있는 통일된 인간 주체('개인' '인물')에 대한 개념을 향상시키고, 예술가의 최고의 책임과 덕목을 진실되게 혹은 사실적으로 이러한 관계를 진술해야 하는 것으로 여겼다. 이것은 한편으로는 외부적 실재(알

---

5) This 'phase' is perhaps exemplified at its best by R. P. Draper's earlier Casebook, *Hardy : The Tragic Novels*(London, 1975), and by Albert J. La Valley's *Twentieth-Century Interpretations of Tess of the d' Urbervilles*(Englewood Cliffs, N. J., 1969).

6) See Peter Widdowson, *Hardy in History : A Study in Literary Sociology*(London, 1989), especially, Chapter I, The Critical Constitution of Thomas Hardy.

수도 있고 묘사할 수도 있는 주어진 세계와 인물들)의 존재가 복사(재현)될 수 있다는 것을 암시하고, 또 한편으로는 명확한 지시 대상을 가지고 있고, 사물들을 실제로 있는 그대로 말할 수도 있어서 언어가 실재를 중재가 아니라 정확하게 재현할 수 있다는 가능성을 암시한다.[7] 그러한 본질주의적 세계관의 중심에는 모든 것은 그것의 물질적, 역사적 혹은 광범위한 환경(그것들이 실제로 있는 그대로의 것들) 밖의 궁극적이고 존재론적인 실재, 환원할 수 없는 본질 등을 가지고 있다는 신념이 있다.[8] 여기에 대한 가장 평범하고 이념적인 표현은 '인간 본질'에 대한 개념이다. 즉, 환경이 여하하건 아무리 선한 의지가 있어도 인간은 그들의 근본을 바꿀 수 없고, 그들을 위해 그것이 바꾸어지게 할 수도 없다는 명제인 것이다. 말하자면 인간들은 그들 자신의 인간성(Humanness)이라는 덫에 걸려 있다는 것이다. 예술가들은 이러한 '본질적인' 인간성을 잘 묘사했을 때 칭송을 받는 것이다. 따라서 그들의 '사실주의'는 역설적으로 말하면 일상 생활의 우연한 실재와 '인간성' 자체의 본질적인 불변하는 실재를 재현하는 능력이다. 지시 기능이 있는 언어로 본질을 묘사함으로써 그것을 가시적으로 만들려고 노력한다는 점에서 사실주의 역시 본질주의다.

일반적으로 그의 주요 소설이라고 여겨지는 것들을 호평하기 위해서 "성격과 환경의 소설"[9]이라는 하아디 자신의 말을 차용해서 비평가들은 한창 시절의 하아디를 '운명' '자연' '사회'와의 투쟁으로 만신창이가 된 시골 인물들의 삶에서 본질적인 인간성을 발견하는 웨쎅스의 비극적인 인도주의적 사실주의자라고 특색 있게 보아 왔다. 지나간 시골을 환기시키고 자연을 생생하게 묘사하는 것을 하아디의 중요한 업적

---

7) 이것을 공허한 노력이라고 보는 것이 후기 구조주의 비평 이후의 사정이다.
8) 본질이 존재에 선행한다(Essentialism).
9) *The Return of the Native, The Mayor of Casterbridge, Tess of the d' Urbervilles, Jude the Obscure.*

으로 간주하였다. 그의 14편의 소설(6편은 여러 면에서 이 범주에 들지 못한다)[10] 중에서 약 8편이 정전(canon)적인 텍스트로 상승되었다는 것은 이를 잘 설명해 준다. 그렇다 하더라도 하아디는 여러 가지 문제들을 노출한다. 그래서 이 결함이 많은 천재성을 정전이나 전통에 무리하게 포함시키기 위해서 당시의 비평은 얼마나 많은 손상을 감수해야만 했는가를 주목할 가치가 있다. 지금까지 비평가들이 말하는 하아디의 '결점'은 다음과 같다 : 멜로 드라마적 경향 ; 플롯상의 과도한 '우연'과 '우연의 일치'의 사용 ; '염세주의' ; '미숙한 이념'의 나열 ; '현학적이고 서투른 진부한 문체' ; 그리고 무엇보다도 '있을 법하지 않음(impro-bability)'과 '용납하기 어려움(implausibility)'에 대한 성향 ; 사실적인 혹은 본질적인 실재를 정확하게 재현하는 데 있어서의 '실패' 등이다. 이러한 결점과 결함은 그의 주요한 작품들을 혼란스럽게 만드는 주 요인이 되고 있다.

1970년대에 세련된 비평 연구의 변화가 있기는 하였지만 지배적인 풍토는 여전히 특별한 도전 없이 건재했다. '성격' '운명' '비극' '시골 비극의 집합' 등의 명제를 대치할 강력한 형식주의(Formalism)가 등장해서 '이미지' '상징' '시적 구조' 등을 강조했다. 그러나 근본적으로 내재된 유사한 전제들(하아디의 인도주의, 그의 결함, 사실주의와 불안정한 관계 등에 관한)이 계속해서 비평적 주류를 차지했다고 볼 수 있다. 하아디의 언어의 특성과 기능에 대한 연구도 거의 없었고, 그의 부적절한 성격 묘사(왜냐하면 '성격' 자체가 쟁점이 될 수 없는 개념이니까)나 그의 우발적인 플롯에 대한 연구도 거의 없었다. 사실상 하아디는 사실주의와 인도주의적 본질주의의 한계와 인습에 도전하는 탈신비적 반사실주의자라는 생각을 시도한 비평가는 거의 없었다.

---

10) Widdowson, *Hardy in History*, pp.44~55. especially, for a discussion of critical treatment of the 'minor novels'.

그러나 지금까지 내가 일반화했던 1970년대의 대부분의 비평의 근본적인 부적절성은 하아디 소설의 인습적인 비평의 진부성에 대한 불필요한 기여가 아니라 과장된 평가와 판단으로 변장하고, 그것이 문학 작품의 완전한 텍스트성을 다루는 작업에 부적합하다는 것을 인정하지 않고 있다는 데 있다. 특히 하아디 소설이 그렇지만 대부분의 소설들은 모순되는 언술로 흠집투성이가 되고, 텍스트의 표면 바로 아래 서로 겨루는 산만한 층이 충돌함으로써 결점층이 밀어올려져 철저하게 소설이라는 지면에 새겨지는 것이다. 따라서 그것들을 결함이라고 거부할 것이 아니라 결점층을 보완하여 작품의 의미를 전반적으로 탐구하고 설명하는 것이 확실한 비평의 임무라고 보는 것이 독자 중심 역할의 핵심이 아닌가 한다.

일반화하는 데 따르는 다소의 무리를 감수한다면, 1970년대의 비평을 하아디 소설의 역동적인 불안정한 텍스트성에 초점을 맞추는 1980년대의 비평[11]과 비교한다는 것은 유익한 일이다. 1980년대 비평은 작품의 복수적인 언술 행위와 경쟁적인 문체, 아이러니, 진부성과 자기 해체적인 인위성, 자의식적인 어휘와 화술의 양상, 언어의 긴장 등 하아디의 허구적 글의 요소에 초점을 맞춘다. 앞에서 언급한바와 같이 이러한 특성에 대한 인식은 페미니스트적이고 후기 구조주의적인 독창력의 반영이라고 말할 수 있다.

그러나 『테스』와 관련을 지어서 하아디의 텍스트성에 현대적 관심을 갖게 하는 데 가장 중요한 영향을 미친 것으로 인정되는 훌륭한 연구 결과가 1970년대부터 나왔다는 사실을 간과해서는 안 된다. 래어드(J. T. Laird)의 『테스의 형성』(*The Shaping of Tess of the d' Urbervilles*, 1975)은

---

11) With those, for example, collected in *New Casebook on Tess*, and in recent volumes, such as Harold Bloom(ed.), *Modern Critical Interpretations of Thomas Hardy*(New York, 1987), and Lance St. John Butler(ed.), *Alternative Hardy*(London, 1989).

206

『테스』의 초기 원고 작성 단계에서부터 여러 번 출판과 개정판을 거쳐 1912년 웨쎅스판의 결정판(quasi-definitive)에 이르기까지의 형성 과정을 추적하고 있다. 래어드가 텍스트의 불안정성에 대한 자신의 철저한 증거를 제시하면서도 그와는 반대로『테스』의 의미를 더 깊이 이해하기 위해서 작가의 창작 과정을 연구한다는 것은 오히려 실망스러운 자기 모순을 노출하고 있는 것이다.[12] 그러나 그의 연구는 하아디의 개정(revisions)과 수정(emendations)의 범위와 의의, 그것들의 효과가 얼마나 의도적인가를 조명하고, 『테스』의 텍스트성에 대한 면밀한 검토는 '순결한 여성'의 재현과 관념들이 이 소설에서 기본적인 문제라는 의미를 어떻게 강화하는가를 보여준다 : 1975년 이후 많은 비평은『테스』의 암시적인 효과를 설명하기 위해서 텍스트의 핵심을 추적하는 데 있어서 래어드에게 깊은 은혜를 입고 있다. 그래서 그의 연구는―그린들(Juliet Grindle)과 가트렐(Simon Gatrell)이 편집한 옥스포드판[13]에서 특히―가트렐의『창조자 하아디』(*Hardy the Creator*)에서와 그 이후 훨씬 더 많이 수용되었다. 저자는『창조자 하아디』의 비평 방법을 '텍스트적인 전기(textual biography)'라고 부르고, 하아디가 전복적이고 실험적인 글쓰기로 그의 텍스트를 얼마나 포괄적이고 혁신적으로 개정하고 있는가를 보여준다. 이글턴(Terry Eagleton)이 말하는 바와 같이 그러한 글쓰기는 그의 작품 자체가 포함하고 있는 형식을 통해서 항상 분열의 조짐을 보여주고 있다는 것이다.[14]

하아디 비평이 의미 있게 재정비되기 시작한 것은 페미니즘과 후기 구조주의가 개입되면서부터라는 것은 앞에서 언급한 바 있다. 물론 하아디가 소설을 쓰기 시작할 때부터 비평가들은 '하아디의 여성인물들'

---

12) J. T. Laird, *The Shaping of Tess of the d' Urbervilles*(Oxford, 1975), p.4.
13) Thomas Hardy, *Tess of the d' Urbervilles*, ed. Juliet Grindle and Simon Gartell, the Clarendon Edition(Oxford, 1983).
14) In the Editor's Preface to John Goode, *Thomas Hardy : The Offensive Truth*(Oxford : 1988), p. vii.

을 주시했고, 그들에게 초점을 맞추었다. 그 결과 「하아디의 여인들」이라는 많은 논문들이 있었다. 대부분의 논문들은 놀랍지 않게도 지배적인성(gender) 이데올로기의 성적인 고정관념(sexual stereotyping)을 재생산했다.[15] 역으로 페미니즘 비평은 문학 텍스트의 성적이고 텍스트적인 전략을 풀이하려고 한다. 그러므로 페미니즘 비평은 근본적으로 여성의 재현(representation of women), 언술 행위에서 성(gender)의 전반적인 구성, 그리고 남성 엿보기(malegaze), 여성의 소멸과 그 자체의 이미지와 환상을 여성적 성별로 재생산하려는 경향에 관심을 갖고 있다. 이런 면에서 하아디의 소설들은 그러한 문제를 추구하는 이상적인 터전이 된다.

후기 구조주의 비평은 특히 해체주의(Deconstruction)에서 더욱 명백하게 텍스트성을 비평의 근본적인 관심사로 재강조하고 있다. 물론 신비평(New Criticism)의 경탄을 받는 훌륭한 예술작품으로서 텍스트의 결집된 총체성의 증거로서가 아니라, 그와는 반대로 쪼개지고, 균열이 가고, 혼란스럽고, 불안정한 언어학적인 지세(terrain)로서 그렇다. 역시 이 경우에 하아디의 텍스트들은—특히 그들의 분명한 인위성, 인식과 재현의 양식에 대한 반영, 그리고 그들의 모순적인 구조의 언술 행위 때문에—그들 스스로를 분석의 비옥한 근거로 제공하는 셈이다.

텍스트성과 성을 취급한 유력한 논문은 굿(John Goode)의 「여성과 문학 텍스트」("Woman and the Literary Text", 1976)가 있다. 여기에서 그는 '형식적인 정체성(formal identity)'에 주의를 기울임으로써 한 작품의 '정치적인 함축성(political implication)'을 볼 수 있고, 『테스』에 관련해서 우리가 목격하거나 거기에 함축되어 있는 것은 화자에 의한 테스의 대

---

15) For a fuller account and analysis of this, see in particular chapter 13, 'The Production of Meaning' : "Hardy′s Women" and the Eternal Feminine', in George Wotton, *Thomas Hardy : Towards a Materialist Criticism*(Goldenbridge, 1985).

상화, 특히 그녀를 알렉과 에인젤의 소모 대상이 되게 하는 것이라고 제의한다. 더구나 이것은 텍스트와 테스 자신을 우리의 소모품으로 만드는 관음증적인 독자로 우리를 만드는 것이다. 테스는 소설이 그녀를 한정하는—근본적으로 남성 구경꾼들에게서 비롯된—대상 이미지로 구성되어 있다. 그러한 이미지(혼기의 시골 처녀, 포동포동한 팔, 육감적인 입 등) 구축에 공모한 구경꾼에는 화자와 하아디와 독자인 우리들도 포함되어 있다. 굿은 이것이 바로 하아디 자신의 이념적인 관련이야 어떻든지간에 어떤 틀(frame)도 그의 소설을 적절하게 취급할 수 없고, 텍스트의 언술 행위가 모순되게 받아들여지는 이유라고 말한다. 이러한 주제들은 굿의 후기 논문 「수우 브라이드헤드와 신여성」("Sue Bridehead and the New Woman")에까지 확대되어 있다. 이 논문에서 그는 수우는 『모호한 자 쥬우드』가 성취한 '실재를 구별(taking reality apart)' 하는 데 있어서 특히 사랑과 결혼의 전통적인 관념에 내재해 있는 신비화를 '드러내 놓는 이미지(exposing image)' 라고 제안한다.[16] 아주 최근에 텍스트적, 성적 전략에 대한 존의 개척적이고 혁신적인 인식과 하아디 소설의 파괴적인 반사실주의는 『토마스 하아디 : 공격적인 진실』 (*Thomas Hardy : The Offensive Truth*)에서 확증적인 표현을 수용해 왔다.

1980년대와 1990년대에 그의 새로운 비평적인 재생산의 반영으로서 나타나고 있는 것은 하아디의 작품을 포스트모던 관점에서 읽으려는 경향이다. 『테스』에서의 성의 정치학의 전경화와, 그의 '순결한 여성' 주인공에 관해서, 그녀와 두 남자 주인공들의 파괴적인 남성성(특히 유혹과 강간의 명백한 모호성)에 관해서, 그리고 결혼, 이혼, 이중 결혼 (bigamy), 혼외 성(extra-marital sex)과 사생아 탄생에 관한 19세기 후반 남성 소설가의 작품에 흔히 있는 긴장의 전경화에 대한 모든 것이 작

---

16) Mary Jacobus(ed.), *Women's Writing about Women*(Beckenham, 1979), pp.100, 107~8.

가의 의식이 어떤 면에서 성과 가부장제에 대한 여성적 사고로 전향하고 있는가를 암시해 준다.

『테스』의 복잡하고, 쪼개지고, 이질적인 텍스트성에 대한 문체론적, 기호학적, 해체론적인 다양한 분석을 하는 후기 구조주의에서 더욱 분명히 현대 비평은 이 소설의 중심적인 경험으로서 시니피앙(signifiant)의 불안정한 유희를 지적한다. 다시 말하면 『테스』는 분열적인 '일련의 외관상의 것들'로 된 소설이다. 즉, 언어가 얼마나 불안정한가, 어떻게 의미(관념)가 언술 행위내에서 구축되는가, 그리고 어떻게 재현(진술)이 재현 불가능이 되는가를 폭로함으로써 자체의 형식적인 역할내에서 실체(reality)를 부조화시키는 소설인 것이다. 자신의 텍스트들의 낯설게하는 언술 행위로 '실체'를 교란시키고 치환함으로써 하아디는 지배적인 이념과 문화가 우리 모두로 하여금 거짓된 존재의 삶을 살도록 선고한 신비화(mystifications), 자연화(naturalisation), 재현 불가능을 드러내 놓는다.

그러나 하아디를 포스트모더니스트라고 가정하는 이상의 언급을 자제하고 싶다. 그가 역사적으로 중요한 시기에, 그리고 시작에 전념하고 있었을 때 하아디는 실로 모더니스트들과 동시대의 인물이었다는 것을 여기서 지적할 필요가 있다. 이미 그가 시인이자 소설가로 분주하게 활동하던 생전에 아마도 비평업계는 그를 위대한 전형적인 조지아(Georgia)조의 시인으로, 인도주의적 사실주의 시골 비극작가로, 영문학의 대부(Grand Old Man)로서 구축해 놓았기 때문에 하아디에게서 모더니스트적인 특성은 그때나 후에도 쉽게 인지될 수 없었다. 그러나 로오렌스는 『무지개』『연애하는 여인들』을 착수했을 때 쓴 『토마스 하아디의 연구』(*The Study of Thomas Hardy*, 1914)에서 하아디의 모더니티를 인정했다. 그처럼 하아디의 허구적인 작품(Oeuvre)의 혁신적인 반사실주의와 자의식적인 모더니티가 감지되는 것은 기존의 비평적 가늠자를 제거한 이후이다. 바로 그것은 최근의 비평이 포스트모던적 요소를 그에게서 발견하는 것이 그렇게도 쉬운 이유인 것이다.

'착한 어린 토마스 하아디', '웨쎅스와 영국 시골의 시인', '성격과 환경소설들의 위대한 인도주의 비극작가', '지나간 시골 전통의 비가 작가' 등이 갑자기 1980년대와 1990년대에 와서 포스트모던적이 되어가고 있다. 그러나 문학비평은 하아디를 지속적으로 결코 다룰 수 없었다. 리비스(F. R. Leavis)의 위대한 전통에 그가 낄 수가 없었기 때문이다. 항상 '우연' '멜로드라마' '있을 법하지 않음' 등에 의해 평가절하되고 확실한 빅토리안도, 모더니스트도 아니고, 그가 근본적으로 소설가인지 시인인지도 확실치 않다고 혹평하는 비평가들이 있었기 때문이다. 사실 어떤 장르에서도 하아디에게 일찍이 공정한 초점을 맞추어 본 적이 거의 없었다(많은 거친 비평적인 취급이 있었을 뿐). 그러한 사실은 오히려 우리로 하여금 분열된 포스트모더니스트 하아디라는 명명의 당위성을 강화해 준다고 생각한다. 이런 사실을 염두에 두고 본고의 두 가지 중요한 주제, 즉 '보여지는 것'과 '순결한 여성'으로서의 테스에 대한 관념과 재현의 허실을 규명할 것이다.

3) 'Visoion'과 'Moment'의 애매성

발화(utterance)의 독특한 애매성이 있기는 해도 하아디는 그의 후기 시(poetry) 중의 하나를 「환상의 순간들」이라고 제목을 붙였다. 'vision'이라는 말은 참으로 애매하다. 문자 그대로 '보여지는 것, 즉 시역', 상상적인 계시에 대한 형이상학적 개념(She had a vision.에서처럼), 즉석의 한정된 것을 통해서나 넘어서 볼 수 있는 예견력(He has vision, 'her vision of the future' 에서처럼)이 될 수도 있다, 그러나 'moments' 하면 떠오르는 굴절들(inflections)의 애매성이 오히려 더욱 모호하다. 물론

'moments'는 시간상의 짧은 기간들(fractions)이다. 보통은 잠깐 동안의 정지된 단편들(fragments)을 암시한다('wait a minute', 'magic moments', 'moment of truth'에서 보는바와 같이). 그리고 이것은 확실히 하아디의 제목에서는 상위 개념을 갖는다. 즉, 'vision'이 특별하게 사용되는 사례일 것이다. 그러나 이 말의 주변에 붙어 다니는 두 가지의 다른 의미가 있다. 첫째로 '아주 중요하다'는 뜻을 갖는다('momentous', 'matters of pith and moment'에서와 같이). 둘째로, 변화의 효과 정도를 측정하는 물리학상의 의미('the moment of a force'에서와 같이)가 있다. 그래서 하아디의 제목은 'vision'의 순간들이 중요하다는 것을 암시하는 것으로 보인다('moments' of great 'moment'). 그러나 'vision'은 그 자체가 움직이고, 전환하고, 어떤 점을 중심으로 흔들리고, 회전한다는 것을 암시하기도 한다.

우리가 만약에 문자 그대로의 의미로 회전하는 '눈에 비치는 것(vision)'의 효과를 잠깐 생각해 본다면 우리는 물체 주위를 돌고 있는 '보여지는 것(seeing)'을 생각해야만 한다(순회하는 우주선에서 지구를 관찰하는 우주비행사를 생각해 보자). 그것은 이론상으로 어떤 방향으로도, 다시 말하면 3차원의 방식으로 그 주위를 돌 수 있다. 의자를 보면서 의자를 빙빙 돌아 보자. 그러면 우리는 여러 단계로 모든 측면과 각도에서(아래로 위로 옆으로) 그것을 본다. 그것을 총체적으로, 즉 3차원적인 대상으로 파악하게 될 것이다. 그러나 두 가지 것들이 우리에게 떠오를 것이다. 하나는 우리가 만약 이론상으로 아래서 그것을 위로 똑바로 보고 있을 때 그 순간을 정지시킨다면(우리 위에 절대 수직으로 매달린 의자) 'moment of vision'에서의 이미지는 사람들이 정상적으로 가지고 있는 의자의 이미지와는 뚜렷하게 달리 보일 것이다(낯설은 각도에서 낯익은 물건을 찍은 일종의 요술 사진을 생각해 보자. 예를 들면 바로 위에서 찍은 양동이는 일련의 동심원(concentric circles)에 불과할 것이다). 두 번

212

째 것은, 도대체 어떻게 우리가 '시각적인 용어'로 총체적인 3차원의 의자에 대한 우리의 총체적인 인식을 재현할 수 있다는 말인가? 실로 어떻게 우리가 한순간에 그것의 모두를 '볼 수 있다'는 말인가? 등의 문제가 야기된다. 'moment'의 두 가지 의미(turning and stopped instant of time)는 근본적인 모순에 의해서 충돌한다. 하나는 명백하게 '순간적으로 움직인다(in motion)'는 뜻이고, 다른 하나는 그와 똑같이 명백하게 순간적으로(out of time) '멈춘다(stopped)'는 뜻이다. 그러면 이 실질적인 불가능성을 해결할 방법이 있는가? 그러면 이제 하아디의 또 하나의 제목 'vision'을 보기로 하자.

'vision'의 형이상학적 의미에 의하면 'vision'은 창조적인 예술가로 하여금 3차원의 공간과 시간의 덫에서 벗어나 시간과 공간의 제한적인 요소를 넘어서 상대성의 세계로 들어가게 허용한다. 간단히 말하면 'vision'은 우리로 하여금 미래를 보게 하고, 다른 하나의 세계를 '마음에 그리게(envisage)' 한다. 즉, 그것은 우리로 하여금 하나의 총체적인 순간에(이 경우, 순간적인 중지와 완전한 회전 움직임) 동시에 의자의 모두를 보게 한다. 시간과 공간으로부터의 자유, 마음에 그리는 경험의 동시성은 『쥬우드』가 나온 12년 뒤에 모더니즘 화가들이 인습적인(realist/mimetic) 형식에서 그들의 탈출(dislocation)에 바탕을 둔 원칙이었다는 것을 주목하는 것은 하아디를 시각 예술가로 접근할 때, 그 의미가 있다.

'vision'은 순간의 계시[『테스』가 나온 10년 뒤에 조이스(James Joyce)는 이것을 '이피퍼니(epiphany)'[17] 라고 불렀다]로서 그리고 '회전하는' 혹은 불안정한 개념으로서 인습적인, 표준적인, 그리고 낯익은, '상식'의 익숙화된 허구에서 벗어나는 하나의 방법이다. 실로 그것은 사물을 있는

---

17) James Joyce adapted the term to secular experience, to signify a sense of sudden radiance and revelation while observing a commonplace object.
　　M. H. Abrams, *A Glossary of Literary Terms* Fourth Edition(New York : Holt, 1981), p.54.

그대로 진술하고 '있을 법하지 않음'과 '용납하기 어려움'에 대한 심각한 반감을 갖는 사실주의의 문화적 이념에 의해서 주로 구축된 부르주아 세계를 붕괴시킨다. 하아디에게 있어서 대립적인 의미(이중 의미)에서의 'vision'은 '사물을 있는 그대로 본다'는 인습적인 지각적 실체의 익숙한 세계를 '탈 낯익음(defamiliarising)' 혹은 '낯설게 하기(making strange)'의 한 방법이다.[18] 그것은 여러 면에서 전복적이다. 그리고 그것은 영국 소설의 전통적인 정전에서 하아디의 위치에 대한 혼란스러운 역사와 많은 비평가들이 그의 소설의 명백한 정신 분열증적인 텍스트성을 이해하는 데 있어서 갖는 어려움을 설명하는 데 도움이 될 것이다. 하아디 자신이 그의(무의식적인) 타고난 모더니즘 정신의 자동적이고 반의도적인 반영으로서 우연히 '낯설게 하기'를 하고 있었다고는 말할 수 없다. 그와는 반대로 그는 작품 생활 내내 그것을 염두에 두고 있었다고 볼 수 있다. 특히 1880년대 이후 쭉 그러했다. 그의 최후의, 매우 자아 반영적이고 자의식적인 작품인 플로렌스 에밀리 하아디(Florence Emily Hardy)의 『토마스 하아디의 생애』[19]는 우리가 지금 'complex seeing'이라고 부를 수도 있고, 그것들이 20세기 문화이론가들에 의해서 쓰여졌었다면 '탈 낯익음', '장치의 드러냄'(baring the device), 브레히트(the Brechtian)의 '소외(alienation)'의 개념과 등가적인 의미를 갖는 개념과 어구들로 가득하다.[20]

　1886년 무렵 하아디는 다음과 같이 명상을 하고 있었다. '예술로서

---

18) Viktor Shklovsky called one of his most attractive concepts 'defamiliarisation(making strange)'. In 'Art as Technique' (1917), he makes this clear : The purpose of Art is to impart the sensation of things as they are perceived, and not as they are known. The technique of art is to make objects 'unfamiliar', to make some difficult ; to increase the difficulty and length of perception, because the process of perception is an aesthetic end in itself and must be prolonged. Art is a way of experiencing the artfulness of an object ; the object is not important.
　Raman Selden and Peter Widdowson(ed.), *Contemporary Literary Theory*(London : Harvest, 1993), p.31.
19) 1920년대에 그가 죽기 전에 자신이 썼다.

소설 쓰기는 뒷걸음질칠 수 없다. 분석 단계에 이르렀기 때문에 그것은 같은 방향으로 더 나아감으로써 그것을 초월해야만 한다.' 여기서 그것이란 사실주의의 한계를 말한다. 즉, 전통적인 사실주의의 한계가 하아디를 압박하고 있었다는 것을 알 수 있다. 앞에서도 말한바 있는 1890년대의 소설의 서문에서 '인상들'과 '외양'에 대한 그의 말과 관련을 지어 보면 'vision'과 그것을 공식적으로 어떻게 실감나게 하는가에 대한 생각이 하아디의 마음에 늘 자리잡고 있었던 것으로 보인다. 그러나 그의 대부분의 예언적인 모더니즘적 언급이 이루어진 것은 『테스』를 완성하고 있는 동안의 1890년부터 나온 몇몇의 비망록에 있다.[21] 하아디의 소설 미학과 『테스』 읽기에 유익한 준거가 바로 이곳에서 발견된다. "예술이란 사실성을 불공정하게 배분하는 것이다. 그러니까 사실주의는 예술이 아니다"라고 제시한다. 다시 말하면 '순간'을 회전하는 'vision(추상적인 상상)'의 가시적인 '실체(예를 들면 '순결한 여성'의 관념)'가 된다. 그러나 동시에 'vision'은 그것이 무엇인가(사실상 어떻게 '한 순결한 여성' 혹은 '순수한 여성'이 존재할 수 있는가)에 대한 본질주의적 재현 불가능을 드러내 놓고, 그러한 재현 불가능은 모호하다는 것을 조명하기 위해서 사실주의의 익숙한 실체의 재현들을 '왜곡(distorts)' 하고 '불공정한 배분(disproportions)'을 한다. 즉, '실체'란 단지 언술 행위에 지나지 않는다. 그것은 '외양' '상상' '인상'에 불과하다.

1886년에 하아디는 "나의 예술은 사물에 대한 표현을 강화하는 것이

---

20) Raman Selden and Peter Widdowson, *Op. Cit.*, p.33.
　'Defamiliarization' and Laying bare' are notions which directly influenced Bertold Brecht's famous 'alienation effect'.
21) *The Life of Thomas Hardy*, pp.228~9.
　'Reflections on Art. Art is a changing of the actual proportions and order of things, so as to bring out more forcibly than might otherwise be done that feature in them which appeals most strongly to the idiosyncrasy of the artist.
　'Art is a disproportioning—(i.e. distorting, throwing out of proportion)—of realities, to show more clearly the features that matter in those realities, which, if merely copied or reported inventorially, might possibly be observed, but would more probably be overlooked. Hence 'realism' is not Art'.

다……핵심과 내면의 의미가 생생하게 가시적으로 되도록 하는 것이
다"[22]라고 기록했다. 소설 중에서 가장 생생하게 가시적인 『테스』는 그
러한 표현을 명확하게 가시적이 되도록 하아디가 표현을 강화한 본보
기일 수도 있다. '표현'이 그 자신의 핵심이고, 내면의 의미이다. 이미
지의 실체는 이미지 자체다. 그것의 유일한 실체는 재현을 통해서 그것
을 구축하는 것이다. '표현'은 사물을 있는 그대로 복사하지 않는다.
그것은 이미지를 그것의 책략 속에서 꾸며낸다. 테스는 실로 '순결한
여성'일 수도 있다. 그러나 단지 그녀는 재현의 예술적인 구성물로서
상상되어지는 정도일 뿐이다. 하지만 하아디는 "그녀는 충실하게 묘사
된다"고 소설의 부제에 제시하고 있으니 이야말로 넌센스요, 아이러니
다.

4) 「순결한 여성」의 허실

이제 『테스』의 부제 「순결한 여성」으로 관심을 기울여 보자. 「순결한
여성」이라는 말의 두 가지 중요한 의미가 선뜻 떠오른다. 하나는 윤리
적이고 성적인 테스(간음자—살인자와 관련해서 하아디가 빅토리아 비평
가들을 화나게 했던 쓰임)를 뜻하는 것이고, 다른 하나는 존재론적이며
원형적인 의미를 갖는다. 또한 두 개의 조화(원형적이고 완전한)와 관련
된 의미도 있다. 당시의 하아디에게 있어서 윤리적 의미는 그의 독자들
의 도덕적 태도와 순수에 대한 인식에 대해서 분명히 전략적인 공격이
었을지라도 본 연구에서는 윤리적인 관심은 유보하겠다. 우선 흥미가
있는 것은 특히 앞에서 관심을 둔 '가시적인 실체'를 만드는 하아디의
관심과 관련된 본질주의자적인 의미다. 두 가지 분명한 예를 보자. 에

---

22) *The Life of Thomas Hardy*, p.177.

인젤과 이른 아침 전원 풍경 속의 탈보세스(Talbothays)에서 테스는 "여성의 환상적인 실체", 즉 "여성 전체가 한 형태로 응축된 표상(111)"으로 묘사되었다. 그리고 후에는 그녀가 프린트콤 애쉬(Flintcomb-Ash)에 접근할 때 내러티브는 시제와 초점을 교묘히 전환해서 그녀를 다음과 같이 소개한다.

테스는 이렇게 다짐하면서 계속 걸어갔다. 그녀의 모습은 주위 풍경의 한 부분을 이루고 있었다. 겨울 차림을 한 그녀의 모습은 어디로 보나 순결하고 순박한 시골 농사꾼 여자 그대로였다.

(Thus Tess walks on ; a figure which is part of the landscape ; a fieldwoman pure and simple, in winter guise.)(234)

여기서 '순결하고 순박' 하다는 말은 순수하고 순박한 농사꾼 여자를 의미할 수 있다. 그러나 분명히 실질적으로는 본질적인 전형(stereotype)을 암시한다. 훨씬 앞에서 말롯에서 추수하고 있는 동안 내러티브는 이미 우리에게 이러한 보편화를 다음과 같이 제시하였다.

들에서 일하는 남자는 들에 나가 있는 한 개인이지만 들에서 일하는 여자는 들의 일부분을 이룬다. 여자는 이제 여자임을 벗어나 주위 환경을 흡수하여 동화되어 버리고 마는 것이다.

(A field-man is a personality afield ; a field-woman is a portion of the field ; she has somehow lost her own margin, imbibed the essence of her surrounding, and assimilated herself with it.)(74)

그러므로 순결하고 순박한 농사꾼 여자인 테스 역시 이러한 특성 안에 포함되어 버린다. 오히려 이것은 탈인물화(decharacterization)라고 볼 수 있다. 테스가 제2장에서 처음 소개될 때 그녀는 "상냥하고 그림처럼 아름다운 시골 처녀였을 뿐 그 이상은 아무것도 아니었다(12)"라고 묘사되었다. 그리고 후에 다시 농사꾼 여자에 대한 보편적인 성격 규정을 한 바로 뒤에 묘한 대립적인 말로 그녀는 "거의 표준이 되는 여자(77)"라고 불린다. 그 밖에 다른 곳에서도 내러티브는 규칙적으로 여자들에 대해서 일반화한다. 예를 들면, 아이가 죽은 후에 테스의 새로운 삶(Rally)을 다음과 같이 바라본다. "사실 말하자면, 여자란 대개가 그러한 굴욕을 극복하여 원기를 되찾고는 또다시 흥미로운 눈초리로 자기 주변을 둘러보는 사람들인 것이다(88)(여자가 그렇다면 그러한 경우에 남자는 어떻다는 것인가?)." 이 문장은 가부장제의 옹호와 '흥미에 찬 눈초리'라는 말을 폭로하는 탁월한 표현이다. 다시 탈보세스에서 에인젤에 대한 젖 짜는 여자의 열정과 관련해서 우리는 "잔인한 자연법(Nature's Law)에 의해서 그들에게 안겨 준 감정에 그들은 무의식적으로 압도당했다(124)"고 듣는다. 국수주의적 본질주의의 더욱 모욕적인 사례에서 "그들을 개인들로 구별하는 다른 점들은 이러한 열정에 의해서 없어지고 각자는 여성이라고 불리는 한 몸뚱아리의 일부분에 불과하다(124).", 즉 '순결한 여인'도 그들 자신의 '여성성'을 상실한 농사꾼 여성들과 마찬가지다. 물론 에인젤에게(서술자에게도) 테스는 그녀가 여름날 오후에 막 깨어났을 때 다음의 유명한 관능적인 문단에서 원형적인 '유기체', 즉 여성에 불과한 것이다.

그녀는 에인젤이 들어온 소리를 듣지 못하였으며 에인젤이 눈앞에 나타나 있으리라는 걸 전연 몰랐었다. 그녀는 길게 하품을 하였다. 에인젤은 입을 크게 벌린 그녀의 빨간 입 속이 마치 뱀이 입을 벌리고 있는 것 같다고 생각했다. 그녀가 틀어 올린 머리채 위로 높이 팔을 뻗어 기지개를 켰기에 그는 그녀의 햇빛에 그을지 않은 고운 피부를 볼 수 있었다. 그녀의 얼굴은 낮잠으로 상기되어 있었고, 눈꺼풀은 무겁게 처져 있었다. 그녀로부터 넘칠 듯한 풍만감이 풍겨져 나왔다. 바로 그 순간이야말로 어느 때보다도 여자의 영혼이 육체적으로 가장 두드러지게 표현되고, 여자의 정신적인 아름다움이 육체의 미로 표현되고, 성적 매력이 밖으로 자연스럽게 노출되는 순간이었다.

(She had not heard him enter, and hardly realized his presence there. She was yawning, and he saw the red interior of the mouth as if it had been a snake's. She had stretched one arm so high above her coiled-up cable of hair that he could see its satin delicacy above the sunburn ; her face was flushed with sleep, and her eyelids hung heavy over their pupils. The brim-fulness of her nature breathed from her. It was a moment when a woman's soul is more incarnate than at any other time ; when the most spiritual beauty bespeaks itself flesh ; and sex takes the outside place in the presentation.)(142~3)

이것이 하아디가 그의 부제에서 「순결한 여성」이라고 뜻한바 여인과 일치하는 실체인가? 그러나 위의 문단에서 어떻게 그가 테스의 특성을 정반대로 설정하고 있나를 주시해 보자. 그녀를 실체, 즉 '여성의 영혼'으로서 묘사함에 있어서 하아디는 그녀를 명상의 대상인 알 수 없는 수수께끼로 만들고 있다. 그러므로 그는 원만한 인물에서 바로 그것의 핵심을 찾는 허구적 사실주의의 존재 이유에 대해서 적대적이다.

그러나 바라보는 것으로, 보여지는 것으로, 가시적인 대상으로서 그녀에 대한 집요한 이미지(늘 육감적인)를 그처럼 불가피한 것으로 만드는 것은 테스에 대한 끊임없는 텍스트의 전략이다. 또한 테스의 입이

얼마나 자주 초점이 되는가를 모두 열거하지는 않겠다. "가슴에 조금
이라도 정열의 불꽃을 간직한 젊은이에겐 한가운데에 조금 치켜올려
진 그녀의 붉은 윗입술은 마음을 어지럽히고 넋을 잃고 미치도록 만드
는 것이었다(127)." 그리고 그녀의 미소와 눈 역시 지속적인 관심을 끈
다. "장미꽃 같은 입술……(her rosy lips curved towards a smile)(33)", "그녀
의 입가에 장난기 어린 미소……(a rough curl coming upon her
mouth)(154)", "두 눈을 휘둥그렇게 뜨고 저도 모르게 만면에 미소를 띠
었다(her eyes enlarged, and she involuntarily smiled in his face)(50)." 그녀의
목, 팔, 머리와 전반적인 행실도 관심을 끈다. "미처 손질을 하지 못한
머리를 위로 감아 올린 모습으로 귀엽게 감아 올린 작업복을 입고 거
기에 서 있었다(154)." 그녀의 "탄력 있고 아름다운 여성스러움(12)"이
란 말도 수없이 강조되고 있다. 테스를 "환상적인 여성의 실체(111)"로
보면서 극단적으로 이상화를 하는 에인젤까지도 "테스처럼 아름다운
몸매를 타고난 여자(110)"는 없다고 애욕적인 표현을 서슴지 않고 있
다. 물론 알렉에게도 테스는 진정한 요부(femme fatale : 반드시 교활한 여
자라고 할 수는 없어도 요정, 그저 어쩔 수 없는 매력을 가진 여자)로 보인다.

테스에게 붙어 다니는 하나의 특성이 지금은 그녀에게 불리하게 작용하
고 있었고, 알렉의 눈길이 그녀의 몸 위에 붙박혀 있는 것도 바로 그 때문이
었다. 테스는 풍요하고 현란한 몸매와 한창 무르익어 가는 육체를 가지고
있었는데, 그러한 모습이 그녀를 실제의 나이보다 훨씬 더 성숙한 여인으로
보이게 하는 것이었다.

(She had an attribute which amounted to a disadvantage just now ; and it was
this that caused Alec o'Urberville's eyes to rivet themselves upon her. It was a
luxuriance of aspect, a fulness of growth, which made her appear more of a

woman than she really was.)(34∼5)

여기서 강조하고자 하는 것은 "실제의 나이보다 훨씬 더 성숙한 여인(35)"이라는 말 속에 내포된 '남성적인 엿보기(male gaze)'와 '육체적인 본질주의(physical essentialism)'를 중시하자는 것이다. 나중에 설교가로서 알렉을 변모(de-converting)하게 하는 것은 바로 이 육감적인 면(voluptuousness)이다. "낯익은 얼굴과 몸매에 떨어진 그의 시선이 한동안 그녀에게 못박힌 채 움직일 줄을 몰랐다 〔…중략…〕 그런 식으로 날 보지 마!(257)" 이것은 소설에서 남성 배반과 이중 기준의 가장 탁월한 환기(evocation)임에 틀림없는 전도(inversion)다. 왜냐하면 결국 누가 보는 행위를 하는가? 『테스』에서 텍스트에 의해 성적 대상으로 만들어지는 것은 꼭 테스만은 아니다. 알렉이 테스와 성행위를 하기 직전에 다아치(Car Darch)는 다음과 같이 묘사된다. "마침내 그녀는 토실토실 살찐 목덜미며 어깨며 두 팔을 달빛 아래 드러내 놓았다. 건강한 시골 색시의 탐스럽고 윤기 있는 살은 달빛을 받아 마치 희랍 조각가 프락시텔레스(Praxitelean)[23]의 조각인 양 빛나고 황홀했다(57)."

위와 같은 묘사는 확실히 점잖은 도색문학, 혹은 적어도 자극적인 시각장치의 예리한 재현과 다름없다. 그리고 더 나아가 텍스트는 소설에 등장하는 여성에 대한 되풀이되는 언어와 내러티브의 대상화로 이러한 성도착증적인 관음증적 태도(voyeuristic stance)를 강조한다. 예를 들면 제2장에도 그런 장면이 있다. '행진하는 여인들(club-walking girls)'은 "그들의 첫번째 행사(their first exhibition of themselves)에 참여하고 있다. 막내는 처녀들이 남자 파트너도 없이 춤을 추는 광경이 무척 신기한지 떠나려고 하지 않았다(13)."

---

23) Praxiteles was a Greek sculptor of the fourth century B.C..

트랜트리지(Trantridge)를 처음 방문한 뒤에 "테스는 마차 안의 손님들을 놀라게 해준 자기 자신의 모습을 깨달았다. 젖가슴에도 장미, 모자에도 장미, 바구니에도 장미와 딸기가 하나 가득―온통 장미투성이였다(36)." "데버필드 부인(Mrs Durbeyfield)은 알렉의 희생(결과적으로 그렇게 된다는 것)을 위해 테스를 꾸미면서 너무너무 테스의 용모가 자랑스러워진 그녀는 마치 화가가 그림 앞에서 그러듯이 한 발자국 뒤로 물러나서 자기 작품(꾸며진 테스)을 전체적으로 훑어 보았다. "너도 한 번 네 모습을 보려무나! 요전 날보다도 훨씬 돋보이는데!" 테스로 하여금 자신을 보도록 하기 위해서 더버필드 부인은 유리창 뒤에 검정[24] 외투를 드리워서 창 전체를 거울처럼 만들어 주었다(40)." 또 다른 경우를 보자. 텍스트는 테스를 뒤에서 촬영해서 그녀를 풍경화 속의 하찮은 하나의 점으로 축소시킨다. "산으로 둘러싸인 널따란 푸른 평원 위에서 테스가 어느 방향으로 가야 할지 확실히 알 수 없어 가만히 서 있는 모양은 마치 무한히 긴 당구대 위에 파리 한 마리가 앉아 있는 것 같았고, 그녀는 그곳 주위 풍경에 비하여 그 한 마리의 파리만큼이나 하찮은 것이었다"(89)." 그리고 또 다른 장면도 있다. "…… 사이에는 파리처럼 황폐한 들판의 표면 위를 기어다니고 있는 두 여자 외에는 아무것도 없었다(238)."

소설 구석구석에서 특히 테스는 'vision'의 대상으로 심하게 가시화되고 있다. 두 가지 중대한 경우에 테스는 시야에서 사라진다. 하나는 에인젤과 리자루의 눈이(마치 알렉이 그녀의 육체에 대해 그러듯이) 처형을 알리는 깃발이 펄럭이는 장대에 못박힌 채 테스가 교수형당할 때이고, 두 번째는 알렉이 테스와 '욕망의 행위(Act of darkness)'를 범할 때다. "어둠은 이제 하도 짙어서 그는 발치에 희미한 것밖에는 전연 볼

---

24) 테스의 교수형을 알리는 깃발도 **Black Flag**이었다는 것을 상기할 것.

222

수가 없었다. 그건 그가 낙엽 위에 두고 갔던 흰 모슬린 옷을 입은 테스의 잠든 모습이었다. 그것 이외의 일체는 한결 같은 흑색이었다(62)." 역설적으로 말하면 마치도 이 소설은 '순결한 여성'이라는 실체는 오로지 그녀가 나타날 때만 예술적 구상화(visualization)로서 묘사될 수 있다. 그러나 그녀의 존재(sex, death)의 근본적인 실재는, 아무리 상대를 잘 안다 해도 누구도 그릴 수 없는 성격의 내부 비밀처럼, 알 수도 없고 재현할 수도 없다는 것을 암시하는 것 같다.

우리는 테스의 특성에 관해서 실질적으로 어떤 것도 모른다. 왜냐하면 소설이 결코 그녀의 내밀한 존재를 파고들려 하지 않기 때문이다. 겨우 우리에게 소설은 "테스가 두 가지 언어를 말했다(She spoke two languages.)(17)"는 정도를 말해 준다. 그리고 그녀의 인생관을 엿볼 수 있는 "벌레 먹어 말라빠진 별 (the blighted star)(25)"을 제시하고 그녀의 기질이 용기 있다는 순간을 제시할 뿐이다. "계집들이 노상 지껄이는 수작이로군(65)"이라고 알렉이 하는 말에 테스는 다음과 같이 대꾸한다.

"어쩌면 그런 말을 할 수 있어요!" 테스는 거세게 사내 쪽으로 몸을 돌리며 외쳤다. 그녀의 내부에 숨어 있던 기질(그는 이 기질을 언젠가 경험하게 될 것이다)[25]이 나타나자, 그녀의 두 눈이 불타 올랐다. "기가 막혀라! 당신을 마차 바깥으로 집어 던질 수만 있다면! 세상 계집들이 노상 지껄이는 수작을 정말로 뼈아프게 느끼는 계집도 있다는 걸 생각이나 해보았나요?"

('How can you dare to use such words!' She cried, turning impetuously upon him, her eyes flashing as the latent spirit(of which he was to see more someday) awoke in her. ⋯ 'My God!' ⋯ what every woman says some

---

25) 알렉의 살해 장면과 연결해서 생각해 볼 것. 어떤 비평가들은 테스가 알렉을 살해한 동기를 이러한 기질에서 찾는다.

women may feel?')(65)

그것은 마치도 에인젤이 아르테미스(Artemis)와 디미터(Demeter)와 같은 이름으로 자신을 이상화하는 장면에서 '테스'라고 불러요(111)라고 단호히 말하는 것과 같다. "테스는 자신이 순결한 세계를 침범하는 죄지은 자라고 생각했다. 이처럼 테스는 구별이 없는 곳에 구별을 지음으로써 자기는 그 아름다운 자연과는 어울릴 수 없는 이물질이라고 생각했지만, 사실은 그녀처럼 자연과 잘 조화되는 것도 없었다. 테스는 기성 사회의 법은 어겼지만 자신이 이질적인 분자라고 여기고 있는 지금 이곳의 자연 환경의 법은 결코 위반하지 않고 있었다(73)."

그러나 우리는 심리적으로 초연한 거리에서 다음과 같이 주목하고 있다. 그녀는 에인젤에 대한 자신의 사랑을 설명하려 한다. "에인젤은 그녀가 자기를 사랑하고 있음을 알고 있었다. 그녀의 표정 구석구석에 그것이 나타나 있었다. 그러나 그는 그때에는 그녀의 사랑의 깊이 전체를, 그녀의 사랑의 순정과 유순함을 알지 못했다. 그녀의 사랑을 증명하는 오랜 고뇌가, 정직함이, 인내가, 성실이 어떠한 것인가를 몰랐다(180)." 그러나 텍스트가 진행되어 가면서 그녀의 사랑의 명료한 의미가 불분명해진다. 마치도 앞에서 화자가 많은 말을 했음에도 불구하고 그녀의 눈을 분명하게 묘사할 수 없었듯이 말이다. "그녀의 눈동자 색깔은 특이했다. 까맣지도 푸르지도, 잿빛도 자줏빛도 아닌, 이 모든 색깔과 그 밖의 색깔을 뒤섞은 듯한 색깔 너머로 또 다른 색깔이 어리는 그런 눈이었다(77)." 이 모든 성격 창조에도 불구하고 우리는 실로 테스에 대해서 확실하게 아는 것이 없다. 이런 점이 아마도 그 많은 비평적 논쟁이 '그녀는 수동적이다, 혹은 아니다' '그녀는 순결하다, 혹은 교활하다' '그녀는 원만한 인격의 소유자다, 혹은 경솔하다'를 놓고 맹렬하게 논쟁을 하게 되는 이유일 것이다.

5) 부재의 확인

『테스』는 우리에게 인식할 수 있는 인물을 제공하려는 소설이 아니라 오히려 인물 창조 과정 자체를 인도주의적 사실주의의 신비화('환상적인 실체'를 만들어내서)로서 드러내 놓는 소설이다. 그리고 그것은 '순결한 여성을 충실하게 제시하는 것'에 대한 거짓된 본질주의를 아이러니에 노출시킴으로써 '인물 창조'가 포함하고 있는 재현 불가능을 드러내 보인다. 「순결한 테스」('Pure Tess : Hardy on Knowing a Woman")라는 논문에서 블레이크(Kathleen Blake)는 "그 소설은 정말로 한 여성의 삶을 황폐화시키는 성적인 전형(sexual typing)을 검토하는 것이다"[26]라고 말하는 반면에 『토마스 하아디 : 유물론적 비평을 위하여』(*Thomas Hardy : Towards a Materialist Criticism*)에서 워톤(George Wotton)은 우리는 웨쎅스에 사는 인물들이 보여주는 다양한 행위들에서 인식되는 갈등 중에서 계급과 성의 갈등을 중요하게 인정해야만 한다고 제안하면서 하아디는 독자에게 보는 사람(seer)의 역할을 할당함으로써 글쓰기(생산)는 글읽기(소비)를 결정한다고 지적한다.[27] 한 인물로서의 테스는 개인과 사회에 의해서 그녀가 인식된 대로(종종은 파괴적이고 모순적이지만) 이미지의 혼합물에 불과하다. 즉, 에인젤은 테스를 이상화하고 알렉은 그녀를 성적인 대상으로 본다. 화자는 그녀를 맹목적으로 숭배하고 사회는 그녀를 방탕한 여자로 여긴다. 또한 부제는 아이러니컬하게도 그녀를 순결한 여성으로 충실하게 소개한다고 한다. 그러나 테스는 전혀 특성이 없다. 그녀는 오로지 남들이(주로 작가) 그녀를 구축해 놓은 대로인 것이다. 그래서 그녀는 그저 '일련의 외양' 혹은 '인상'인 것

---

26) The Essay appeared first in *Studies in English Literature*, 22:4(Autumn, 1982), pp.689~705, but has been reprinted in Bloom(ed.), *Modern Critical Interpretations*.
27) Wotton, *Thomas Hardy*, p.4.

이다. 물론 이것은 그녀의 존재, 즉 '순결한 여성'의 관념에 대한 궁극적인 아이러닉한 뒤틀림이다. 왜냐하면 여자가 그녀의 탐스러운 몸매에 대한 남성 사회의 성적 이미지의 단순한 구축물일 때 '본질적인 성격(essential character)' 같은 것은 있을 수 없기 때문이다. 그래서 하아디의 소설은 시대를 앞서서 통일된, 그리고 단일한 인간 주체에 대한 부르주아적 인도주의(가부장적/사실주의적) 관념을 해체시키고, 자아 반영적인 언술 행위와 너무도 불안정하고 대화체적인 재현(창조하고 있으면서 스스로를 해체하도록)을 낯설게 함으로써 '순수한 여성'의 재현을 불가능한 것으로 드러내 놓는다. 이런 면에서 『테스』의 포스트모던적 글 읽기의 가능성을 기대할 수 있다고 본다.

Works Cited

1. Text :

Hardy, Thomas. *Tess of the d'Urbervilles*(1891), ed. Scott Elledge. New York : W. W. Norton, 1979.

2. References :

Abrams, M. H.. *A Glossary of Literary Terms*. New York : Holt, 1981.

Bloom, Harold.(ed.) *Modern Critical Interpretations of Thomas Hardy*. New York, 1987.

Butter, John.(ed.) *Alternative Hardy*. London, 1989.

Cecil, David. *Hardy The Novelist*. New York : Paul p. Appel, 1972.

Draper, R. P.. *Hardy : The Tragic Novels*. London, 1975.

Goode, John. *Thomas Hardy : The Offensive Truth*. Oxford, 1988.

Hardy, Thomas. *Desperate Remedies*(1871), ed.

C. J. P. Beaty. New Wessex Edition. London, 1975.

——————. *Tess of the d' Urbervilles*(1891), ed. Juliet Grindle and S. Gartell. Oxford, 1983.

——————. *Jude the Obscure*(1895), ed. Norman Page. New York : W. W. Norton, 1978.

Hardy, Florence Emily. *The Life of Thomas Hardy* 1840~1928. London : The Macmillan, 1975.

Jacobus, Mary. ed. *Women' s Writing about Women*. Beckenham, 1979.

Laird, J. T.. *The Shaping of Tess of the d' Urbervilles*. Oxford, 1975.

Pettit, P.C.. ed. *New Perspectives on Thomas Hardy*. London : Macmillan, 1994.

Selden, Raman and Widdowson, Peter. ed. *Contemporary Literary Theory*. London : Harvest, 1993.

Widdowson, Peter. *Hardy in History : A Study in Literary Sociology*. London, 1989.

Wotton, George. *Thomas Hardy : Towards a Materialist Criticism*. Goldenbridge, 1985.

4. 『모호한 자 쥬우드』의 모더니티

1) 머리말

현대 소설가들에게 끼친 하아디의 영향력의 범위와 다양함은 지금까지 지나칠 정도로 논의되고 또한 입증되어 왔다.[1] 이제부터 『쥬우드』

(*Jude the Obscure*, 1895)로 약칭할 이 소설이 이후의 영국 소설 발전에 미친 영향도 오랫동안 평자들 사이에서 분명히 인식되어 왔다. 특히 하아디가 로렌스 이후로 현대 소설에서 인간의 성욕(sexuality)을 다루는 주제 부문에 강하게 영향을 끼쳤다고 말하는 것은 이제는 상식적인 차원이 되어 버렸다. 이안 그레고(Ian Gregor)는 "『쥬우드』가 끝나는 곳에서 『레인보우』가 시작한다"[2]고 지적했다.

그러나 소설사에 끼친 『쥬우드』의 영향력이 의심할 나위 없는 것이라면 그 화두의 중심에는 모더니티의 수용성 여부에 대한 논의가 있어 왔다는 것을 간과할 수는 없다. 어빙 하우(Irving Howe)는 『쥬우드』를 다음과 같이 간파하고 있다.

『쥬우드』는 하아디의 가장 명백한 현대적인 작품이다. 왜냐하면 그것은 모더니즘 문학의 많은 중심적인 명제들을 가정하고 있기 때문이다. 즉, 우리 시대에서 멍청한 얼간이(dumb clods) 이상이기를 바라는 사람들은 영원한 회의와 지적인 위기감 속에서 살아야 하고, 전통적인 신앙이 더 이상 쓸모 없는 사람들에게 삶은 내재적으로 불확실하며 있다손 치더라도 용기는 확실성의 위안을 거부하는 반면에 기꺼이 고통을 수용하는 데 있다는 명제들을 『쥬우드』는 암시하고 있다.

(Jude the Obscure is Hardy's most distinctly 'modern' work, for it rests upon a cluster of assumptions central to modernist literature : that in our time men wishing to be more than dumb clods must live in permanent doubt and intellectual crisis ; that for such men, to whom traditional beliefs are no longer

---

1) See Peter J. Casagrande, *Hardy's Influence on the Modern Novel*(Totowa, New Jersey : Barnes & Noble Books, 1987).
2) Ian Gregor, *The Great Web : The Form of Hardy's Major Fiction*(Totowa, NJ : Rowman & Littlefield, 1987), p.233.

available, life has become inherently problematic ··· and that courage, if it is to be found at all, consists in readiness to accept pain while refusing the comforts of certainty.)[3]

　하우의 위와 같은 주장은 우리가 일반적으로 수긍하고 있는 모더니즘 문학의 특성을 『쥬우드』가 충족시키고 있다는 것을 대변하고 있다고 본다. 모더니즘을 어떤 틀에 맞추어 정의한다는 자체가 모순일 수도 있겠으나 모더니즘의 범주에 속한다고 많은 평자들이 동의하고 있는 작품들을 살펴보면 몇 가지 공통적인 특징을 요약할 수가 있다. 그것은 첫째로 엘먼과 피들슨(Ellman and Feidelson)이 지적한 대로 "비전통의 전통"[4]이라고 할 수 있다. 모더니즘은 기성 전통이나 인습으로부터의 탈피를 의미한다. 그리고 19세기의 부르주아 사회가 신봉하고 있던 사회적, 경제적, 도덕적 가치관을 모두 배격한다. 말하자면 19세기의 기성 가치관에 대한 회의이다. 특히 사실주의 문학적 성향에 반기를 든 것이 모더니즘이라고 규정해도 별 무리가 없다고 볼 수 있다.

　모더니즘의 두 번째 특징은 주관과 개인주의에 대한 성찰일 것이다. 모더니즘 작가들은 모든 가치와 진리는 오직 '나'로부터 출발한다고 믿는다. 개인의 주관성과 내적 경험을 강조하는 모더니즘 작품은 복잡성을 피할 수가 없다. 인간의 외적인 행동이나 현상 세계보다는 인간의 내적 성찰이나 심리 분석, 혹은 의식 세계를 다루는 데서 생겨나는 피치 못할 결과라고 할 수 있다.

　모더니즘의 세 번째 특징은 문학의 독자성과 자기 목적성을 강조하

---

3) Irving Howe, *Thomas Hardy*(New York : The Macmillan Company, 1967), p.134.
4) Richard Ellman and Charles Feidelson, Jr., eds. *Modernism* : 1890~1930(Harmondworth : Penguin, 1976), p.vi.

는 데 있다. 여기에 하나의 특성을 더 추가한다면 그것은 실존주의적 인생관이다. 대부분의 모더니즘 작가들은 현대인들이 처해 있는 인간 조건을 실존주의적인 관점에서 다루고 있다. 무엇보다도 대부분의 모더니즘 작가들은 20세기 현대인이 처해 있는 비극적 상황에 남다른 관심을 보인다. 삶을 무의미한 것으로 받아들이는 그들은 허무주의와 공허감을 현대인의 일용할 양식으로 간주한다. 19세기 사실주의 소설에서도 중요하게 취급했던 개인과 사회 사이에서 생겨나는 갈등과 긴장의 문제를 모더니즘은 사실주의와는 약간 다르게 다룬다. 사실주의가 어디까지나 사회 쪽의 승리로 끝나기 일쑤인 반면 모더니즘 작품에서는 오히려 개인 쪽에 동정이 기울어진다. 개인이 사회의 억압에서 벗어나기 위해서는 무엇보다도 자유 의지를 행사해서 자신의 행동에 대하여 선택을 하지 않으면 안된다. 이 자유 의지와 선택의 문제 역시 모더니즘 문학이 지니고 있는 중요한 특성 중의 하나다. 사실 모더니즘 문학이 19세기의 사실주의와 자연주의 문학 전통과 구별되는 것은 바로 이 점이라고 볼 때 하아디를 전통적인 사실주의 또는 자연주의 작가로 규정해 온 논리와는 상충된다고 볼 수 있다. 사실 하아디의 작품 세계에서는 인간의 모든 행위는 유전이나 환경에 의하여 결정되는 것으로 파악함으로써 인간에게 아무런 자유 의지를 인정하지 않았다. 따라서 주인공들은 제어할 수 없는 초월적인 힘에 의하여 마치 꼭두각시나 인형처럼 움직이고 있다. 그러나 모더니즘 작품에 이르러서는 주인공들은 대부분 자신의 운명을 자신이 직접 결정해 나간다. 그들은 자신의 삶이 아무리 보잘것없는 것이라 할지라도 마치 진흙으로 형상을 빚듯이 그들이 원하는 바대로 자신의 인생을 창조하고자 한다. 이러한 특징들은 하아디의 문학 세계를 이해할 때 괴리가 있는 것처럼 보이지만 사실 하아디의 문학 세계의 특성은 두 이즘(~ism)의 전통을 연계해 주는 가교의 구실을 하고 있다. 상호 배타적인 절대적 단절이나 이탈이 아니라 두 이즘의 특성을 공유하고 있으나 『쥬우드』에서는 모더니즘에 대한 지향성이 지배적이라는 것이다. 이것이 이 논문의 착안점이다.

앞에서 살펴본 하우가 『쥬우드』의 모더니티를 주장했다면 살터(C. H. Salter)의 반발도 만만찮다.

하아디는 '모던'이라는 단어를 막연하게 사용하고 있으며, 진정으로 모던하다고 할 수 없거나 다소 모던적인 색채를 띤 많은 것에 적용하고 있고, 때로는 비난의 말로 사용하기도 한다. 그는 현대적인 원인에 의해서가 아니라 시대를 초월해서 선천적으로 생겨난 비관주의를 표현한다. 비극에 대한 하아디의 개념은 단순하고 중세적이다.

(Hardy uses the word modern vaguely and applies it to much that is not really modern or only trivially so, and sometimes as a term of reproach. He expresses a pessimism not produced by modern causes, but timeless and congenital ⋯ Hardy′s idea of tragedy is simple and medieval.)[5]

이처럼 의견이 불일치하는 데는 양쪽이 다 예술작품이 반영할 수도 있거나 그렇지 않을 수도 있는 어떤 중심적인 이데올로기의 단계로까지 모더니티가 축소되는 절대적인 가정을 하는 경향이 있기 때문이다. 그러나 19세기와 20세기의 고급 예술작품은 형식과 주제의 다양성을 보여주고 있으며―일련의 다소 분명하면서도 종종 막연하게 관련되거나, 광범위하게 다양하고, 빈번하게 상충되는 태도와 기교―그들의 문화적 맥락과 동등한 관계의 다양성을 보여주고 있다. 그 다양성 속에서 어떤 "중심을 찾는 것은 쓸데없는 축소 행위일 뿐이고, 『쥬우드』와

---

5) C. H. Salter, *Good Little Thomas Hardy*(Totowa, NJ : Barnes & Noble Books, 1981), p.26.

같은 예술작품의 모더니티를 정의하려고 하는 것은, 특히 그것의 심오함에 대한 최근의 연구 결과를 놓고 볼 때 아주 무용하다고 볼 수밖에 없다"[6]고 찬반 논쟁 자체를 격하시키는 평자들도 있다.

오히려 문예사조상 특히 19세기와 20세기 동안 예술작품의 모더니티를 구성하는 것이 무엇이라고 말해지건간에 그것은 불가피하게 선별적인 고려(consideration)의 산물이라는 가정하에 이 논의를 계속하는 것이 현명할 것이라고 생각한다.

플롯의 논리성이 새로운 현실을 수용하기에는 여러 가지 제한점을 안고 있어서 새로운 소설 기법의 개발이 모더니즘 작가들에게는 불가피한 명제였다는 것이 평자들의 일관된 주장이다. 내적 독백(interior monologue), 의식의 흐름(stream of consciousness), 문체(style), 언어의 농축성(condensation of language), 다양한 화자의 등장(appearance of narrator), 음악적 기법의 도입(introduction of music technique), 그리고 구성의 미학적 고려(aesthetic consideration of structure) 등이 모더니즘 작가들에 의하여 과감히 실험되었으며, 이후 20세기 소설은 기법 면에서 19세기 소설과 아주 다른 모습을 띠게 되었다. 여기서 경계해야 할 것은 소설의 출판 시기와 모더니즘의 특징을 경직된 비례 관계로 생각하는 선입견이다.

포스터(E. M. Forster, 1879~1970)로는 위대한 소설의 자격은 계시적 진리가 심미적 구도 속에서 이루어져 진리가 독자의 마음에 경건하고 순수하게 '노래'로 와닿는 것을 전제하고 있다. 그는 또한 소설의 미학적 구조를 진리의 계시 못지않게 높이 평가하고 있다. 그는 이 미학적 구조를 '패턴(pattern)'과 '리듬(rhythm)'으로 구별하고 있다. '패턴'은 미술에서 차용한 용어로 작품의 구조와 균형의 조화를 뜻하고 있으며,

---

6) Romon Saldivar, *Jude the Obscure* : Reading and the Spirit of the Law", in Harold Bloom's *Thomas Hardy's Jude the Obscure*(New York : Chelsea House Publishers, 1987), pp.103~118, and see the summary points made by Gary Adelman, *Jude the Obscure* : *A Paradise of Despair*(New York : Twayne Publishers, 1992) pp.29~30, 98, and 107.

'리듬'은 음악에서 따온 용어로 주제와 변조의 반복을 의미한다. "불행히도 이 두 용어는 뜻이 모호하다―패턴이나 리듬을 문학에 적용시키는 경우 자기들이 뜻하는 바를 말하지 않거나 자기의 말을 끝내지 않기 쉽다."[7]

포스터는 소설도 베토벤(Ludwig Van Beethoven, 1770~1827)의 제5번 교향곡(the Fifth Symphony) 같은 구성이 가능하며, 그 속에는 주제와 변조가 있고, 서장은 안단테로 그리고 트리오―스케르조―트리오―피나레―트리오―피나레로 옮겨지는 동안에 하나의 전체가 되는 소설 교향곡이 이루어질 수 있음을 시사한다. 포스터는 서장과 안단테와 트리오로 시작되는 제3장의 상호 관계를 '리듬'이라고 부른다. 이러한 '리듬'이『쥬우드』의 소설 구조 속에서 어떤 양상으로 나타나고 있나를 살펴보는 것도 본고의 과제이다.『쥬우드』의 비극적 주조음의 변조 양상은 소년에서 성년으로, 그리고 노년으로 성장해 가는 과정의 비극적 변천 과정과 유사함을 알 수 있을 것이라는 가정이다. 또한 위대한 소설이 교향곡적인 구조 속에서 발전되는 경우, 작품의 종결은 항상 메아리 같은 여운을 남기게 된다는 포스터의 다음과 같은 말에도 귀를 기울이고자 한다. 그것은 모더니즘 소설의 미완적 열린 결말의 공통성을『쥬우드』에서도 확인할 수 있기 때문이다. 포스터는 소설의 교향악적 구성의 궁극적 효과에 관하여 '메아리(echo)'와 '확장(expansion)'이라는 이론을 제시하고 있다.

음악은 그 속에 인물이 없고, 또 음악 나름대로의 복잡한 법칙을 따로 갖고 있지만 소설이 이룰 수 있는 미의 한 양상을 제시한다. 그것은 확장이다. 이것이 바로 소설가가 집착해야 할 점이다. 완성이 아니라, 대단원을 이루

---

7) E. M. Forster, *Aspects of the Novel*(New York : A Harvest/HBJ Book, 1927), p.149.

면서 끝나는 것이 아니라 열려 나가는 것이다. 교향곡이 끝나면 선율과 음조가 퍼져 나가 전체의 리듬 속에서 따로 분리된 자유를 찾는 것이다. 소설은 그럴 수 없는 것인가?[8]

이것은 인생의 실체(reality)를 보다 사실적으로 담기 위하여 작품의 종결을 미완으로 끝내는 기법보다도 한 걸음 더 나아간 창작 태도라고 볼 수 있다. 다시 말하면 소설 속의 사건들이 미완으로 끝남으로써 사건을 완결짓지 않을 뿐만 아니라 작품이 끝난 뒤에도 계속 소설의 사건들이 독자의 머릿속에 남아 그 다음의 가능성의 문이 열리기를 독자의 상상력에 호소하는 기법이다.

『쥬우드』를 사실주의(혹은 자연주의)적 입장에서 보는 시각은 평자들 사이에서 보편적인 합의가 이루어졌다는 것을 지적한 바 있다. 그리고 『쥬우드』는 두 사조(사실주의와 모더니즘)에 걸쳐 있다는 것도 제시한 바 있다. 여기에는 앞의 사조의 퇴색과 다음 사조의 전조를 암시하는 특성이 있다. 문제는 하아디가 『쥬우드』에서 두 주의의 특징을 절묘하게 결합하고 있다는 데 있다.

본고에서 필자는 모더니스트들이 대범하게 다루었던 주인공들의 성욕의 문제를 하아디도 비슷한 방식으로 다루었다는 사실을 접어 두고라도 적어도 다음과 같은 3개 영역에서 여러 다른 나라의 예술가들과, 정확하게 거의 동시에 다른 대중매체의 예술가들에 의해서 적용되고 있던 기교적 특성을 하아디는 『쥬우드』에서 수용했다는 것을 규명하려고 한다. 첫째, 하아디는 『쥬우드』에서 관중(독자)에게 해결과 결말을 부인하는 미해결의 열린 구조를 차용했다. 둘째, 표현주의 예술의 특징적 기교인 기이한 뒤틀기와 단순화를 차용하기 시작했다. 셋째, 단일한

---

8) *Ibid.*, p.169.

작품내에서 첨예하게 대립되는 예술적인 양식을 혼합하는 것을 실천했다. 이런 점에서 『쥬우드』는 서구 예술사조상 모더니즘 예술을 지향한 최초의 작품이었다고 볼 수 있다.

2) 미해결의 열린 구조

종전과는 다른 새로운 결말을 찾으려는 대단한 의욕이 19세기 말과 20세기 초의 예술에서 혁신에 대한 갈망으로 뚜렷하게 떠올랐다. 그리고 이러한 혁신들은 광범위한 예술적인 목적에 도입되었다. 이중에는 더욱 열린 결말의 예술작품을 창조해내는 복잡한 장치의 사용도 있었다. 아담스(Robert Martin Adams)의 말을 빌리면 그 장치란 "미해결을 내보이려는 의도를 가진 주요한 미해결된 갈등(a major unresolved conflict with the intent of displaying its unresolvedness)"[9]을 포함하고 있는 것을 말한다. 그러한 종류의 '열림'을 창조하려는 장치가 20세기 말부터 계속해서 더 빈번하게 더 분명하게 사용되어 왔다.

소설가들이 그러한 결말을 기꺼이 차용하려는 점증되는 의욕의 몇 가지 사례가 영국과 유럽 대륙에서 19세기 중반 후에 나타나기 시작했다. 예를 들면 『보바리 부인』(*Madame Bovary*, 1857)과 『정서교육』(*L'Education Sentimentale*, 1867)에서 플로베르(Gustave Flaubert, 1821~80)는 확실한 해결감을 자아낼 수 있는 아무런 결론적인 작가의 완전한 견해를 독자에게 제시하지 않는다. 디킨즈(Charles Dickens, 1812~70)가 『위대한 유산』(*Great Expectation*, 1861)에 썼던 두 결말 중에서 첫번째 것은 성취한 행복을 암시하기 위해서 전통적인 결론 수법에서 오는 해결감을 독자에게 거부할 수도 있었을 텐데 그러지 못했다. 하아디 역시『귀

---

9) Robert Martin Adams, *Strains of Discord : Studies in Literary Openness*(Ithaca, NY: Cornell University Press, 1958), p.13.

향』을 쓸 당시 좀더 열린 결말(결론이 없는)을 의도했었지만 연재물이라는 속성상 당시의 인습적인 소설 결말을 따르고 말았다.[10]

그러나 그때부터 계속 하아디는 그의 주요 소설들의 결말을 미해결의 구조로 열어 놓는 경향을 보였다. 결말이 분명하게 부재함을 보이는 경우는 예를 들면 『숲 속의 사람들』이다. 물론 마아티 싸우스(Marty South)가 윈터본(Giles Winterborne)에게 한 돈호(apostrophe)에 의해서 약간 완화되기는 한다.[11] 『테스』의 결말에서 하아디는 '영적인' 테스라고 할 수 있는 그녀의 여동생인 리자루와 에인젤을 같이 있게 함으로써 에인젤 클레어의 더 행복한 미래의 가능성을 열어 놓고 있다.[12] 하아디가 중요한 쟁점을 단호하게 미해결로 두었을 뿐만 아니라 주요 등장인물들 중에서 한 명에 의해서 인내된 고통과 박탈감이 계속될 것이라는 것을 암시해 주는 서사적 결말을 창조해낸 것은 바로 『쥬우드』에서라고 말할 수 있다.

『쥬우드』에서 두드러지는 것은 하아디가 미해결의 열린 결말을 만들어내기 위해서 사용한 다양한 기법과, 이 기법 중의 하나가 거의 정확하게 동시대의 음악 분야에서도 비슷하게 발전해서 병행했다는 사실이다.

『쥬우드』에서 해결이 부재함을 강조하기 위해서 하아디는 적어도 3개의 중요한 장치들을 수용했다. 첫째로, 알란 프리드만(Alan Friedman)이 주목했듯이 소설의 결말에서 결혼과 장례식을 대위(counterpoint)시키는 방법은 둘 다에서 그러한 친숙한 결말들이 흔히 갖는 전통적인

---

10) See Carl J. Weber, 'Hardy's Grim Note in *The Return of th Native*', *Papers of the Bibliographical Society of America*, 36(1942), pp.37~45. About how the present conclusion of *The Return of the Native reinforces* the doubts raised by the novel rather than resolves them, see Robert Schweik, 'Theme, Character and Perspective in Hardy's *The Return of the Native*', *Philological Quarterly*, 41(1962), pp.757~767.

11) Robert Schweik, 'The Ethical Structure of Hardy's *The Woodlanders*', *Archiv fur das Studium der Neuren Sprachen und Literaturen*, 211(1974), pp.31~44.

12) On the way the relationship of Angel Clare and Liza-Lu forms a kind of 'new marriage', see Jan B. Gordon, 'Origins, History, and The Reconstitution of Family: Tess's Journey', *Thomas Hardy*, ed. Harold Bloom(New York : Chelsea House Publishers, 1987), pp.115~135.

종결의 효과를 박탈한다는 것이다. 둘째로, 다니엘 슈와쯔(Daniel Schwartz)와 피터 카사그란데(Peter Casagrande)가 지적했듯이 『쥬우드』는 순환하는 플롯의 패턴(cyclical plot pattern)과 재혼이라는 반복 구조(iterative structure), 무의미하게 제자리만 맴도는 느낌을 갖게 하는 장면과 인물들의 되돌아옴 등을 가지고 있다. 소설에서 쥬우드가 단조롭게 반복해서 왔다 갔다(back and forth) 하는 패턴에 대한 데이비드 손스트름(David Sonstroem)의 도표는 이 소설의 구조가 정말로 반복적이라는 것을 또 다른 방식으로 제시해 주는 것이다.[13]

그러나 하아디가 『쥬우드』에서 미해결의 열린 결말감을 만들어내기 위해서 사용한 형식적인 기법 중에서 가장 유력한 것은 점진적으로 사그라져 가는 쥬우드의 열망을 길게 늘여 보여주는 유형과 점점 빠르게 연속적으로, 그리고 점진적으로 더 낮은 차원으로 나타나는 그의 열망에 대한 방해이다. 그 방해(checks)는 다음과 같은 10단계로 요약할 수 있다.

①처음에 쥬우드는 성직자가 되고자 한다(I, chs. 1~9).[14] ②아라벨라의 간계(trick)에 의해서 좌절된 뒤 자신은 없지만 다시 시작한다. 그러나 대학 학장에 의해서 거부당한 뒤 대학에 대한 희망이 무너짐을 인식한다(II, chs. 1~7). ③유자격자로서 교회에 들어가길 갈망한다. 그러나 수우가 피일로트슨과 결혼하자 좌절감을 느끼고, 그는 아라벨라와 그날 밤을 보내고 성직자의 삶에 대한 그의 신념과 야망이 약해지는 것을 경험한다(III, chs. 1~10).

---

13) See Alan Friedman, *The Turn of the Novel*(New York : Oxford University Press, 1966), pp.71~74 ; Daniel R. Schwarz, 'Beginnings and Endings in Hardy's Major Fiction' in *Critical Approaches to the Fiction of Thomas Hardy*, ed. by Dale Kramer(London : Macmillan, 1979), pp.33~34 ; Peter Casagrande, *Unity in Hardy's Novels : 'Repetitive Symmetries'*(London : Macmillan, 1982), p.203 ; and David Sonstroem, 'Order and Disorder in *Jude the Obscure*', *English Literature in Transition*, 24(1981), p.9.

14) Thomas Hardy, *Jude the Obscure*(1895), ed. Norman Page(New York : W. W. Norton, 1978), pp.9 ~52(이후 이 책을 텍스트로 하고 인용문 다음에 면수만 밝히겠음).

④그럼에도 불구하고 쥬우드는 그의 학문에 대한 집념을 고집한다. 그러나 수우가 그에게로 도망쳐 오자 그는 그의 성직에 대한 야망과 그녀가 조화되지 않는다는 자신의 느낌을 발견하고, 자신의 책을 불사르고 성직자가 되겠다는 희망을 포기한다(IV, chs. 1~3). ⑤그 다음에 쥬우드는 수우와 만족을 추구한다. 그러나 그는 수우의 성적인 표현의 억제와 세상이 그들에게 사회적 용인을 하지 않기 때문에 이 마을 저 마을로 방황하게 되고, 그러한 결혼에 대한 그녀의 못마땅해 함에 의해서 좌절한다(IV, ch. 5 ; V, chs. 4~7). ⑥몇 년을 방황한 후에 쥬우드는 크리스트민스터(Christminster)에서 조용히 살길 바란다. 그러나 거기에 도착하자마자 그는 굴욕감을 더욱 뼈저리게 느끼고 자신의 아이들의 죽음과 수우의 상황에 대한 발광적인 반응에 직면하게 된다(V, ch. 8 ; VI, chs. 3~7). ⑦피일로트슨에게 수우가 돌아간 것은 쥬우드로 하여금 그녀가 돌아올 것이라는 실낱 같은 희망을 갖는 것마저도 약하게 하였다. 그러나 이런 실낱 같은 희망마저도 그녀의 비협력적인 태도와 아라벨라와의 사랑 없는 결혼이라는 함정에 쥬우드가 빠짐으로써 파괴되어 버린다(VI. chs. 3~7). ⑧결국 쥬우드는 비와 추위에 노출됨으로써 자신의 죽음 이외에 아무것도 구할 게 없었다. 그러나 자신의 자살 시도마저도 그가 일터로 돌아갈 수 있도록 회복됨으로써 저지당한다(VI, chs. 8~10). ⑨그의 건강이 결국 무너질 때 물을 요구하는 쥬우드의 마지막 소망은 누구에게도 들리지 않고 지나쳐 버린다. 간신히 중얼거리는 욥(Job)기의 인용은 축제일(Remembrance Day) 군중들의 반복되는 만세(Hurrah) 소리가 비웃는 듯했다. 그리고 그의 죽음 자체가 새로운 연인을 구하려 부지런히 돌아다니는 아라벨라에게는 성가신(불편한) 일이었다(VI, ch. 11). ⑩소설의 궁극적인 이미지에서 쥬우드의 옛날 야망의 유물로 남겨진 책마저도 축제 주일에 병적인 취향(to pale to a seekly cast)을 띠는 것같이 보였다. 반면에 소설의 마지막 말들은 수우의 고통이 계속될 것임을 강조한다(VI, ch. 11).

그러면 여기서 이 소설의 마지막에서 아라벨라가 하는 말을 다시 상기해 보자. "그의 팔에서 빠져 나간 후에 수우는 마음의 평온을 깡그리 잃고 만 거예요. 그리고 두 번 다신 찾기가 어려울 거예요. 지금의 쥬우드처럼 언제까지나(324)."

점점 기울어 가는 쥬우드의 열망과 그것들을 반복해서 방해하는 유형을 도식화해 보면 그의 열망이 최고에 달하는 점과 그 뒤를 따르는 쇠퇴의 연속성은 하나의 선으로 표시될 수 있을 것이다. 그 정점과 하락의 골은 점진적으로 더 낮고 더 밋밋해져서 거의 잔물결로 되어 버리지만 그것은 결코 끝나지 않을 것이다. 왜냐하면 쥬우드의 죽음의 결말조차 수우의 애처로운 고통은 계속될 것이라는 예상에 의해서 손상되어 버리기 때문이다. 따라서 소설의 끝은 쥬우드의 죽음이 아니라 수우의 고통스러운 미래로 열려 여운을 남기고 있는 것이다.[15]

『쥬우드』가 출판된 이후 소설의 열린 결말의 도입 기법은 광범위하게 연구되어 왔다. 그 중에서도 알란 프리드만(Alan Friedman), 비버리 그로스(Beverly Gross), 프랭크 커모드(Frank Kermode), 데이비드 리치터(David H. Richter) 등은 이 분야의 주목할 만한 인물들이다. 그러나 가장 철저하게 연구한 인물은 마리아 토르고브닉(Maria Torgovnick)이라고 말할 수 있다.[16] 이 연구들은 하아디가 1895년에 『쥬우드』를 출판했을 때 문학사상 미해결의 결말을 광범위하게 사용한 선두임을 분명히 제시하고 있다. 그러한 결말은 『쥬우드』가 출판된 직후 몇십 년 동안에

---

15) Fernand Lagarde's 'A propos de la construction de *Jude the Obscure*', *Caliban*, 3(January, 1966), 185~214, argues—mistakenly, I think—for a pattern of rising hopes in the first four parts of the novel and only then declining, rather than the pattern of persistent and inexorable decline I point to in my analysis.

16) See Alan Friedman, *The turn of the Novel*(New York : Oxford University Press, 1966) ; Beverley Gross, 'Narrative Time and the Open-ended Novel', *Criticism*, 8(1966), 362~76 ; Frank Kermode, *The Sense of an Ending*(New York : Oxford University Press, 1976) ; David H. Richter *Fables' End* : *Completeness and Closure in Rhetorical Fiction*(Chicago and London : University of Chicago Press, 1974) ; and Maria Torgovnick, *Closure in the Novel*(Princeton : Princeton University Press, 1981), pp.202~204.

더 흔하게 사용되었다. 로렌스의 『아들과 연인들』과 포드의 『착한 군인들』(*The Good Soldier*, 1915), 그리고 포스터의 『인도로 가는 길』(*A Passage to India*, 1924)과 같은 종류가 서로 다른 소설들에서 그러한 결말들이 나타나고 있다. 그 이후의 소설들에서도 훨씬 더 자주, 그리고 더욱 극단적인 형태로 그것들은 사용되고 있으며, 종종 모더니즘 문학의 중요한 기념비적인 작품들에서 나타난다. 예를 들면 포크너(William Faulkner, 1897~1962)의 『압살롬 압살롬』(*Absalom, Absalom*, 1936)과 베케트(Samuel Beckett, 1906~1989)의 작품들 중의 몇몇이 독자들에게 결말감을 부인하는 것으로 유명하다.

그러한 결말의 방식은 완전히 20세기 문학의 지배적인 양식이 되어 그 자체가 하나의 전통적인 방법으로 자리잡았다. 토르고브닉이 관찰한 것처럼 1960년대와 1970년대에 와서는 '열린' 결말은 너무나 진부하고 뻔한 것이 되어서 대단한 상상력의 힘을 불러일으키지 못하게 되었다.[17] 간단히 말해서 하아디가 『쥬우드』에서 결말의 부재감을 만들어내기 위해서 사용한 다양한 형식적인 특징들은 기이하게도 많은 현대문학의 특징적인 모습으로 재빨리 등장하게 된 미해결의 결말을 지향한 하나의 운동의 시초에 그 소설을 놓이게 했다.

그러한 문학적 서사전략과 비슷한 것이 음악에도 있었다.[18] 『쥬우드』가 출판된 시기와 거의 정확하게 같은 시기에 음악에서 비슷한 장치의 출현을 발견하게 된 것은 놀라운 일이 아니다. 예를 들면 하아디의 『쥬우드』와 성 피터스버그(St. Petersburg)에서 1893년 10월 28일에 겨우 2년 전에 초연되었던 차이코프스키(Peter Ilyich Tchaikovsky, 1840~1893)의 제6번 교향곡(Six Symphony)과의 놀랄 만한 구조적 유사성을 주목해

---

17) Torgovnick, p.206 ; see also Richter, pp.2~7.
18) See Anthony Newcomb′s analysis in ‘Schumann and Late Eighteenth-Century Narrative Strategies’, *Nineteenth-Century Music*, 11(Fall, 1987), pp.164~174.

보자.

차이코프스키는 교향곡의 역사상 들어 본 적이 없던 느린 움직임으로 끝냈을 뿐만 아니라 멜로디가 높아졌다가 다시 주저앉듯이 낮아지고 다시 낮은 음조로 그 유형을 반복하는 일련의 휘몰아치는 음악 선율을 고안해냈다. 아주 깔끔한 결말로 끝나는 대신에 그들은 색채로 치자면 아주 어두워져서 궁극적으로는 놀랍도록 길게 끌면서 점차 약하게 차이코프스키의 마지막 음표인 '점점 약하게(ppp)'로 천천히 사그라진다. 본고의 논지의 전개 과정을 이해하기 위해서는 필자가 앞에서 말한 포스터의 소설과 교향곡의 구성상의 유사성에 대한 언급을 상기할 필요가 있다.

그 특이한 마무리는 초연 때에 청중을 불편하게 만들었다. 구조적으로 그것은 하아디 소설의 중심이 되는 특징들 중의 하나인 계속적으로 소멸해 가는 열망과 패배의 유형과 놀랄 만큼 닮아 있다. 게다가 제6번 교향곡에서 차이코프스키의 악보는 그가 삶은 처음에는 충동적인 열정과 확신으로 그려지지만, 실망과 희망의 무너짐과 죽음[19] […중략…] 『쥬우드』에서 하아디의 명백한 의도와 놀랄 만큼 일치하는 계획을 그가 마음속에 가지고 있었다는 것을 강조하고 있다. 따라서 약 10년 후 하아디가 제6번 교향곡을 들은 후에, 차이코프스키의 음악에서 '현대의 불안감을 읽어냈다'고 쓴 것은 전혀 놀랄 만한 일이 아니다.[20]

그리고 하아디의 『쥬우드』 이래로 문학사에서와 마찬가지로, 음악사에서도 1893년 차이코프스키의 제6번 교향곡의 최초의 공연 이래로 최종 결말의 부재감을 만들어내는 광범위한 기법들이 나와서 그들은 점진적으로 다양하게 이용되었다. 제6번 교향곡의 최초의 공연 3년 후

---

19) **John Warrack**, *Tchaikovsky*(London : Hamish Hamilton, 1973), p.266.
20) **Michael Millgate**, *Thomas Hardy : A Biography*(New York : Random House, 1982), p.448.

에 리차드 스트라우스(Richard Georg Strauss, 1864~1949)는 그의 「짜라투스트라는 이렇게 말했다」(*Also Sprach Zarathustra*, 1896)를 **B**장조와 **C**장조의 충돌을 완전히 해결하지 않은 채로 둠으로써, 뒤틀리게 우유부단한 방법으로 끝맺었다. 또 다른 예를 들자면, 구스타프 말러(Gustav Mahler, 1861~1911)는 그의 제9번 교향곡(Ninth Symphony, 1910)을 외관상 어떤 식으로도 종결되지 않는 산발적인 음절로 끝냈으며, 단 1년 후에 이고르 스트라빈스키(Igor Stravinsky, 1882~1971)는 그의 '페트라슈카(Petrushka)'의 1911년판을 오케스트라가 속삭이는 낮은 소리로 가라앉았다가 미해결을 암시하는 음조의 불협화음―제자리표를 F청음이 따르는―으로 끝내는 것을 선택했다. 사실 20년 안에 그러한 결말은 문학에서와 마찬가지로 음악에서도 너무나 흔하게 되어서, 필립 글라스(Philip Glass)나 데이비드 엘 트레디시(David Del Tredici)와 같은 작곡가들의 작품이나, 존 바쓰(John Bath), 토마스 핀천(Thomas Pyncheon)과 도날드 바셀미(Donald Barthelme)의 작품에서 흔한 순환성과 아무 데도 이르지 못하고 있다는 느낌은 『일요판』에 실린 기사의 수준으로 여과되었다.[21]

그렇다면 내가 처음 제기한 대로 『쥬우드』가 결말의 현존감을 독자로부터 앗아가 버린 기법을 적용하는 데 있어서 선봉에 서 있으며, 문학에서뿐만 아니라 음악에서도 그 이후의 발전에 있어 탁월하게 우뚝 서 있다 하겠다.

---

21) Donal Henahan, 'The Going-Nowhere Music-and Where it Came From', *New York Times*, Section 2, Arts and Leisure, Sunday, December 6, 1981, p.1, 25.

242

3) 표현주의(expressionism)적 요소

『쥬우드』의 두 번째 두드러진 특성은 문학에 있어서 매우 다른 발전의 시점에 이 소설을 놓을 수 있다는 것이다. 또한 이 소설은 시각예술의 역사에서도 중요한 역할을 했다.『쥬우드』의 여러 곳에서 하아디는 감정과 심적 태도의 표현을 과장, 단순화, 뒤틀기, 즉 표현주의 예술의 특징적인 기법을 사용해서 강화하는 문체를 채택했다.『쥬우드』에서 인상적인 것은 하아디가 그러한 서사적인 전략을 구사했던 것은 비교적 좁은 영역이어서 단 한 명의 인물을 창조하기 위해서 그것들을 집약적으로 사용한 것이다. 1886년부터 1890년까지의 잘 알려진 하아디의 메모는 그러한 기법에 그가 흥미를 갖고 있었음을 입증해 준다.

> 나의 예술은 사물에 대한 표현을 강화하는 것이다. ……
> '그저 자연스러운 것'은 이제는 흥미가 없다. 더욱더 많은 비난을 받고 미친 후기 터너(late-Turner)가 나의 흥미를 유발시키는 데 지금은 필요하다. 여러 실체들(realities) 중에서 중시되는 특징들을 보다 분명하게 보여주기 위해서 예술은 하나의 실체들을 뒤틀기하는 것이다(즉, 균형을 팽개치기, 뒤틀기).

> (My art is to intensify the expression of things …
> The 'simply natural' is interesting no longer. The much-decried, mad, late-Turner rendering is now necessary to create my interest.
> Art is a disproportioning—(ie., distorting, throwing out of proportion)—of realities, to show more clearly the features that matter in those realities …)[22]

---

22) Thomas Hardy, *The Life and Work of Thomas Hardy*, ed. by Michael Millgate(London : Macmillan, 1984), p.183, 192, 239.

실체(reality)에 대한 예술가의 주관적인 의식을 전하기 위한 강렬성과 뒤틀기를 하아디가 강조하는 것은 하아디가 『쥬우드』를 쓸 당시에 문학과 미술 분야에 막 등장했던 표현주의 예술의 선구자들의 이론과 창작에 일치되는 것이다. 물론 '표현주의'는 다양한 형태를 띠고 있었지만 강렬한 주관성, 과장법(hyperbole), 단순화, 그리고 극단적이며 종종은 비정상적인 심리 상태를 강조하기 위한 뒤틀기가 표현주의와 관련된 특징들이다. 『쥬우드』에서 그러한 표현주의적 특징은 주인공들이 과장된 심리적인 상태를 내보이고 화자의 말이 실체를 극단적으로 뒤틀고 있는 장면에서 나타난다. 예를 들면 쥬우드가 라틴어와 그리스어를 배우는 어려움에 직면했을 때 쥬우드의 실망에 대한 작가의 묘사가 그렇다 :

…… 차라리 이 세상에 태어나지 않았으면 좋았을 것을.

누군가가 거기에 다가와서 그의 괴로움을 물어 주고, 그의 생각은 문법학자의 그것보다도 훨씬 진보해 있다고 해도 좋을 것이라고 사기를 북돋아 주기나 했으면 좋을 뻔했다. 그러나 누구 한 사람 위로해 주는 사람이라곤 없었다. 왜냐하면 아무도 오는 사람이 없었기 때문이다. 너무나 큰 자신의 잘못을 인정하고 얻어맞음으로써 쥬우드는 이 세상에서 도망쳐 나오고 싶다고 계속해서 생각하고 있었다.

(··· he wished ··· that he had never been born.

Somebody might have come along that way who would have asked him his trouble, and might have cheered him ··· But nobody did come, because nobody does ; and under the crushing recognition of his gigantic error Jude continued to wish himself out of the world.)(27)

그와 같은 감정의 극단적인 과장과 실체의 뒤틀기, 즉 '그러나 누구한 사람 위로해 주는 사람이라곤 없었다. 왜냐하면 아무도 오는 사람이 없었기 때문이다'라는 식의 문체가 『쥬우드』의 중요한 문체상의 특징을 이루고 있다. 그것들은 에들린 부인(Mrs Edlin)의 'Wedding be funerals' a b'lieve nowadays' 과장법에서도 나타난다. 그러나 하아디는 아주 중요하게 리틀 파더 타임을 반사적 과장으로부터 거의 완벽하게 만드는 데 이 양식(mode)을 사용했다. 그는 걸어다니는 과장법이다. 다음의 인용은 소설에 나타난 하아디의 언어적 특성을 완전하게 나타내는 것들이다.

그는 연소한 체하는 연령에 도달해 있었으며 〔…중략…〕 그 소년의 얼굴은 그 옛날 침몰했던 아틀랜티스 시절을 회고해 볼 때 그가 모든 사물을 무관심하게 보고 있는 것 같았다(218).

그 소년만은 생활의 일반적인 것으로부터 시작해서 소상한 내용과는 관계를 맺지 않는다(220).

그애의 얼굴은 멜포미니(그리스 비극의 신 : Melphomene)의 비극적인 마스크죠(221).

그런 짓을 한 것은 그애의 성질 때문이야. 의사 선생님 말씀으론 현대엔 그런 아이가 발생하게 된대. 〔…중략…〕 그것은 살고 싶지가 않다는 닥쳐올 보편적인 원망의 시작이라는 거야(266).

여러 가지 꽃이 무척 좋긴 하지만 그렇지만, 곧 이런 생각이 들거든요. 아무래도 그저 3일만 지나면 죄다 시들고 만다고 말예요!(235)

난 안 태어나니만 못했어요, 안 그래요?(262)

(He was Age masquerading as Juvenility … His face took a back view over some great Atlantic of Time, and appeared not to care about what it saw.)(V-3)

(The boy seemed to have begun with the generals of life and never to have concerned himself with the particulars.)(V-3)

(His face is like the tragic mask of Melpomene.)(V-4)

(The doctor says there are such boys springing up amongst us ··· He says it is the beginning of the universal wish not to live.)(VI-2)

(I should like the flowers very very much, if I didn′t keep on thinking they′d be all withered in a few days!)(V-5)

(I ought not be born, ought I?)(VI-1)

실체에 대해 감정적으로 격해진 견해를 전달하기 위해서 그러한 기법의 사용이 하아디가 『쥬우드』를 출판할 무렵 문학, 특히 어거스트 스트린드버그(August Strindberg, 1849~1912)의 희곡에서 나타나고 있었다. 1887년 초 스트린드버그의 희곡 『부정』(*The Father*)이 그 당시의 현실적인 관습에서 뚜렷이 이탈하는 경향을 보였고, 『쥬우드』가 출판된 3년 후인 1898년쯤 스트린드버그는 『다마스커스로』(*To Damascus*)의 3부작의 2부(two parts)를 완성했다. 제1부는 사실주의 정전들이 극단적인 감정을 표현하는 고도로 단순화된 인물들을 교묘하게 조종함으로써 무시되는 완전한 표현주의 문학작품이다. 스트린드버그의 표현주의 양식의 전형적인 특징은 『다마스커스로』의 주인공 스트레인저(Stranger)에게 주어진 대사에서 두드러진다 :

…… 왜 내가 태어났는가―왜 내가 여기 서 있는가, 어디로 가는가, 무엇을 해야만 하는가―를 알았으면! 우리가 이미 세상 이곳에 운명지어질 수 있다는 것을 당신은 아는가?

…… 내가 행복을 발견했다고 생각했을 때 그것은 나를 더 큰 불행으로 불러들이는 덫에 불과했다. 〔…중략…〕 황금 사과가 내 손에 떨어졌을 때

마다 그것은 독이 넣어 있거나 중심이 썩어 있었다.

…… 나의 운명은 두 개의 다른 힘에 의해서 지배를 받고 있다. 하나는 내가 요구하는 모든 것을 내게 주는 힘이고, 다른 하나는 내가 선물을 받을 때 너무 가치가 없어서 내가 그것을 만지고 싶지 않도록 선물을 더럽히면서 내 곁에 서 있는 힘이다.

(… If I even knew why I was born—why I should be standing here — where to go—what to do! Do you believe that we can be doomed already here on earth?

… when I thought I had found happiness, it was only a trap to lure me into a greater misery … Whenever the golden apple fell into my hand, it was either poisoned or rotten at the core.

… my fate is being ruled by two different forces, one giving me all that I ask for, the other standing beside me tainting the gift, so that when I receive it, it is so worthless that I don′t want to touch it.)[23]

파더 타임은 그러한 연극에 완전히 들어맞은 인물이다. 그의 별명(nickname)조차도 특별히 개인적인 이름이라기보다 일반적인 것을 사용하는 스트린드버그의 기법과 일치한다.

스트린드버그가 『쥬우드』가 출판된 바로 그때 그의 희곡에서 사용했던 것과 같은 표현주의 기법은 또한 독일의 프랭크 웨드킨드(Frank Wedekind)의 희곡에서도 나타난다. 그의 『봄의 깨어남』(*Spring′s Awakening*, 1891)은 그로테스크한 풍자만화의 사용과 부조리한 요소들이 있는 장면들의 사용, 그리고 결국에 가서는 웨드킨드의 견해를 표

---

23) August Strindberg, *To Damascus* I, *in Eight Expressionist Plays by August Strindberg*, translated by Arivid Paulson(New York : New York University Press, 1972), pp.140~141.

현하기 위해서 마스크를 쓴 남자인 오싹한 인물을 등장시켜 사실주의
적인 인습을 포기함으로써 관중들에게 충격을 주었다. 그 이후로 일반
화된 인물들과 스트린드버그와 웨드킨드에 의해서 개척된 다른 기법
들이 거의 동시에 오스카 코코쉬카(Oskar Kokoschika)의 『살인』(*Murder*,
1907), 『여인들의 희망』(*Hope of Women*, 1907), 웨실리 칸딘스키(Wassily
Kandinsky)의 『음산한 소리』(*The Yellow Sound*, 1909), 션버그(Arnold
Schoenberg, 1874~1951)와 포펜하임의 『예상』(*Expectation*, 1909)과 같은
종류가 서로 다른 작품들에서 나타났고, 그후에도 유진 오닐(Eugene O'
Neil, 1888~1953)의 『위대한 신 브라운』(*The Great God Brown*, 1925)과 오
케이시(Sean O' Casey, 1880~1964)의 『은 수술』(*The Silver Tassie*, 1928) 같
은 문학작품에 나타났다. 하아디의 파더 타임이 하듯이 이념과 감정의
극단화에 대한 은유(metaphor)의 구실을 하는 인물들이 모더니즘 문학
에서도 계속해서 두드러지게 등장했었다. 예를 들면 조이스는 『율리시
즈』의 'Cire' 장(Section)에서 블룸(Bloom)의 내면의 욕망을 묘사하기 위
해서 그러한 기법을 변형해서 사용한다. 그리고 극단적인 형태로는 카
프카(Franz Kafka, 1883~1924)의 『변형』(*The Transformation*) 같은 작품에
서 보인다.

표현주의가 유럽 문학계에 막 등장하고 있을 때 하아디가 『쥬우드』
에서 그러한 기법을 사용한 것은 미술 분야에서 유사한 기법이 발전한
것과 맥락을 같이한다. 1893년 12월 『쥬우드』가 출판되기 바로 2년 전
에드워드 먼치(Edward Munch)는 베를린에서 「생명의 프리즈」("The
Frieeze of Life")라는 제목의 표현주의 작품 전시회를 열었다.[24] 그 작품
들 속에는 『쥬우드』의 표현주의적 요소들을 생생하게 묘사하는 이미지

---

24) The confusing use of the term *impressionism* in early twentieth-century painting is partly sorted out
in Victor H. Miesel's 'The Term Expressionism in the Visual Arts(1911~1920)', ed. by Hayden
V. White, *The Uses of History : Essays in Intellectual and Social History Presented to William J.
Bossenbrook*(Detroit MI : Wayne State University Press, 1968), pp.135~152.

들이 풍부하다. 먼치의 「소녀와 죽음」("The Girl and Death")이라는 제목
의 그림은 에들린 부인이 말한 'Weddings be funerals' a b'lieve
nowadays'이 시각화된 것이라고 볼 수 있다.[25]

　더 나아가 먼치가, 그의 그림을 '자신의 주관적인 성향에 따라 변형
된 자연'이라고 묘사한 것과, 육체적인 외모가 아니라 감정적인 반응을
그리려 한다는 그의 표현은 모두 앞서 인용한 하아디의 견해와 일치한
다.[26] 먼치의 일그러지고 환각적인 이미지들과 자연적인 색채에 대한
그의 집념은, 그 이후에 '표현주의'로 명명된 많은 예술가들에게 굉장
한 충격을 주었다.[27]

　요약하면, 『쥬우드』에서 분명하게 표현주의적인 요소들을 사용함으
로써 하아디는 예술사상 모더니즘을 지향한 운동의 선두에 설 수 있게
되었다. 모더니즘 운동은 국경을 초월하고 예술 장르나 매체를 가리지
않고 확산되었다.

4) 뚜렷이 대조적인 예술 양식의 도입

　1887년에 졸라(Emile Zola, 1840~1902)는 스트린드버그에게 그의 희
곡 『부정』을 오늘날 우리가 표현주의적 요소— 등장인물들의 '도식적
인 성질', 그들의 '현실감의 부족', 각 개개인보다는 하나의 전형으로서
의 인물 묘사와 스트린드버그의 '자연주의적 개연성의 결핍—라고 부
르는 사항들에 대해 비평하는 편지를 썼다.[28] 분명히 스트린드버그의

25) Examples of the Munch works referred to are all in the Munch Museum, Oslo, and are reproduced
　　in Arne Eggum's *Edward Munch : Paintings, Sketches, and Studies*, trans. by Ragnar
　　Christophersen(Mew York : Clarckson N. Potter, Inc., 1984), illus. nos. 7, 12, and 238.
26) Reinhold Heller, *Edward Munch : The Scream*(New York : Viking Press, 1973), p.23.
27) Edward Lockspeiser, *Music and Painting : A Study in Comparative Ideas from Turner to
　　Schoenberg*(New York : Harper and Row, 1973), p.133.
28) Quoted in R. S. Furness, *Expressionism*(London : Methuen and Co., 1973), p.4.

희곡작품으로부터의 한 등장인물을 그의 소설들 중의 하나에 도입시킬 것을 고려해 볼 생각은 졸라에게 결코 떠오르지 않았을 것이다. 그러나 사실상 그것이 바로 하아디가 『쥬우드』에서 한 일이다. 하아디가 『쥬우드』에서 파더 타임을 표현하기 위해 사용한 표현주의적 기법들은 스트린드버그에 의해 도입된 것과 아주 유사하며, 소설의 대부분과는 첨예하게 불협화음을 이루고 있다.

마이클 밀게이트(Michael Milgate)가 지적했듯이 타임은 다른 더 확고하게 현실적인 등장인물들에 비해 유일하게 예외적이며,[29] 하아디가 소설의 대부분을 통해 적용한 스타일은 사실주의적인 소설의 전통선상에 있다.[30]

피일로트슨이 그의 해고에 대항하는 장면에서 폭발한 싸움 장면은 하아디가 알고 있었듯이 필딩(Henry Fielding, 1707~54)의 코믹한 사실주의 성질의 것이지만,[31] 『쥬우드』에서 이 필딩적인 방식은 플로베르(Gustav Flaubert, 1821~54)와 졸라의 더 특징적인 문체와 기교로 합쳐져 있다. 예를 들어 쥬우드가 죽는 장면에서 하아디는 쥬우드의 죽어 가는 침상에서의 마지막 말을 축제주간의 군중의 울음 소리를 배경으로 하여 들리게 하고 있는데 그것은, 플로베르가 로돌프(Rodolphe)가 엠마 보바리(Emma Bovary)를 유혹하는 장면을 농업 박람회에서의 연설을 배경으로 하여 일어나게 하는 기법과 닮아 있다. 그리고 또한 하아디의 동시대인들에게 충격을 주었던 것처럼,[32] 쥬우드와 아라벨라가 '하류계급의 여인숙'에서 차를 마시는 장면은 졸라의 『드램 상점』(*The Dram*

---

29) Michael Millgate, *Thomas Hardy : His Career as a Novelist*(New York : Random House, 1971), p.323.
30) For a differing view, particularly with respect to the realism of Hardy's treatment of Sue Bridehead, see Phillip Mallett, 'Sexual Ideology and Narrative Form *in Jude the Obscure*', English, 38(Autumn, 1989), 21, 1~224.
31) Hardy to Edmund Gosse, November 20, 1895, in Richard Little Purdy and Michael Millgate, eds., The Collected Letters of *Thomas Hardy : Volume* II 1893~1901(Oxford : Clarendon Press, 1980), p.99.

Shop)과 비슷한 요소들이 있고, 『대지』(*The Earth*)[33]에서 돼지 죽이기 장면과도 또 비슷하다. 간단히 말해서, 『쥬우드』에서 파더 타임의 등장은 스트린드버그의 『다마스커스로』의 한 등장인물이 어떤 식으로 필딩, 플로베르, 졸라 또는 하아디의 소설 속에서 이리저리 방황하고 있는가 하는 것과 같다.

『쥬우드』가 출판되었을 때에 대조적인 예술 양식의 혼합 방식이 서구 예술에서 막 나타나고 있었다. 한 뚜렷한 예는, 꿈과 현실을 너무나 조화되지 않게 결합시킨 휴스망(Joris-Karl Huysman)의 『투묘지』(*En Rade*, 1887)이다. 그래서 졸라가 그 부조화의 결과를 'confusion qui n' est pas de l'art' [34]라고 하며 불평하는 편지를 쓸 정도였다. 입센(Henrik Ibsen, 1828~1906)의 후기 작품에서 이 대조되는 예술 양식의 혼합은, 그의 초기의 사실주의와 『야생의 오리』(*The Wild Duck*, 1884)부터 그후의 희곡작품에서 눈에 띄는 상징주의를 결합시키는 형태를 띠었다. 그래서 *The Master Builder*(하아디가 1893년에 보았던 연극)[35]에서 입센의 상징주의는 솔니스(Solness)가 '공중에 뜬 알맞은 성'이 그가 세우려고 제안하는 '진정한 기초'라고 언급한 것처럼, 현저하게 다른 사실주의와 뒤섞여 있다.[36]

이 두드러지게 대조적인 예술 양식을 혼합하는 관례는 그 이후에 모

---

32) See The review by Jeannette L. Gilder titled 'Hardy the Degenerate', *World*, 13(November, 1895), 15 and, also, the comments by Edmund Gossee and R. Y. Tyrrell recorded in R. G. Cox's *Thomas Hardy : The Critical Heritage*(London : Routledge, 1970), pp.266 and 293.
33) Hardy recorded passages from English translations of *Zola's Abbe Mouret's Transgressions* and from *Germinal in his '1876' notebook* ; see *The Literary Notes of Thomas Hardy* ed. by Lennart Bjork(Goteborg : Acta Universitatis Gothoburgensis, 1974), I, 403~405 and II, 189~191.
34) Emile Zola, *Correspondednce*(Paris : F. Bernouard, 1928~29), letter of the 1st of June, 1887, p.679. On the way *En Rade* repressents a movement from naturalism to a more 'expressionist' kind of art, see Ruth B. Antosh, 'J-K. Huysmans' En Rade : L'Enigme Resolue', *Bulletin de la Sciete J-K. Huysmans*, 23(1987), pp.33~43.
35) Hardy, *The Life and Work of Thomas Hardy*, p.272.
36) Henrik Ibsen, *The Oxford Ibsen*, Vol. VII, ed. James Walter McFarlane with translations by Jens Arp and James Walter MacFarlane(London : Oxford University Press, 1966), p.432.

더니즘 예술의 가장 특징적인 색채가 되었다, 혹자는 문학적, 음악적 고전에 대한 인용과 암시가 『황무지』(*The Waste Land*, 1922)에서 동시대의 영국적인 삶의 견실한 장면들과 병치된다고 생각한다. 그리고 유사한 콜라주(collage) 같은 대조적인 양식들을 혼합시키는 기법은 에즈라 파운드(Ezra Pound, 1885~1972)의 『칸토』(*Cantos*, 1917~1970)에서도 마찬가지이다. 버지니아 울프(Virginia Woolf, 1882~1941)는 『등대로』(*To the Lighthouse*, 1927)에서 소설의 처음과 마지막 부분의 자세하고 사적인 내적 독백으로부터 갑자기 「시간은 흐르고」("Time Passes")장에서 비개인적이고, 동떨어져 있고, 대충 일반적인 서술체로 바꾸는, 그 같은 기법을 약간 변형한 것을 사용했다. 다시 그 기법은 조이스의 『율리시즈』에서 극단적인 한계로까지 밀어붙여졌다. 한 문체의 양식에서 다른 양식으로의 변화가 때로는 한 장에서도 보여지며, 당황스러울 정도의 다양함과 함께 전개된다.

하아디가 문학적 사실주의 요소들을 『쥬우드』에서 문학적 표현주의의 요소들과 결합하였듯이 하나의 소설에서 첨예하게 대조되는 문학양식을 합병하는 것은 역시 음악에서도 비슷한 현상을 볼 수 있다. 그것은 마치도 작곡가가 같은 작곡에서 두 개의 불협화음을 음악적인 키(key)로 연주하는 한 관현악단의 서로 다른 음부(part)를 갖고저 하는 것이나 같다. 사실 하아디가 『쥬우드』를 집필 중에 있던 바로 그 당시에 그런 유형의 기법상의 발전이 음악 분야에서 발생했다. 1892년과 1895년 사이의 어느 때 챨스 아이브즈(Charles Ives)는 그의 『미국의 변화』(*Variations on America*)에 간주곡(Interlude)을 추가했다. 거기서 그는 F장조와 A-플랫장조를 혼합했다.[37] 현대 작곡가인 밀하우드(Darius Milhaud)의 작품에서 그러한 기교가 3~4키를 동시에 사용하는 극단으로 치달았다. 1920년 무렵 그 기교의 구사가 너무나 만연되어 다음 10년간 그것은 일련의 분석서를 출간하도록 촉구했다.[38]

5) 맺음말

이쯤에서 나의 논의가 어쩌면 하아디와는 너무 멀게 보일지 몰라도 내가 주장하려는 것은 1895년에 『쥬우드』에서 표현주의적인 요소와 사실주의적인 요소를 그가 혼합함으로써, 하아디는 예술적인 형식과 국경을 초월해서 20세기 후반 예술의 몇몇 시금석이 된 특징적인 중요한 형식상의 혁신에 이르게 된 발전의 중심에 서게 되었다는 것이다.

『하아디와 자매 예술』(*Hardy and the Sister Arts*)에서 그런디(Joan Grundy)는 입체파 혹은 미래파(Cubism or Futurism)와 같은 후기 예술적 발전을 예견하는 요소가 『쥬우드』에 있는가를 숙고하였고, 소설의 시작에서 상상되었던 현대 삶의 경험이 그러한 예술적 운동이 발생한 상황과 유사한 맥락을 확실히 제시해 주고 있음을 주목하였다.[39] 나는 『쥬우드』가 모더니즘 예술의 분명한 특징들이 발생한 상황의 일부가 되는 몇 가지 방법을 지니고 있음을 규명하려고 노력하였다. 미해결적이고 문제성이 있는 열린 결말에 대한 의식을 전해 주는 다양하고 형식적인 기법을 하아디가 사용하는 점, 소설의 적절한 몫으로 표현주의 문체를 채택하는 것, 더구나 첨예하게 대조되는 문학적 양식을 혼합하는 것, 이 모든 것은 현대 문학과 다른 예술적 매체에서 더욱더 빈번하게 보여주는 두드러진 공식적인 전략을 그가 초기에 사용했다는 놀랄만한 예시가 된다. 『쥬우드』가 출판된 이후 예술 분야에서 그러한 전략

---

37) Charles Ives, Variations on 'America' (1891) *for Organ/ 'Adeste Fidelis' in an Organ Prelude*(1897)(New York : Music Press, 1949) ; this very early use of bi-tonality is notable particularly in the 'interlude' of measures 75~90. However, on p.[ii] an unsigned 'Note' to this edition suggests that the 'interlude' was not composed by 1891 but added some years laters later, and the subsequent questions raised by Maynard Solomon in 'Charles Ives: Some Questions of Veracity', *Journal of the American Musicological Society*, 40(Fall, 1987), 443~470, do not increase confidence in the earlier date.

38) See J. Deroux, 'La Musique polytonale', *La Revue musicale*, 1921(no. 11) and 1923(no. 4), and A. Machabey, 'Disonance, polytonalite, and atonalite', *La Revue musicale*, 1931(no. 116).

39) See Joann Grundy, *Hardy and the Sister Arts*(London : The Macmillan Press, 1979), p.66.

들이 점점 확산되는 것은 하아디가 그 시대의 중요한 예술 운동의 선
도적인 위치에서 창작 활동을 했음을 분명히 해주는 것이다. 그리고 이
러한 특별한 사항을 확인하는 것은 하아디의 『쥬우드』가 그 당시에 모
던 소설이었다는 것을 비교적 정확한 방법으로 규명하는 길이다.

Works Cited

1. Text :

Hardy, Thomas. *Jude the Obscure*. ed. Norman Page. New York : W. W.
    Norton & Company, 1978.

——————. *The Life and Work of Thomas Hardy*. ed. Michael
    Millgate. London: Macmillan, 1984.

2. References :

Adams, Robert Martin. *Strains of Discord : Studies in Literary Openness*.
    Ithaca, NY : Cornel University Press, 1958.

Christophersen. Ragnar(Trans). *Edward Munch : Paintings, Sketches, and
    Studies*. New York : Clarckson, 1984.

Bjork, Lennart(-ed). *The Literary Notes of Thomas Hardy*. Goteborg :
    Acta Universitatis Gothoburgensis, 1974.

Cassgrande, Peter J. *Hardy's Influence on the Modern Novel*. Totowa,
    New Jersey : Barnes & Noble Books, 1987.

Deroux, J. "La Musique Polytonale", *La Ravue Musicale,* 1921(No. 11).

Ellman, Richard. *Modernism*. Harmondworth : Penguin, 1976.

Forster, E. M. *Aspects of the Novel*. New York : A Harvest, 1927.

Friedman, Alan. *The Turn of the Novel*. New York : Oxford University Press. 1966.

Furness, R. S. *Expressionism*. London : Methuen and Co., 1973.

Gilder, Jeannette L. "Hardy the Degenerate", *World* 13 November, 1895.

Gordon, Jan B. "Origins, History, and the Reconstitution of Family: Tess's Journey", *Thomas Hardy*. ed. Harold Bloom. New York : Chelsea, 1987.

Grego, Ian. *The Great Web*. Totowa, New Jersey : Barns & Noble Books, 1987.

Grundy, Joan. *Hardy and Sister Arts*. London : The Macmillan Press, 1979.

Heller, Reinhold. *Edward Munch : The Scream*. New York : Vicking Press, 1973.

Henahan, Donal. "The Going-Nowhere Music And Where it Came from", *New York Times*, December 6, 1981.

Howe, Irving. *Thomas Hardy*. New York : The Macmillan Company, 1967.

Ibsen, Henrik. *The Oxford Ibsen*, Vol. VII. London : Oxford University Press, 1966.

Ives, Charles. "Variations on 'America' (1891) for Organ/ 'Adeste Fidelis'", *Organ Prelude*. New York : Music Press, 1949.

Lookspeiset, Edward. *Music and Painting : A Study in Comparative Ideas from Turner to Schoenberg*. New York : Harper and Row, 1973.

Lagard, Fernand. "A Propos de la Construction de *Jude the Obscure*",

Caliban, 3. 1966.

Mallet, Philliip. "Sexual Ideology and Narrative Form in *Jude the Obscure*", *English*, 38. 1989.

Millgate, Michael. *Thomas Hardy : A Biography*. New York : Random House, 1982.

——————————. *Thomas Hardy : His Career as a Novelist*. New York : Random House, 1971.

Newcomb, Anthony. " Schumann and Late Eighteenth-Century Narrative Strategies", *Nineteenth-Century Music*, II. 1987.

Purdy, Richard Little. *The Collected Letters of Thomas Hardy* : Volume II 1983~1901. Oxford : Clarendon, 1980.

Salter, C. H. *Good Little Thomas Hardy*. Totowa, NJ: The Macmillan Company, 1967.

Schweik, Bobert. "The Ethical Structure of Hardy´s *The Woodlanders*", *Archiv fur das Studium der Neuren Sprachen and Literaturen*, 211. 1974.

Strindberg, August. *To Damascus I, in Eight Expressionist Plays*. New York : New York University, 1972.

Warrack, John. *Tchaikovsky*. London : Hamish Hamilton, 1973.

Weber, Carl J. "Hardy´s Grim Note in *The Return of the Native*", *Papers of the Bibliographical Society of America* , 36. 1942.

White, Hayden V. *The Uses of History : Essays in Intellectual and Social History Presented to William J. Bossenbrook*. Detroit MI : Wayne State University Press, 1968.

Zola, Emile. *Correspondence*. Paris : F. Bernouard, 1928~29.

□ 토마스 하아디 연보

1840년	6월 2일 아침, 영국 남부 도오셋(Dorset)주 도오체스터(Dorchester)읍 근처 하이어 복햄프턴(Higher Bockhampton)에서 2남 2녀 중 장남으로 출생. 아버지 토마스 하아디 2세는 석공이고, 어머니는 지마이마 핸드(Jemima Hand). 형제로는 남동생 헨리(Henry)와 여동생 메리(Mary), 케이트(Kate)가 있다.
1846년(6세)	곡물법 폐지(Repeal of Corn Laws).
1847년(7세)	도오체스터읍까지 철로 개설.
1848년(8세)	로우어 복햄프턴 지주(Mrs Martin)가 경영하는 마을 학교에 입학. 유럽 전역에 '혁명의 해(The Year of Revolution)'. 독서를 좋아하는 어머니는 어린 하아디에게 베르질리우스(Maro P. Vergilius)의 『아이네이스』(*Aeneis*), 존슨(Samuel Johnson)의 『라셀라스』(*Rasselas*), 피에르(J. H. Bernardin de Saint-Pierre)의 『폴과 비르지니아』(*Paul and Virginia*)를 자주 읽어 주었다.
1849년(9세)	아이작 라스트(Isaac Last)가 교장인 도오체스터 학교로 전학.
1850년(10세)	도오체스터에 콜레라 유행.
1852년(12세)	라틴어 공부 시작. 아버지를 따라 결혼식 무도회에서 바이올린 연주. 아버지에게서 음악적인 취미를 물려받음. 뒤마(Père Dumas)의 소설과 셰익스피어(Shakespeare)의 비극을 즐겨 읽는다.
1853년(13세)	아이작 라스트가 따로 아카데미를 개설하자 그곳으로 옮기고, 프랑스어와 독일어를 배운다. 아름다운 적갈색 머리카락의 리스비 브라운(Lizbie Browne) 등 몇몇 소녀들에게 연심을 품다. 그러나 브라운은 하아디를 두세 살 어리다고 무시했다.
1856~60년 (16~20세)	도오체스터의 건축가 존 힉스(John Hicks)의 도제가 된다. 그에게서 건축의 기초 및 라틴어와 희랍어를 배운다. 라틴어로 베르질리우스, 호라티우스(Flaccus Q. Horatius), 오비디우스(Publius N. Ovidius) 등을 읽고 희랍어로 『일리아드』(*Iliad*)를 읽는다. 그때 이웃에 살고 있

던 향토 시인이며 언어학자이기도 한 반즈(William Barnes) 목사에게서 많은 영향을 받는다. 도오체스터의 형무소에서 마사 브라운(Martha Brown)의 교수형을 목격한다.

1861년(21세) 8세 연상인 옥스포드 대학 출신인 호러스 모울(Horace Moule)을 알게 되어 학문적으로나 사상적으로 많은 영향을 받는다. 희랍어로 『구약성서』를 읽고 다윈(Charles Darwin)의 『종의 기원』(*Origin of Species*)을 읽는다. 이때 시를 쓰려고 결심한다.

1862년(22세) 런던으로 가서 건축가 아서 부룸휘일드(Atrthur Blom-field)의 조수가 된다.

1863년(23세) 「근대 건축에의 채색 벽돌 및 테라·코타 적용론」이 영국건축가협회 현상 논문에 당선.

1865년(25세) 『챔버어즈 저어널』(*Chamber's Journal*)에 「내가 집을 지은 이야기」("How I built myself a house")를 발표. 종교적 회의 때문에 케임브리지 대학에서 성직에 대한 교육을 포기한다.

1867~70년 (27~30세) 1867년 여름 요양차 고향으로 돌아온다. 이 무렵 사촌, 트라피나 스파아크스(Tryphema Sparks) 양과 교제한다. 처녀작 『빈자와 귀부인』(*The Poor man and the Lady*)을 완성한다. 맥밀란 출판사와 채프먼과 홀(Chapman & Hall) 출판사에 의해서 거절당한다. 존 힉스가 죽자 그의 인계자 클릭메이(Clickmay)의 건축 사무를 돕기 위하여 웨이머드(Weymouth)에 거주한다. 클릭메이와 성 줄이어트(St. Juliot) 교회에 갔다가 에마 라빈니아 기포오드(Emma Lavinia Gifford)와 알게 되어 교제를 시작한다. 그 동안 완성한 『궁여지책』(*Desperate Remedies*)도 맥밀란사에 의해서 거절된다. 디킨즈(Charles Dickens) 사망. 프랑코 프러시아(Franco-Prussia) 전쟁.

1871년(31세) 『궁여지책』 익명 출간.

1872년(32세) 『푸른 숲 나무 아래에서』(*Under the Greenwood Tree*) 간행. 엘리옷(George Eliot)이 『미들마치』(*Middlemarch*)를 간행.

1873년(33세) 『한 쌍의 푸른 눈동자』(*A Pair of Blue Eyes*) 간행.

1874~75년 『광란의 무리를 떠나서』(*Far from the Madding Crowd*)를 『코온힐 매

| (34~35세) | 거진』(*Cornhill Magazine*)에 연재하기 시작한다. 이해 9월 에마와 런던에서 결혼식을 올린다. 11월에 『광란의 무리를 떠나서』를 간행. 작가로서의 명성을 얻게 된다. 이듬해에는 그의 시로서의 대작 『군주들』(*The Dynasts*)을 최초로 착상하게 된다. |

1876~77년 (36~37세) 『에셀버어터의 손』(*The Hand of Ethelberta*) 간행. 에마와 함께 네덜란드, 라인 강 협곡으로 여행. 돌아오는 길에 브뤼셀에 들러 워털루의 전적을 방문한다. 스타민스터 뉴튼(Stur-minster Newton)으로 이사. 크리스마스를 에마와 함께 복햄프턴의 부모님 집에서 보낸다. 1877년 가을경에 『귀향』(*The Return of the Native*)을 집필한다. 시골에 살면서 소설을 썼던 이 무렵이 하아디의 생애 중 가장 행복한 시기였다.

1878년(38세) 『귀향』 간행.

1879년(39세) 도오체스터를 중심으로하여 영국 해협에서 가까운 지역을 방문한다. 에마와 함께 도오셋, 웨이머드, 포틀랜드(Port-land) 등지를 방문.

1880~81년 (40세~41세) 『굿 워어즈』(*Good Words*)지에 『나팔 대장』(*Trumpet Major*)을 연재. 6월, 에마와 함께 노르망디 지방 여행. 10월 런던에서 병으로 쓰러진다. 『하퍼즈 매거진』지에 연재 중인 『냉담한 자』(*A Laodicean*) 간행. 1881년 4월에 건강을 회복하자 도오셋 윔본(Wimborne)에 집을 빌려 이사한다. 8월에는 스코틀랜드 지방 여행. 그 동안 테니슨(Alfred Tennyson)을 방문하고, 아놀드(Mathew Arnold), 제임스(Henry James) 등과 알게 된다. 엘리옷 사망.

1882년(42세) 『탑 위의 두 사람』(*Two on a Tower*) 간행. 4월, 웨스트민스터 사원에서 거행된 찰스 다아윈 장례식에 참석.

1883~85년 (43세~45세) 이때부터 매년 시즌에 런던에 나들이한다. 도오체스터 근방에 집을 짓는 데 감독에 편리하도록 도오체스터로 옮긴다. 시인 로버트 브라우닝(Robert Browning), 비평가 고스(Edmunt Gosse)와 친교를 맺는다. 『도오셋의 노동자』(*The Dorsetshire Labourer*) 발표. 1885년 4월에 『캐스터브리지 읍장』(*The Mayor of Casterbridge*) 완성. 6월, 집이 완성되자 '맥스 게이트(Max Gate)'라고 부르고 입주. 평생의 주거지

가 된다.

1886년(46세) 향토 시인 반즈 사망. 『그래픽』(*Graphic*)지와 미국의 『하퍼즈 위클리』(*Harper's Weekly*)지에 『캐스터브리지 읍장』을 연재. 스티븐슨(Robert L. Stevenson)의 격찬을 받는다. 5월에는 『맥밀란 매거진』지에 『숲 속의 사람들』(*The Woodlanders*)을 연재.

1887년(47세) 『숲 속의 사람들』 간행. 3월, 에마와 함께 런던으로 나가 거기서 이탈리아 여행 출발. 제노아(Genoa), 피렌체 (Florence), 로마(Rome), 베네치아(Venezia), 밀라노(Milano)를 돌아 4월 런던에 돌아와 시즌을 보내고 맥스 게이트로 돌아온다. 『군주들』의 구상을 계속한다. 중편 「알리샤의 일기」(*Alicia's Diary*) 발표.

1888년(48세) 논문 「소설 읽는 법」("The Profitable Reading of Fiction") 발표. 단편집 『웨쎅스 이야기』(*Wessex Tales*) 간행.

1890년(50세) 논문 「영국 소설 속의 솔직성」("Candour in English Fiction"), 「어느 작가를 논함에 관하여」("On the Treatment of a Certain Author"), 「맥스 게이트에서 발견된 로마 점령 시대의 유물」("Some Romano British Relics Found at Max Gate")을 각각 발표.

1891년(51세) 단편집 『귀부인들』(*A Group of Noble Dames*), 논문 「소설의 과학」("The Science of Fiction"), 『더어버빌가의 테스』(*Tess of the d' Urbervilles*), 단편 「아내를 위하여」("To Please His Wife") 간행. 『테스』가 출간되자 사회적인 소동이 일어났다.

1892년(52세) 부친 사망. 『사랑하는 사람』(*The Well-Beloved*) 연재. 논문 「희곡을 쓰지 않는 이유」, 모험소설 『웨스트 폴리에서의 모험』(*Our Exploits at West Poley*) 발표.

1893년(53세) 5월에 아내와 함께 아일랜드 여행. 총독(Lord Houghton) 집에 초청을 받고 총독의 누이 헤니커(Florence Henniker) 부인과 알게 된다.

1894년(54세) 단편집 『인생의 소풍자』(*Life's Little Ironies*) 간행.

1895년(55세) 『모호한 자 쥬우드』(*Jude the Obscure*) 간행.

1897년(58세) 『웨쎅스 시집』(*Wessex Poems*) 간행.

1901년(61세) 제2시집 『과거와 현재의 시집』(*Poems of the Past and the Present*) 간행.

1903년(63세) 서사시극『군주들』제1부 간행.

1904년(64세) 모친 지마이마 사망.

1905년(65세) 애버딘 대학에서 명예박사학위 취득.

1906년(66세) 『군주들』제2부 간행.

1908년(68세) 『군주들』제3부 간행.

1909년(69세) 시집『세월의 웃음거리』(*Times Laughingstocks*) 간행.

1910년(70세) 국왕으로부터 유공훈장(Ordor of Merit)받음.

1912년(72세) 영국 문학협회로부터 생일 축하의 금메달받음. 애처 에마 사망.

1913년(73세) 케임브리지 대학에서 명예박사학위 취득. 단편집『변모한 사나이』(*A Changed Man*) 간행.

1914년(74세) 아동문학가이며 비서였던 닥데일(Florence Emily Dugdale) 여사와 재혼. 제1차 세계대전시『타임즈』지에「군가」발표. 시집『환경의 풍자』(*Satires of Circumstances, Lyrics and Reveries*) 간행.

1916년(76세) 『시선집』(*Collected Poems*) 간행.『전쟁시』발표.

1917년(77세) 시집『환상의 순간』(*Moments of Visions*) 간행.

1919년(79세) 2권의『시선집』간행.

1920년(80세) 옥스포드 대학에서 명예박사학위 취득.

1922년(82세) 『고금서정시집』(*Late Lyrics and Ealier*) 간행.

1923년(83세) 영국 황태자가 맥스 게이트에 와서 놀다 감. 시극『콘월 여왕의 비극』(*The Famous Tragedy of the Queen of Cornwall*) 간행.

1927년(87세) 『시선집』가필 수정, 재판 간행.

1928년(88세) 1월 11일, 맥스 게이트에서 별세. 1월 16일, 국장으로 웨스트민스터 사원의 시인 코너에 묻힘. 심장은 도오셋 스틴스포드(Stinsford) 교회에 있는 에마의 묘에 합장되었다. 사후에 시집『겨울의 소리』(*Winter Words*) 간행.